U0906490

南派三叔 著
秦岭神树
盗墓笔记
北京联合出版公司
Beijing United Publishing Co.,Ltd.

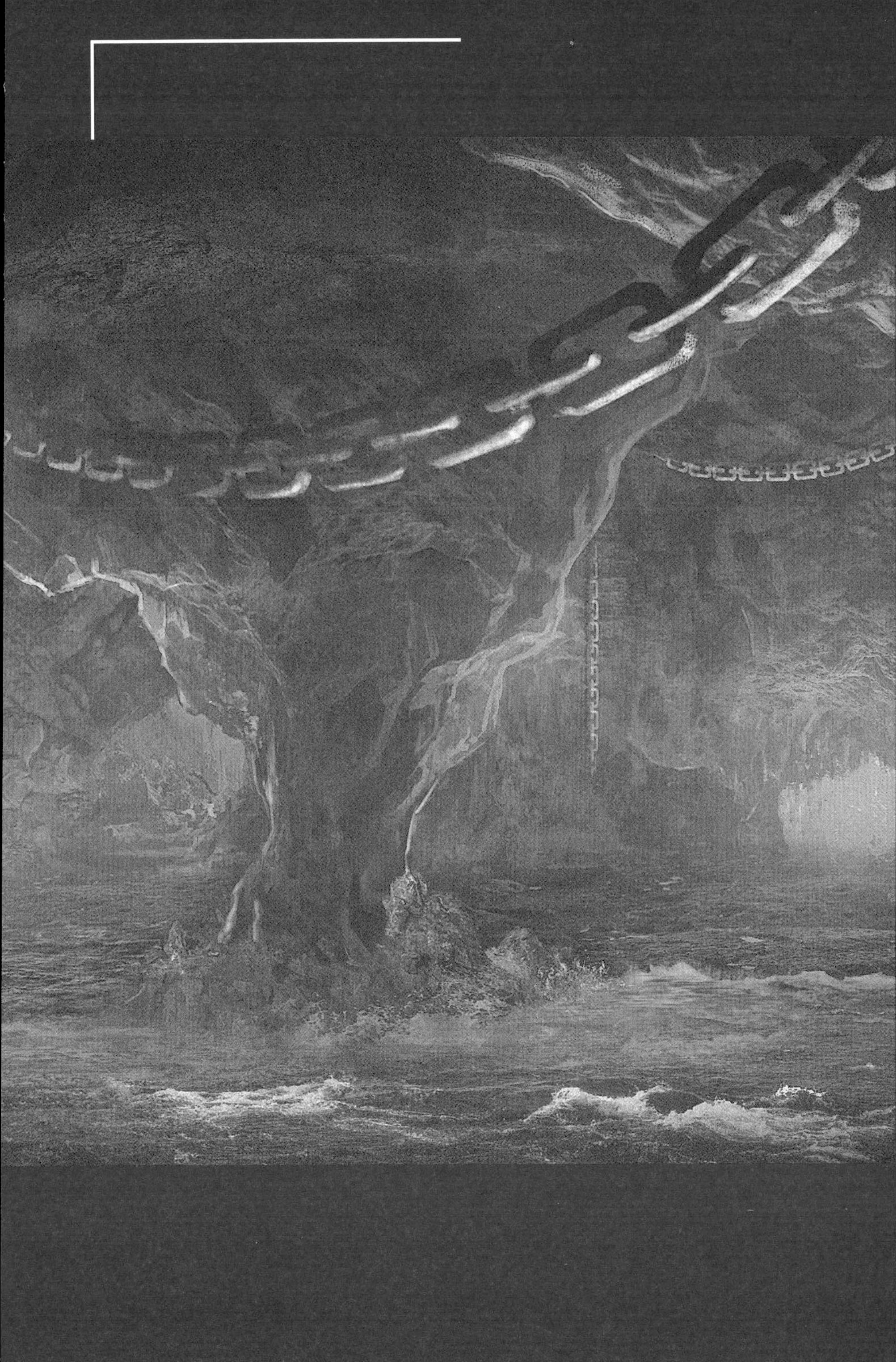

目录

盗墓笔记

秦岭神树

第一章 老痒出狱

这句话才短短的几个字，却把我的思绪全都吸引了过去。

“鱼在我这里……”

什么鱼？难道是蛇眉铜鱼？

从古墓石刻上的图案来看，这种奇怪的铜鱼应该是三条彼此首尾衔接在一起的，现在我手里有两条，确实应该还有一条和我手里的配成一套。这句莫名其妙的话的意思，会不会是想暗示，那最后一条鱼在他手里？

这条信息的发布者，既然有这张照片，又知道鱼的事情，会不会就是当年失踪的人其中之一？

我仔细翻了一遍这个网页，看发布的时间，应该是在两年以前，亏得这个网站没有倒闭，不然这条信息肯定早就消失在互联网上了。信息除了这一句话外，没有任何署名和联系方式。

我感到一种不和谐，既然是寻人，又不留下自己的联系方式，这不白搭吗？

我变着花样在Google上搜索，希望能找到更多的信息，但是搜来搜去就这么一条是和这个有关系的。

我不由得有些沮丧。不过这已经是很大的发现了，至少可以说明，在两年前，还有人在关注二十年前的事情。那么这个人到底是谁呢？

不久，这该死的风暴终于过去了。风暴过去后第二天，就有琼沙轮从文昌的清澜港过来，我们见这里没办法待，就收拾行李准备回去。

临走的时候我们去军区卫生所找阿宁，她却已经不见了，问那医生，他说几天前有一群外国人顶着风暴突然过来，将她接走了。他以为我们是一起的，而且大风刮断了电话线，他们那一区的一直没修好，所以也没通知我们。

我心里明白，必然是阿宁在岛上的接应将她带走了，这几天风暴封闭小岛，我们就是有心阻止也没有办法。

胖子大骂，说便宜了她，我却不由得松了口气。本来我就不知道应该怎么处置她，既不可能杀了她，又不会严刑逼供，现在这样的情况正中我的下怀，走就走吧，反正她也没拿我们怎么样。

只是，他们的公司进到海斗里，实在不像是去救人这么简单。他们到底有什么目的？三叔和他们之间到底发生了什么？他人现在到底在哪里？这些隐藏的秘密，不知道何时才能浮出西沙蔚蓝宁静的海面。

长话短说，我们乘坐琼沙轮回到大陆，两天之后，在海口美兰国际机场，我和闷油瓶以及胖子告别，上了飞往杭州的飞机。现实中的生活总是出奇地顺利，四个小时之后，我就回到了杭州的家中。

长时间的高强度活动使我筋疲力尽，接下来的时间我便蒙头睡觉，每天只起来一次，也都是饿醒的，随便从冰箱里拿点东西吃下去又躺下。不知不觉地，过去了两个星期时间，有朋友以为我死在家里了，过来找我，我才醒悟过来，自己已经休息够了。

睡得太多，浑身难受，我先给王盟打了电话，问了问铺子里的情况，除了没什么生意之外，一切正常。其实没生意也是正常的一部分，老板不在，要是有生意就怪了。然后我又打电话给三姑六婆、七姨丈，凡是和三叔有来往的亲戚，我全部问了一遍，知不知道三叔的下落，但是都没有什么结果。我最后打到三叔铺子里，他一个伙计接了电话。我问他："吴三爷回来过吗？"

伙计迟疑了一下，说："三爷是没回来过，不过有一个怪人说是你的兄弟，非要我们告诉他你在什么地方。我不知道他什么来路，不过看他滑头滑脑的，不像是个好东西，就给你打发了。他临走的时候留了个电话号码，你要不打过去看看？"

我呆了一下，心里觉得奇怪，我各方面的点头朋友很多，但是能想到去三叔那边找我的，倒也数不出几个来，想了一下，问他："那人多大年纪？"

"这我可说不准，大概和你差不多，比你老成点，板寸头，三角眼，鼻梁挺高的，架着副眼镜，戴着个耳环，看上去不中不洋、不伦不类的。"

"不伦不类？"我重复着这句话，心说到底是谁啊，忽然心脏一跳，问那伙计道："那人说话是不是不太利索？"

"对、对、对，那家伙一句话要结巴个十几次才能讲完。"

我心里一乐，已经知道对方是什么人了，忙把电话号码要了过来，随即打了过去。不一会儿电话便接通了，里面传来了一个既熟悉又陌生的声音："谁——谁——谁啊？"

我呵呵一笑，说道："我操，连我的声音都听不出来啦？"

他愣了一下，发出几声兴奋的声音，大叫：“三——三——三年没听你说话了，当然听——听不出来了，你看你那嗓子，还真发育了。”

我不由得心里发酸，直想掉眼泪，骂道：“你还有脸说我，几年一点音信也不给我，我还以为你死了呢！”

电话对面那个就是老痒，他真名叫什么我已经忘记了。我和他从小穿一条裤子长大，什么事情都一起干，有段时间好得像一个人。他家里比较穷，大学毕业后找不到工作，就到我铺子里来打工，别看他这人嘴巴不利索，却特别会忽悠人。我们两人臭味相投，胡乱经营，日子过得倒也逍遥自在。

不料三年前，这小子不学好，跟着一江西老表去秦岭那边倒斗玩儿，结果被逮住了。那老表直接被判无期，他靠一张嘴忽悠来忽悠去，把自己忽悠成一个受到社会不良势力蒙骗的大好青年，结果只捞了三年有期徒刑。刚开始一段时间，我还想去见他，可是这小子死要面子，就是不肯见我。后来我搬了家，就这么断了联系，没想到他现在竟然出狱了。

说起来他会去倒斗，和我也有很大的关系，我自小就在他面前吹嘘爷爷如何如何厉害，还拿着爷爷的宝贝在他面前炫耀，估计那时他就动了倒斗的歪脑筋。这小子胆子贼大，小时候我出主意他闯祸，只是没想到，这掉脑袋的事情，他竟然也敢付诸行动。

我和他有三年的话要讲，一打开话匣子就关不住了！直说到嘴巴抽筋、手机发烫还不过瘾。我说得兴起，对他说道：“你他娘的晚上没事吧，哥们儿我为你接风，咱们去撮一顿，喝个痛快。”

老痒也正说得兴起，回道：“那——那敢情好，老子三年没吃过大块肉了，这次要吃个爽！”

这事就这样拍板了，我也兴奋得睡不着觉，胡乱洗了个澡，把家里收拾了一番，就去约定的酒店等那小子，把菜单上所有大块肉的菜都点了一份。傍晚时分不到，那小子就来了。我一看，哟嗬，这小子不正常，蹲了三年深牢大狱，竟然还肥了。

我们两个老友见面，二话不说，先干掉了半瓶五粮液，回忆以前的生活，看看现在的情况，都不由得唏嘘。直到酒足饭饱，桌面上盘子底朝天，我们才发现已经说得无话可说了。

我那时候酒也喝多了，脑子犯浑，就说起了他当年犯的事儿，打着饱嗝问他："你实话告诉我，你当年到底他娘的倒到了什么东西，你那江西老表竟然还被判了个无期？"

话一出口我就后悔了，心说，我提这事情干什么？等一下勾起他的伤心事，我还不好圆场子。

没想到他一听我问，竟然面露得意之色，抠着牙，说："我倒出来的东西，嘿嘿，邪门得很，不是——是我不告诉你，就算我告诉你了，你也不知道。"

我看他瞧不起我，大怒："你拉倒吧，老子可不是三年前的毛头小子了，唐宋元明清，只要你能说出形状来，我就能知道是啥东西。"

老痒看我一本正经的，笑道："就——就你那熊样，你还唐宋元明清？"说着，他就用筷子蘸着酒，在桌子上画了个奇怪的形状，"你——你见过这东西没？"

我醉眼蒙眬，看了几眼也看不清楚，只觉得像一棵树，又像一根柱子，骂道："你个驴蛋，蹲了三年号子，画画一点儿也没长进，你画的这个叫啥？整个儿一棒槌！"

老痒说道："你——你——你就凑合着看吧！就你那——那眼神儿，也就只配看这种画！"

我仔细看了一下，实在是画得不知所云，对他说："鬼知道你

画的是什么，你看这几个分叉，你的意思是花纹吧，画得和树杈似的，这画太次，我看不出来！”老痒得意地一笑，压低着声音，很神秘地对我说：“你还别——别说，这就是树杈，手腕粗细的青铜树杈！”

我一听，哟嗬，这家伙原来还倒了个青铜器出来，这真是不要命了，给他判了个三年还真算赚了，赶忙对他说：“这东西得多重呀，你小件的东西不倒，倒个庞然大物，这不找逮吗？”

他拍了拍我的肩膀，剥了一个葱爆芋艿，丢到嘴里说道：“你不了解当时的情况，那地方和你想的不同，说起来就话长了。”

我对青铜器略有研究，琢磨着他画的那个东西，想起前不久在三星堆挖出来的那几棵青铜神树，还真有点像。

三星堆是古蜀的遗迹，严格说来已经不算是我们古董买卖能涉及的范畴了。年代太远，过于珍贵，价格开多少都不算高，要是老痒去的地方有这东西，那也不知道该说他是走运还是倒霉。

我一下子对这东西产生了兴趣，就问他当时经过是怎样的。他喝多了，也没想要隐瞒，一五一十就说了出来。

那时候，他们进秦岭已经走了十几天，除了满眼的原始森林，什么也没找到，几乎进入了弹尽粮绝的境地。

老痒和他老表其实都没有盗墓的基本常识，只是怀着满腔的热情，此时他老表已经心灰意冷，打了退堂鼓，因为老痒一直坚持着，才没有马上折返。

这一天，他们跋涉到了一个隐藏在崇山峻岭之中的山谷，这样的山谷这几天他们不知道见过多少了。不过这一次，老痒发现这里有点不同。

这里的地理环境非常奇特，海拔很低，温度很高，在山谷的中心，有一片地域广阔的老榕树林海。哇，那林子，也不知道里面有多少棵十个人都无法环抱的榕树，遮天蔽日，榕树根爬满了地面，几乎没空隙可走。

老痒的老表一看这情景，就觉得不太对劲，榕树林能长成这样的规模，不像是自然形成的。

地仙里有句老话，叫：“咸地不长蒿，日上九八桥；秃山不冒林，必有沙泥淘。”就是说，草和树生长得不正常的地方，地底下或者四周就可能有问题，也许会有古墓。

榕树根系如蛇，互相缠绕，林子比一般的树林要密集很多，进去恐怕会吃点儿苦头，不过想想这一次来吃了这么多苦头却什么也没捞着，他老表心里也不舒服，心一横，就带着老痒走了进去。

他们一直往里走，直走到夕阳西下，才慢慢靠近了林海的腹地。四周夜鸮的叫声此起彼伏，光线极度昏暗，他们打起手电，放慢前进的速度，以免迷路。

就在这个时候，他老表给什么东西绊了一下，差点儿摔倒。老痒忙扶住他，转过身一看，原来是脚下的榕树根包里，裹着什么东西，高出了地面一块。

他们用短斧砍掉那榕树根包的几根根须，里面的东西暴露了出来，用手电一照，原来是一个长满青苔的石头人，看服饰似乎是两汉以前的风格，雕着十分精美的图腾。

这个石头人的出现，让老痒他们马上意识到，这个林子里确实存在着什么东西，老话说得果然没错……

他们在石头人的周围四处查看，很快，便发现这里的榕树林地表的落叶泥下面，埋着很多大型的石板，似乎是一条古道的遗迹。那石人就位于古石道遗迹的一边，似乎是这条石道的守护俑。

这样的格局，会不会是皇陵的神道？老痒想。还在外面几十里外那小村子的时候，有老人说这儿的山里埋了好几个西晋侯，难不

成辛苦了这么多天，真给他们碰上了？

要是真的，那这几天受的苦可真值得了。

他和他老表商量一下，决定先顺着古道找找看，如果附近有古墓，必然还有什么痕迹。

他们顺着古道跋涉，又走了好几个小时，进入了林海的中心地带。在石道的两边，他们又发现了不少石人的遗迹，有的横倒在石道上，有的给裹进了树的内部，都长满了青苔，神道的痕迹，越来越明显。

老痒他们暗自兴奋，加快了脚步，可奇怪的是，顺着古道越向前，四周的气生根越密集。到了最后，老痒他们不得不将根须砍断，才能勉强通过，似乎这里的树木，不希望有陌生人走这一条道路。

这样一直走到了后半夜，筋疲力尽之下，前面的树缝中才出现了月光。老痒感觉可能石道的尽头到了，他们翻过大堆的乱石头，砍断了最后一根挡路的气生根，从榕树林里钻了出来。

一下子，月光下，一个巨大的向下凹陷的倒金字塔形的石坑出现在了他们的视野里，足有一个足球场那么大，形状就像一个巨大的斗，陷在森林的中间。坑四边的坡面修成了阶梯，足有一百来级，通向坑的底部。

老痒当时看得几乎傻了，他从来没想到石道的尽头，竟然是这么壮观的古建筑遗迹，只觉得心跳加速，几乎双腿发软想跪下来给这个坑磕头。

但很显然这里并不是古墓，那这里是什么地方？又是哪一个朝代遗留下来的？

老痒的老表颇有一些道行，看到这情形，也是十分震惊，对老痒说道：“这里肯定是和一种祭祀仪式有关，看上去是个祭坛，我们快下去看看祭祀坑里有没有什么明器。”

这时候天上已经起了白霉月，光线非常晦暗，他们打起手电以免被蛇一样的根须绊倒，忐忑不安地顺着石阶向下，来到坑底。

这坑整个都被四周榕树的气生根掩藏住了，如果不是顺着古道，就算在边上走过也发现不了这里。而坑里面的石板几乎都裂成拼图玩具，大量的根须从石头里挤出来，又插进边上的缝隙里去，整个遗迹已经给破坏得面目全非。

坑底覆盖了厚厚的一层杂草，只有少数地方，才露出下面青色石板的痕迹。

杂草都有半人高，他们用砍刀一边砍一边前进，不久便来到了祭坛的中心。

祭坛的中心有一个被一圈石头围起来的土井，土井大概有十米深，手电照下去，底下也全是草。他们用绳索下到井底，先是四处找了找，见没有什么东西，就直接打下洛阳铲。

第一铲打到了十五米，没有见底。老痒拔了出来，拍碎泥块，发现带出的泥里面混着炭灰，好像焚烧过大量的东西。而在炭灰里面，他们还发现了几块陶器和玉石的碎片。

腐泥里的炭土是焚烧祭品留下的遗迹，而这些烧剩下的陶器和玉石，都是当时的祭品。看来这个土井是当年祭祀死者的时候焚烧祭品的地方，而且还不止一次地使用过。

老痒这时候已经按捺不住自己的兴奋了。历史上，在祭祀的时候，往往会焚烧大量的精美青铜器和玉器，如果能挖出来一两个，他们就真的发财了。

他们开始用铲子挖掘起来，轮流开工，不知疲倦。不一会儿，就在坑底挖下去大概七米，大量的玉器和陶器的碎片被挖了出来，数都数不清楚，什么玉片、玉饼、陶罐子、陶壶，几乎什么都有，很快就堆了一堆这种东西。

可惜的是，大部分的玉器和陶器是破损的，在市面上的价值不大。这让老痒他们很失望，而最失望的，是没有他们想要的青铜器。

他们不死心，继续挖着，很快挖到了十米的深度，还是没挖出什么好东西，而直土坑挖到十米以上一点儿就已经是极限了，再挖，就得考虑到盗洞的坍塌问题，他们不得不停了下来。

他老表还是比较谨慎，说挖了这么久都没东西，恐怕这祭坛祭祀的时候没有用青铜的祭器，别挖了，捡这破烂回去也能回本了，算我们倒霉。

可是老痒不甘心，不管他老表怎么说，还是要继续开挖。他让他老表上去，自己一个人又挖了大概两个小时，一直挖到十四米多，忽然“当”的一声，他的铲碰到一块金属的东西。

老痒招呼他老表下来，两人俯下身去一看，土坑的中心部分，出现了一个暗绿色的突起物。

果然有青铜器，老痒心里咯噔了一下，手都颤抖了起来。他老表欢呼了一声，两个人开始用手去挖这个突起物。

很快，一个奇怪的东西便出现在了他们眼前。那是一根青铜的棍子，但具体是什么感觉不出来。当他们拨掉表面炭土的时候，一根精致的青铜铸造树枝出现在了他们面前。

他们两个大喜过望，从来没见过这东西啊，那肯定值老钱了，忙甩开膀子想把这东西挖出来。他们用手向下挖了几米，没有见到底，拔又拔不出来，就用铲子挖。一路挖下去，又挖了六七米，那青铜树枝还是没有见到底的样子。

老痒开始觉得奇怪起来，做古董的经历告诉他，很少有超过三米高的青铜器，但是眼前的这东西，按照保守估计，最起码也得有二十米高，这太不寻常了，这泥下面到底还埋了多少？

盗洞已经二十多米深，再挖肯定得塌。但是空手回去实在是让人不爽，两个人一头雾水，待在那里，不知道怎么办好。

最后，还是他老表有办法，在青铜枝丫的底部大概一米外的地方，对着青铜枝丫的方向斜着敲进了一只洛阳铲头，然后加上螺纹钢管斜着打下去，一直敲下去到十米左右，钢管的敲打声一下子变得沉闷，再也敲不下去了。

老痒说到这里，表情都有点不自然，点上一支烟狠狠吸了口，说道："那就是说，最起码那青铜枝丫在泥下面的部分还有十米左右的长度，那就是总长最起码是三十米，这么大的东西，就算挖出来也带不回去了。"

我听了不禁咋舌，觉得他说得有点夸张。河南安阳侯家庄武官村出土的司母戊鼎，是我国现存最大的青铜器，也只有一米多高。当时要铸造这样大的东西，已经需要两三百人同时协作了，要铸造三十多米高的青铜树，岂不是要上万人才行？

但是看他说得这么多，我也不好反驳他，问道："那后来怎么样？有没有继续挖下去？"

老痒道："没有。我是想挖的，我那老表却突然说，这东西可能是神物，说不定真的是从地里长出来的，不能挖了。后来我一想，再挖也太不保险了，就放弃了——你说怪不怪？我估计这树杈是一大青铜器的一部分，下面的东西，可能更大，要全刨出来，恐怕得震惊世界。"

我奇怪道："那就是说你没把那青铜树搬出来啊，你是怎么被逮到的？"

他说："这事情我说起来就觉得怪，我们当时不甘心，又在其他地方刨了几个坑，总算挖出来点完整的锅碗瓢盆。出了秦岭之后，想找个地方销赃。但是我那老表，自从见了那东西后就神经兮兮的，一到城里，见人就说那铜树枝丫的事情。秦岭那地方自古对

盗墓就深恶痛绝，风声一直很紧，我们上一古玩店去出货的时候，有几个人听我老表乱说，看出了我们的身份，就把我们举报了！幸亏逮我那公安和咱们是老乡，一看我还年轻，就让我咬着说‘被人骗了’，才判了三年。我那老表本来也就是判个四五年，没想到他疯了一样，把以前倒斗的事全部抖了出来，就给判了个无期，差点就被毙了。”

我“哦”了一声：“那你真是背到家了，忙活这么久啥也没捞着。我告诉你多少次了，不要就地销赃，你干的是外八行的买卖，跟当地人犯冲，这叫现世报应。”

老痒神秘地一笑，说：“我——我也不算是啥也没捞——捞着，你看这东西——”说着就指了指他的耳环！

第二章 六角铃铛

我凑过去一看，眼睛就再也移不开了，一把揪住他的耳朵，把他拎到面前仔细来瞧，一看之下，不由得倒吸一口冷气。那耳环四四方方，只有小拇指尖大小，别人看了兴许还以为是路边摊上一块钱两对的便宜货，但是我仔细一看就发现，这其实是一只六角铃铛。

无论外形还是颜色，除了小一点以外，与我在尸洞和海底墓中见到的那种，都有几分相似，只是上面的花纹，似乎有略微的不同。

我立即酒醒了大半，问他："这玩意儿你从哪里弄来的？"

他被我揪得咧起嘴巴，大怒："你——你——你他娘的喝多了，你知道我——最讨厌别人揪我耳朵，你再——再揪我就和你急！"

我一看，我喝了点酒，劲还真没少使，忙放开他的耳朵。

他揉着被我揪红的耳朵，咧着嘴巴："我靠，还真下得去手啊你，见到好东西也不用这样嘛，哎哟！我的耳朵。"

我已经没心思跟他扯皮了，问道："快说，这东西是怎么回事，哪里搞来的？"

他嘿嘿一笑，得意地说："没见过吧，说出来嫉妒死你。这东西是我在那祭祀坑里的一只粽子身上顺下来的。怎么样？你看，青中带黑，上等的青铜古器，也不啻你卖的那些西贝货。"

我越听越糊涂："什么粽子？你不是说只挖出点锅碗瓢盆吗？怎么又多了只粽子？"

老痒以为我是嫉妒他，越发得意，说道："那粽子给藤绳裹成个蛹一样，是我在那土坑的其他位置挖的时候挖出来的，大概是一身份比较高的人牲，这东西就戴——戴在那粽子耳朵上，我看不错就顺下来了，怎么，你这么紧张，这东——东西还有来历？值钱不值钱？"

我脑子里乱成一团，各种思绪都冒了上来，直皱眉头，心说，那到底是什么地方，这种铃铛怎么会出现在那里？难道他说的那个石头坑，和我以前经历的那些事情还有关系？

老痒这时候发觉有点不对劲了，奇怪道："干什么？脸都拧一起了，看到我倒了个好东西，也不用这样啊，你要真喜欢，我这个送给你。"

我说道："不是。他娘的不瞒你说，你这耳环不是普通的东西，虽然它的来历我不知道，但是我在其他地方见到过，是这么回事……"

我把鲁王宫和海底墓里的事和他迅速讲了一遍，着重说了那铃铛的事情，只听得他脸色一会儿白一会儿青，一脸的茫然。

半晌，他才感叹道："我的姥姥，本来我还以为我的三年牢也够我吹一辈子了，和你一比，就啥都不是了。你干的这事逮住就得枪毙呀。"

我看他的表情竟然是无比羡慕，说道：“这有什么好比的？要是早知道倒斗是这样的事情，打死我也不会去那几个地方。”又指着他的耳朵道，“倒是你的铃铛奇怪，这种铃铛诡异得紧，只要一发声，就能蛊惑人心，怎么你戴在耳朵上却一点事都没有？”

“没你说的这么邪门儿，我拿下来让你瞅瞅！”说着他便把耳环摘了下来。

我拿着耳环对着灯一照，又闻了闻味道，就知道了是怎么回事，里面灌了松香，响不起来了，又翻着两面仔细地看，越看越觉得和古墓里看到的那只相像。

老痒看我翻来覆去地看，以为我喜欢这东西，把耳环又戴了回去，说道：“你要真喜欢，那地方还有不少，都是未经开发的处女粽子，地方我做了记号，我们可以再去看看，说不准还有其他宝贝。”说着看了看四周，压低了声音，神秘道，“说实话，你兄弟我的处境实在不怎么样，这几天正打算再去干一票呢。”

我以为他是在开玩笑，回道：“拉倒，我可不想陪你去吃牢饭，你也最好别动这心。这年头儿，还是安稳点儿过日子好啦！”

老痒凑近了我一点儿，一本正经地轻声道：“话——话不是这么讲的，你想想，你有家里给你撑——撑着，干吗都可以，我已经浪费三年时间了，一无所有，我不动——动歪脑筋不行呀！”

我看他表情认真起来，不像是在开玩笑，骂道：“你做梦吧，他娘的，三年号子白蹲了，我可告诉你，出来再犯，再进去可是二进宫，要从重处罚，你要是一不小心，说不定就直接被毙了。”

“要真这么倒霉，那也是没办法的事情。”老痒道，“我也是没的选择，火烧眉毛了，才想到再走这一步。我已经想好了，先在杭州待一段时间，接着还得去秦岭，怎么样也得先倒个十几万回来，这次我来找你，也主要是为了这事情，希望兄弟你和我一起去，出

货的时候提点提点我。”

我看他面有愁色，没好气道：“什么叫没的选择？你不就是缺钱嘛，缺多少说个话，从兄弟这里拿，利息按中国银行的规定打九五折算给你。”

老痒推了我一把，鄙视道：“拉倒吧你，你有多少家当我还不知道，要你掏个十万八万你还能掏出来，再多你有吗？真是，装什么阔！”

我骂道：“十万八万你还瞧不上眼，你他娘的想干啥啊？看上明星了？你小子吃饱了撑的，刚出来就这么花头，拜托你成熟一点儿。”

老痒不爱听这话，骂了一声，摆了摆手道：“我想干什么和你没关系，你没钱就没钱，别来教训我——算了，咱们兄弟重逢，帮不帮也无所谓，别谈这扫兴的事情。”说着就给我倒酒。

我看他瞧不起我，酒气涌上了脑子，大怒：“我说老痒，你他妈的别小瞧人，这几年我也有点闲钱，你实话告诉我，你到底需要多少钱？老子立马拿来给你！”

他看了看我，酒劲也上来了，认真了，站起来，举起四个手指在我面前晃了晃：“这个数，你要有我给你当牛骑。”

“四十万？”我问道，倒也不多，现在四十万要说是巨款，倒也真不算什么钱，“没问题，马上去拿，我家里就有！”

没想到他摇了摇头：“再加一个零！”

“四百万？”我张大嘴巴，一下子人就凉了，“我的姥姥，我真服了你，你他娘的拿这么多想干啥去啊？”

老痒“哎”了一声，说道：“你别问这么多，总之我就缺这么多钱，你说你拿不拿得出吧？”

四百万不是个小数目，虽然说现在的拍卖会上，随便一破瓷器就能拍到上千万，但那是炒作居多，整个市场购买力有限啊。从斗里挖上来的东西是整个文物倒卖的第一环节，利润本来就不高，有个十万就可以偷着笑了，这四百万，我真没有。

老痒看我表情松动，知道我真给吓到了，给我满了一杯酒，道："我说你拿不出来吧，要是只四十万，兄弟我还需要来找你？"

我道："那也别下定论，我帮你去借借看，做这一行的暴富的挺多，说不定能筹到，不过你得告诉我你要这么多钱干什么。"

老痒把头转到一边，"啧"了一声道："筹什么钱？你问谁去筹？你的朋友我哪个不认识，谁能有这么多钱？而且这事情我还不能告诉你，反正有了这四百万，可以解决我一个性命攸关的大问题。"

我一想觉得倒也是，我的很多朋友是老痒介绍给我的，真没几个能借得出钱来。问我老爷子要，那吝啬鬼说不定会杀了我，这事情还真不好办。

老痒拍了拍我，用一种很做作的语气道："老吴，所以说咱们别谈借钱，说其他办法，最好的办法，就是你辛苦一次，陪你兄弟我过过场子，反正你也不是第一次了。你就别别扭了，这又不是啥大事情，说到底其实这不叫倒斗，咱们就去那殉葬坑里，你给我挑挑，哪些值钱，哪些不值钱，这叫作捡洋漏，不犯法，你就当旅游好了。那边好山好水，山里的姑娘那身段和那啥似的，你还没搞对象吧？去那里看看，说不定还能娶个傣族姑娘回来。"

我没心思听他胡说，摇头道："你说得容易，你那破地方，能有四百万的东西吗？你要是想一次搞这么多，你得找个两汉的，这种墓早给人挖光了，你肯定白忙一场。"

老痒耐着性子道："哎呀，你以为我傻啊，这事情都想不到？我告诉你，我这次回去，不是冲那个祭祀坑去的。上次我和我老表

去那地方的时候，我老表就和我说了，有祭祀坑的地方附近，肯定有大型的皇族陵墓，我这一次，就是以那个为目标。你不是会看风水吗？去看看，我觉得肯定能找到！”

我不想理他：“你找别人去，古墓我更不想去。”

老痒推了我一下：“老吴，你不够兄弟啊。你想想这事情多好，一来你能帮我，二来，你三叔的事情你也得要查下去啊，我这事情又和你三叔有关系，就算不为了我，为了你自己，为什么不去看看呢？”

他一提到耳环的事情，我心里又感觉不舒服起来。他这话倒是说得没错，三叔那事情扑朔迷离，线索少得可怜，而这种铃铛，瓜子庙的尸洞和海底墓里都出现过，关系重大，要是不抓住这个机会，恐怕这事情查起来就更加困难。

可是想起前两次的经历，我的脚就开始有点发软，心里还有些后怕，加上爬山的种种辛苦，实在是不想尝试。

我犹豫了几分钟，转念一想，觉得就算我不去，以我的性格，恐怕以后的日子也不会太好过。这一次老痒这样来求我，也算难得，再拒绝下去，以后不太好见面了，不如先答应下来，过去看看形势，实在不行，临时变卦也行。

但凡我们这种人，命里有太极，对不知道的事情，有一种极强的好奇心。给自己找到台阶下，我的心里马上踏实了。

想着我就打定了主意，对老痒说道：“那行，既然你都说成这样了，兄弟我就陪你走一趟，不过你得把这耳环先给我，我去看看，这东西到底是什么朝代的，到底值不值钱，要不值钱，说明那地方不值得去，你还得另做打算。”

老痒一听我肯帮他，马上大喜过望，忙不迭地点头：“行，你说什么是什么，送给你都行啊！”

我说道："不过我丑话说在前头，下去之后任何事都得听我的，放屁也得先通知我一声，听到没？"

这小子早已什么都听不进了，心已经飞到秦岭去了，一边给我添酒，一边拍马屁道："那是，那是，只要能倒到四百万，你就是我的再生父母。不要说不放屁，你让我吃屁都没问题！"

我俩趁着酒劲，就把这事给拍板了，接下来又扯了一会儿女人，胡天海地，喝到半夜，都到桌子底下躺着去了。

接下来的一个月，我们各自都有事情要处理。上次我们去山东买的那些东西在那边就地掩埋了，装备要重新买过，我根据这两次的经验写了张条子给他，让他去办齐了。

随后我通过关系弄了点好药过来，去山东的时候，水壶实在太重，消耗了太多无谓的体力，秦岭之中山溪众多，不需要带太多的水，但是很有必要准备一些治疗腹泻的药品。我们这些城市里的肠胃，肯定适应不了大山里的天然溪水。

嘱咐完我就先飞到济南，到英雄山找老海，把胖子那颗鱼眼石拿给老海看。

老海看了之后乐得嘴巴都合不拢，笑道："这位爷，我这儿是卖古董的，你这东西应该拿到珠宝店去，让他们给你估价。"

我说："这鱼眼石也是古董呀，少说也有四五百年了。"

他笑笑："我也知道，你拿出来的东西肯定是好货，这珠子要是镶在钗上，或者镶在帽上那就是宝贝了，可你就这么光溜溜一颗，让我怎么整？你说是古董，人家也不大相信呀。要不这样吧，我去给你搞支玉钗来，咱们把这球子给镶上去，看看能不能卖。我先给你点定金，你把东西放我这儿，识货的人自然会出好价钱。"

他说得诚恳，我也没时间去和他折腾这事情，只好依他，拿了他二十五万定金，灰溜溜地回到杭州。接下来拿着老痒给我的那耳

环，去找我爷爷的一个朋友，请教他这铃铛耳环到底是什么来路，到底值不值我长途跋涉去陕西受罪。

那老爷子姓齐，是杭州第一代古董商人，现在算是一个国学大师，在好几个大学都有客座的头衔，特别是对少数民族，有相当深的研究。我将那铃铛递过去的时候，发现他的眼神明显直了，接铃铛的手都抖了。

齐老爷子把铃铛拿过去后，整整看了三个小时，翻了六七本砖头一样的书，才抬起头来。我在边上都等得要睡着了。他看了看我，叹了口气，道："惭愧，惭愧，老头子我搞少数民族研究这么久，还从来没有见过这样的东西。小邪，你告诉阿公，这东西是哪里弄来的？"

长辈面前，我也不敢敷衍，就挑重点胡乱编了个故事说了，看他听得两眼放光，我感觉事情似乎不简单，问他道："阿公，怎么，这东西有啥问题吗？"

老爷子又叹了口气，说，按照他的分析，这铃铛的工艺，可以追溯到夏朝到西周之间，上面的纹路，叫作双身人面蛇纹，极有可能是来自古时候在陕西到湖北之间生活的一个叫作"厍国"的古国，这个国家在两千年前，突然间消失了。

这个国家的历史时断时显，零星出现于不少古简之中，西周早期似乎有过一段时间的突然繁盛，然后到西周中期就又销声匿迹了，似乎是在十年到二十年的时间里，迅速地消失在原始丛林里了。

在很多神话传说中都有他们的存在，《山海经》里也有大篇幅记载，其中提到的川外"蛇国"，应该就是这个国家。厍是蛇的谐音，这个民族把一种人面双身蛇当作神灵，所以很多装饰上都有双身蛇的纹路。

现在研究这个国家历史的人，大部分认为，这“库国”是神秘的“华胥古国”分裂出来的后裔，其前身要推到母系社会的时候，这个国家以双身人面蛇为图腾，主要是因为“华胥古国”有“伏羲人面蛇身”的传说。

因为这些资料都是来自古籍和出土的文书，所以这个国家是不是真的存在，学界一直都有争议。这个铃铛放到古玩市场可能没人识货，但是对于一些专门研究这门学问的人，是无价之宝。

我一听到这东西这么冷门，心里就咯噔了一下，如果是这样，即使我们能找到古墓把东西带出来，恐怕价钱也卖不高，那这一次恐怕还是白去。

齐老爷子看我的表情，就问我有什么问题，我知道他是老商人了，就把我的处境和他一说。

老头子想了想，先是说了我一通不是，然后又拍了拍我的肩膀，表示，如果我想卖这东西，他可以帮我找到很好的买家，四百万绝对不是问题。但是，这件事情绝对不能说出去。

听了老爷子的话，我心里已经明白了个大概，妈的，这老家伙看来也是心里暗潮汹涌，私底下估计还在做 1949 年之前的勾当。不过有他牵线搭桥，我是非常放心的，忙点头道谢。

我从老爷子那里出来，临走还拿了不少库国的资料，在出租车上翻了翻，看到了有很多壁画的照片，其中有一些画很奇怪，画的是大批人跪拜在一棵树前面祈祷，旁边有几个注释，好像是说，库国最重要的祭祀活动，是祭祀一种“蛇神树”，传说这种树只要人们给它供奉鲜血，它就能够满足人们任何要求，是一种许愿树。

这棵树的形状，与老痒给我画的很像，难道他挖出的那棵青铜树，就是这种蛇神树的图腾？

很多壁画里都有人面蛇的花纹，显然是库国最主要的特色。瓜

子庙尸洞和海底墓穴里发现的那种铃铛，当时上面有没有双身人面蛇的花纹我已经记不得了，但是看外形，这三个地方的铃铛肯定有同一个出处，那这神秘的厍国可能就是关键所在。

两天后，在开往西安的长途卧铺汽车上，我和老痒并排两张床，一边嗑瓜子，一边聊天。

本来我打算直接坐飞机飞到西安再说，可我没三叔那么大的面子，一大包违禁品卡在安检口上，只好换坐汽车，而且只能坐私人承包的大巴。

为了省过路费，这车一会儿上高速，一会儿下高速，在山沟沟里转来转去，无聊得紧，我就和老痒瞎侃，说那地方可能有个汉墓，这地方可能有个唐陵，说得老痒恨不得中途下车去挖。

聊着聊着，老痒问我除了去他三年前到的那个坑里看看，还要不要去其他地方，到底进山不容易，能带多点出来就别浪费，要是能找到附近可能存在的其他陵墓，那是更好不过。

我其实早有这个打算，那一带可能是古代厍国的范围，除了那个殉葬坑和附近的古墓，应该还有其他的遗迹，如果能找到一二，拿点东西出来，对于我要查的事情想必是很有帮助的。我心里这么打算，但是嘴上没说出来，对他开玩笑道："别贪心，你他娘的回去的路记不记得都不知道呢，要是找不到那殉葬坑，我看你怎么办！"

老痒朝我贼笑，说他早就留下了记号。我大笑："三年了，在那种深山老林里，什么记号能保存三年？"

他哈哈大笑起来，说："你就瞧好吧，我那记号别说三年，三十年都还管用。"

我不知道他搞什么花样，懒得理他，又聊了一会儿，晕晕沉沉的，就睡了过去。

到了西安后，我们找了个小招待所过了一夜，吃了当地的酸菜炒米和芙蓉汤，顺便逛了逛夜市，直逛到晚上十二点多。老痒惦记着炒米的味道，又嚷着要去吃大排档，我们就在路边随便找了家大排档坐了下来，点了两瓶啤酒，边喝边吃。这时候也没忌讳，心说我们这一口南方话这边的人也听不懂，就聊起明天倒斗的事情。聊着聊着，我们就听边上一老头说道：“两位，想去啊瘩做土货买卖嘞？”

第二章 跟踪

我们正聊得起劲，他这句话没头没尾，口音又重，我们根本听不懂。老痒“啊”了一声，问道：“啊瘩是什么地方？”

那老头子看我们听不懂，便换了口音很重的普通话问我们：“俺的意思是两位想去啥地方做买卖？是不是来挖土货的？”

我不知道什么叫土货，而且在南方人情冷漠，除了推销的，很少有人会在路边摊和人随便搭腔，一时不知道怎么反应。幸好老痒反应快，学着那老头子的腔调说道：“俺——俺们是来旅游的，对土特产不感兴趣。你——你老爷子是卖土货的？”

那老头子哈哈一笑，对我们摆摆手就走回自己的座位上去。我们两人觉得莫名其妙，就听老头子对他几个同桌轻声说道：“没事，没事，两个刚上冈冈的青头，啥也不懂，不用搭理。”

老痒一听，脸色略微一变，就轻声招呼我走。我觉得奇怪，但看他神情紧张，就丢下十块钱，和他离开这个路边摊子。直走到一个转弯处，我就问老痒：“干啥要走？酒才喝到一半儿呢！”

老痒鬼鬼祟祟地往后看了一眼，说道：“那——那老头子，刚才对同桌说我俩是刚上冈冈的青——青头，我在牢里听那几个走江湖的人说过，上冈冈就是这里盗墓的黑话，这青头就是指我们不是道上的人，这一班人一身土腥子味，恐怕也是来跑地仙的，刚才听到我们说倒斗的事情，才过来打探。”

我笑道：“那也不至于要走呀，兵来将挡，水来土掩，这大庭广众之下，他们能拿我们怎么样？”

老痒拍拍我，说我不懂，这黑道上的事情说不清楚，刚才我们说的那些话估计已经全部被听去了，也不知道那些人能听懂多少，现在好墓可遇不可求，要是给他们盯上了，凶多吉少。

我知道他在牢里恐怕听一些狱友添油加醋地说了不少事情，也不去和他强辩，点点头就回招待所去了。

第二天，我们不到七点就起来了，每人负重十五公斤的装备和干粮，向中国最大的龙脉进发。

我之前来过秦岭几次，每次来都是给导游提溜着转，从来不知道这路该怎么走，所以这次还得跟着老痒。他三年前过来的时候也是跟在旅行团里，旅行团怎么走他这次也得怎么走，不然就认不到路了。

我们经西宝高速大约三个小时的车程到达陕西宝鸡的常羊山，然后又转向嘉陵江的源头。

我平时走惯了直来直去的路，这盘山公路五秒一小转，十秒一大转，我脑袋顶在前面的座位上，只觉得五脏六腑翻腾。老痒更是不济，他三年没坐过车了，这一路上已经晕得够呛，这一次更是了不得，胆汁都要吐出来了，直说：“老了，老了，人老了不中用了，三——三年前走这条路的时候还能跟边上的娘儿们扯皮，没想到这次连眼皮都睁——睁不开了。”

我骂道："你他娘的废话别这么多，放着高速路不走，你非要走羊肠盘山道，现在后悔有个屁用。"

老痒朝我摆摆手，叫我别和他说话，他难受着呢。

这个时候，突然间听到一声爆炸声从远处传来，震得车窗玻璃嗡嗡作响，全车的人一阵骚动。我往窗外一看，只见对面山上漫起满天的尘烟，老痒吓了一大跳，问我："咋——咋回事？地——地震啦？"

前面一个当地人模样的中年人回过头来，笑道："两位外地来的，这都不知道？那是有人在炸墓，这季节，一天里总有那么两三炮。"

我奇怪道："这光天化日之下，盗墓的胆子这么大？"他咧开嘴笑，露出满口黄牙，"对面那山和这山可不一样，别看中间只隔着一条嘉陵江，我们这边还有盘山道，那边可是连走路的地方都没有。你就算现在报警，警察赶到那边最起码要一天一夜，除非你能长翅膀飞过去，不然就只能干瞪眼。"

我点点头，咋舌道："还有这种事情？"

那人看了看爆炸的地方，笑道："这也算咱们这地方的特色，特别是现在这个季节，前两天还逮住一拨呢。现在古墓也越来越少了，没几年好折腾了，深山里头可能还有点，不过路太难走了，政府也只能听之任之。不过看刚才这一动静，怕是炸药放太多了。"

我"哦"了一声，转头看向窗外。这里应该是秦岭无数支脉中的一支，只见一片莽莽森林，成片的茂密树冠之下所发生的情景根本无法窥得。

出来之前，我查过资料，陕西境内的秦岭呈蜂腰状分布，东、西两翼各分出数支山脉。山岭与盆地相间排列，有许多深切山岭的河流。八百里秦川自古以来就是有名的文物古迹荟萃之地，特别是北坡有着许多帝王陵墓群，其他达官贵人、富豪巨绅的墓葬就更加不计其数，所以这里永远是盗墓贼蜂拥而至的地方。只是想不到还没进秦岭深处，就有盗墓贼在这里明目张胆地炸墓，看样子现在要找到一两个值得盗的墓绝对不是那么容易的事了。

那本地人挺热情，话匣子一打开就不想收，递过来一根烟，问我道："你们两个娃娃是来旅游的吧？想到哪个地方去啊？"

我说道："想到太白山里去看看。"他点点头，说道："你们不跟着旅行团可走不远，这山里面七拐八拐的，弄不好就会迷路，要不要俺给你们带一段路？俺就住在保护区边上的一个村里面，翻过两个山头就到，你看这出来玩的，找个导游也是必要的嘛。"

我一听，敢情这家伙还是个黑导游，这大山里面民风彪悍，可别把我带到山沟里捅了，忙摇头道："不用，不用，我们自己有安排。"

那人道："你先别摇头，这里不比其他地方，这里山多林子密，你们要自己贸贸然进深山里面去，很容易出问题。你可得好好考虑考虑，这一带做向导的，我也算小有名气，绝对不会吓唬你们的。"

我看他说得也算诚恳，不好马上推辞，就告诉他这次来主要是想去山里的少数民族村子里，计划先在山下待几天，所以也不急着要向导，等过几天真要动身进山了，再去找他。

那人马上道："那赶早不如赶巧，这条线我带得最多，你要到最近的一个瑶族村子，也得翻过这座山。"说着他指了指远处一条连绵不断的山脉，"这个叫作蛇头山，最高的地方海拔有一千多米，整座山像蟒蛇的头，所以叫蛇头山。所有十里八乡的旅客，要想去正宗的少数民族寨子里看看，全得一步一步翻过去。这山里死的人多了，去年还有几个艺术学院的学生进去写生，到现在还没出来呢，你说要没人带行吗？"

我顺着他手指的方向看去，只见蛇头山横亘在视野尽头，山呈碧绿，山顶高耸入云，因为气候的问题，整条山脉都处在云雾缭绕之中，看不清真面目，只有对着嘉陵江的一面勉强可以看到，可惜临江的都是悬崖，山势非常陡峭，我看连猴子也不一定爬得上去。

这真是“云横秦岭家何在？雪拥蓝关马不前”。我看着不由得暗暗咋舌，心说，要爬过这山还有命在？

车又开了个把小时，总算到了太白山脚下，我和老痒跌跌撞撞地下了车，那黑导游非得介绍旅馆给我们。我想既然到了他的地盘，也不能老是敬酒不吃，万一吃了罚酒，就跟着他去了。他把我们带到一农家乐的小旅馆里，我一看，价钱还不贵，看样子这人倒还是真的热心肠。

把我们安顿好，他就拱手告辞，临走给我们留了个电话，说什么时候进山了，就打他电话，他给我们带进去。

农家乐的老板娘挺热情，给我们做了晚饭，我们不好意思和他们一家在客厅里吃，就和老痒回到自己房间，靠在窗台上，一边吃一边看这里的地图。

那黑导游说得没错，从这边进去，要进到秦岭原始森林的内部，需要翻过一座海拔一千多米的大山，这是我完全没有想到的。以我们现在的能力，要自己进山，实在是等于送死一样，但是如果找那个导游带我们进去，那他势必要带我们出来，这让他等上一天两天还行，我们这一进去可能就是个把星期在山里跑，他难免会起疑心。

老痒上次来的时候，他老表是找了一个同行的老手带路，现在他老表进去吃牢饭了，那老手自然也是无从找起，他也没想过要再来一次，对山路没什么记忆，这一次靠他也是没门。问了老板娘，老板娘也说没有其他办法，一般村寨里的人也就是有集市的时候出

来一下，都是翻着山过来的，从来没听他们说过哪里还有捷径。看样子要过这座山，还真有点困难。

正琢磨着怎么办，老痒拍了拍我，轻声道："老吴，快——快看，下面那人是谁？"

我瞄了一眼窗外，看到窗下农家院的天井里，站了五个人。我仔细一看，其中一个竟然是我们在西安路边摊上遇到的那个老头子。

我心里嘀咕，怎么这帮人也来了这里？难不成真给老痒说中了，他们也是来踩盘子的？

老痒把窗帘拉上，只留出一条缝隙，轻声对我道："这几个家伙也是大包小包的，和我们贼像啊，该不会在西安那会儿听到了我们说话，想跟在我们后面，找机会截和？"

我摇了摇头，看着老板娘走出来，笑着把他们迎了进去，说道："不像，你看这亲热程度，估计这些人经常来这里投宿，是熟客。这里客栈也不多，应该是碰巧和咱们住到一块了儿。"要是老痒说得没错，他们也是来倒斗的，那这里应该是他们固定的落脚点，他们每次来做活儿，恐怕都是住在这里。

老痒担心道："那不妙啊，他们在西安已经听过我们讲话，要是让他们在这里看到我们，难保不会打我们主意，要不连夜就撤吧？"

我想了想，觉得这非但不是麻烦，而且还是一个好机会，摇了摇头道："不，这些人是苍蝇，无缝的蛋不落，来这里肯定有目标。我们两个啥经验也没有，与其乱闯，不如跟着他们——一来可以看看有没有洋漏好捡；二来，也可以跟着他们进山。"

老痒道："这些人都是亡命徒，杀个人不当回事儿的，跟着他们，要给他们发现了，说不定会被做掉，这样会不会太冒险了？"

我嘿嘿一笑，嘲笑道：“你小子什么时候变这么婆妈了？这里是深山老林子，哪有这么容易被发现？而且我们又不是傻子，给发现了不会跑吗？你要真担心，咱们就先跟着看看，看他们警觉性怎么样，要是跟不下去了，咱们不跟就是了，也没什么损失，对吧？”

老痒听我这么说，一时间也没话反驳我，只好点头。我们马上把东西准备好，免得明天慌乱。我心里盘算着以后几天可能很不轻松，就把闹钟调早，让老痒别搞其他事情，各自睡觉休息。

这一路过来实在是太过疲劳，一睡就睡到了中午，闹钟响根本没听到。我睁眼一看太阳老高，猛地惊醒过来，赶紧跳起来把老痒叫醒，下去一问老板娘，那几个人已经走了，往蛇头山下去了，走了也没多长时间。

我们两人匆匆忙忙地买了几个烧饼当干粮，一路急赶，直往山里追去。跑了大约十五分钟，我们总算在山脚下的景点入口追上了他们。

第四章 继续跟踪

那群人买了票后，直接进了景区，我们谨慎地跟了上去，远远地跟在后面。

这景区没什么人，我们怕给他们发现，只能往灌木丛里钻，皮肉遭了点儿委屈，被锋利的杂草和灌木剐得东一道西一道的，又疼又痒。跟了一会儿，我们已经感觉有点吃不消了。

往蛇头山的山脚下，其实已经进入蛇头山的范围，这里的几个旅游点，都用石头铺了山路，走起来并不困难，山路顺着山势蜿蜒曲折，两边有山溪和很多名人的摩崖石刻，风景也很美。但是这一拨人一路直奔，中途也不停留观赏，好像对秦岭的景色一点都不感兴趣。

我的体力最近不错，一路走着没什么大的感觉，而老痒因为在牢里劳改，没时间做运动，心肺功能已经完全不如我，不一会儿，就明显体力不支，开始喘大气了。

山里越走越静，我们也不敢说话，闷声跟在他们后面，一直跟

到天黑，月亮上到上半夜高，那帮人才停了下来。

我们远远地找个灌木丛蹲下，监视着他们。这时候老痒拉了拉我，我回头看他，见他脸色惨白，满头大汗，知道他坚持不住了，忙给了他口水喝，让他休息一下。

老痒一边喘气，一边对我说："老——老吴，我看就这么算——算了吧，他们倒他们的，我们倒我们的，再跟下去我就要歇菜了。"

我自己也差不多了，听到他这么说，心里老大不痛快，轻声骂道："我说他妈的，你就只蹲了三年号子，怎么没用成这样子？现在才不跟……刚才那些罪不是都白受了？给我咬咬牙挺着。"

老痒道："那你估计还得跟多长时间……他们停下来是不是到地方了？"

我看了看他们，说道："不是，这里还是太浅，离过山还有很长一段距离呢，估计是走累休息了。你看他们生了火，晚上要待在这儿了，我们也别浪费时间，先填饱肚子睡一觉再说。"

我们也窝了下来，找了个草丛，可惜这半夜里我们也不能生火，一生火就会被人发现，身上衣服、鞋子汗湿了也不能烘干，本来还能把干粮烤了再吃，现在只能冷冰冰地干嚼。老痒一个劲儿地叹气，只埋怨我出的馊主意。

我也后悔，自己心里难受，但老痒那话我就不爱听，心说，我来帮你你还这么多废话，骂他道："要是这点苦头都受不了，咱们就回去，不然再往山里头去，估计也得逃回来。"

老痒郁闷了半天，突然说："不对，老吴，我们这样被动地跟——跟踪也不是办法，也不知道他们是不是要过山，要是他们顺着山头子直接往林子里走，我们不完蛋了？"

我一听，心里咯噔了一下，心说，对啊，自己想当然地以为进这山的人就是要翻山过去，要是这些人真不过山，而是在附近转悠，我们不是被他们弄死了？

这可真难办了，又不能去问他们，我看了看前面的火光，一下子呆了。

老痒看我没主意，直叹气，想了想，说指望我算完蛋，还是靠他。他要过去偷听一下那几个人说话，他们现在进山，总不会一句话也不提自己要干的事情。

我给他说得没脾气，只好同意，不过，他一个人我不放心，也跟着他摸过去。

一路走得蹑手蹑脚，不过这山里静得厉害，我们走不了多远就能听到他们说话的声音。老痒拉着我，示意躲在这里就行了，不需要再往前摸了。

我点点头，两个人蹲了下来，屏住呼吸，听到他们正在那里大笑。出乎我们意料的是，里面竟然有两个人说话的声音带着浓浓的广东腔，这真是怪了，从来没有听说过广东人也好这个。

他们在那里说说笑笑，只听有一个年轻的声音道："泰叔，你给俺们估计估计，这还得走多少时间才能到，老子今天腿都快断了。"

一个沙哑的声音回道："叫你平日里修身养性，你奶奶的只知道吃喝嫖赌，泡在女人堆里，这趟有你受的。俺告诉你，要过这蛇头山，这有路的还得走上两天，没路的那俺可就说不准了。你要受不住，现在就下山去吧，别再拖老子的后腿。"

那年轻人显然对泰叔有点畏惧，说道："最近我是虚了点，您放心，这趟买卖做成了，俺们再也不用到这山沟沟里来了，俺们跟着王老板和李老板到香港去见识见识，也过过上等人的生活，对不？"

有一个广东口音的人就说了："嗒啊嗒啊，没问题啊，我们说好的嘛，你们把东西搞定，有多少我们要多少啊，这次是一辈子的买卖，做好了大家都可以退休了。到时候香港的花花绿绿的大世界，有的是地方大把大把花钱，这么点辛苦还是值得的嘛。"

那泰叔就说道："李老板，你话先别说得这么满，这斗在不在那地方，可就凭你一张嘴巴说的，可别给我们假消息，扑空了。"

李老板回道："哎呀，我说你这个老泰嘛，就是心眼太多了，大家合作了这么久，我哪一次失手过嘛！实话和你们说，只要去过我们这一次要去的地方，秦始皇的坟墓你们也不会想去挖了。"

泰叔显然不喜欢听这种套话，冷笑道："这话我就不太信了，你也别放马前炮，话说回来，俺们的确合作很多年了，不过俺还从来不知道你到底是哪里得来的这些消息。这也是最后一次了，你要是没啥忌讳，就和俺兄弟们说说，让我的兄弟也长长见识。"

"是啊，说说！"那年轻人马上附和道，"我以后也好跟我那些娘儿们吹吹牛！"

李老板笑了笑，回道："哎呀，你们两个……真是……你们要是真想知道，我告诉你们也可以，但是说出来恐怕你们还不信。"

第五章 偷听

那班人安静了好一会儿，才听李老板说道：“本来嘛，这种事情我是不会告诉别人的，不过大家跟着我这么久了，我当你们是自己人了，你们既然想知道，我就说一下好了嘛。”

那年轻人马上兴奋道：“那敢情好！不瞒您说，我们还一直猜呢，您是不是有什么绝活儿，一找就能找到古墓的位置。”

李老板又顿了顿，听上去也是不太愿意讲的，说道：“哪有这么神？其实也不是什么秘密，这事情和我祖上有关，我的族谱上有这么一件事情，我说出来让你们听听。”

李老板说着，就讲了一件很有趣的事情：

那是北魏时候的事情，兵荒马乱的，一年不知道打多少次仗，成年人都死光了，我的先祖不到六岁，就得出去放牛，维持家计。

那一年，他们的村子附近发生暴乱，官兵来镇压，村里人都逃难去了，他们家里人没来得及走，给堵在屋子里面，外面杀得天昏地暗，一直到第三天才平息。

我先祖战战兢兢，偷偷爬出去看，发现满地都是尸体，还有很多人没有断气。他吓坏了，忙跑去找他的牛，结果进牛栏一看，牛已经不见了，稻草里，却躺着个伤兵。

那兵是个哑巴，不会说话，伤得已经很重了。我老祖宗当时年纪太小，也无法分辨这到底是官兵还是造反的，只看他可怜，就取了点水给他喝，还给他用布止了血。但是那哑巴伤得实在太重，坚持了没多少时间就不行了。

临死的时候，他拿出一卷写满字的麻布，交给了我祖宗，还做着手势，让我祖宗好好保管。

可惜，我老祖宗家里全是文盲，根本不知道上面写的是什么。后来那年大寒，冻死了很多人，家里人就把这块布当成布料做了棉衣。

成年后，我祖宗就被征了兵，在南北朝的征战中，屡建功勋，后来被提到了校尉。但是当时因为流年积弱，朝代更新太快，他到了晚年，家势又逐渐衰落，结果死的时候，陪葬的东西只剩下了那件棉衣。

之后我们的家族经过几次兴衰的更替，到了晚清的时候，已经是一方地主。一次迁祖坟的时候，几个长工不当心，把棺木倾斜，里面的尸骨被倒了一地。在清理骸骨的时候，我的爷爷发现，里面所有的东西都烂光了，但是那陪葬的棉衣里的那块布，依然保存完好。

我爷爷感觉很奇怪，将这块布交给他家里一个做古董生意的人，一看之下，便发现那块布名堂不小，上面的字，叫作哑文，是传说哑巴才能看懂的字。

李老板说到这里，问他们道："你们可知道这块布被用来做什么吗？"

众人沉默了一下，一个刚才没听过的声音说道："这个在下倒是略有耳闻。当时，北魏有一支军队都是哑巴，这东西是他们传机密消息的，上面的字都是'哑文'，一般人还看不懂，在下还是听我的大爷说的。"

李老板点头，道："师爷到底是师爷，那你可知道，这支军队又是干什么的吗？"

那师爷笑道："那我就不甚清楚了。不过，听说这支北魏的军队，是沿袭曹操的摸金校尉，明里是皇帝的护卫，暗地里也做着倒斗的买卖。因为是哑巴，又用只有他们知道的哑文，所以他们所倒的古墓，也只有他们和皇帝知道，他们的行迹，也一直非常神秘。"

说到这里，那师爷顿了顿，似乎想到了什么，问道："李老板，莫非你说的那块麻布，竟是《河木集》？"

李老板一下子哈哈大笑，得意地点了点头，说道："厉害，厉害，有师爷你在，老子想卖个关子都卖不到，不错，就是这东西。"

那师爷吸了口凉气，回道："那可真了不得啊，同人不同命，有这东西，该当李家发财啊。"

那年轻人听不懂，问师爷道："《河木集》是什么东西？和古墓又有什么关系啊？"

师爷道："传说这哑巴军找到古墓之后，通常并不是急于开挖，而是记录下来，用马踏平，灌上铁浆子，等到需要的时候再根据记录重新找回，这记录古墓位置的东西就叫《河木集》，取何处有墓之意。"

那年轻人吃惊道："我靠，那这么说，上几次我们去倒的那几个斗，都是这上面得来的消息？哇，李老板，那你可太不实在了，有这么个宝贝，也该分我们一点嘛。"

李老板笑道："也不尽是，祖上的东西又不是用不完的，我家

祖宗棺材里那块麻布，记载了二十四个古墓的位置，现在我们要去的这个已经是最后一个，不过这一个，应该是所有古墓里面最好的。”

那年轻人问道：“那上面有没有说，里面都有些什么东西啊？”

李老板皱了皱眉头，道：“那倒没有详细记载，不过麻布上说，这一个斗中的宝贝，凡人无法消受，是极品中的极品，比秦始皇陵还要好上三分，绝对不会有错的，你们就相信我吧。”

我和老痒听到这里，已经知道他们来到这里，的确是有一个目标，但是我们没想到，这几个人竟然来头这么大。老痒问我：“你——你说这个姓李的说的是不是真——真的？世上还能有比秦始皇陵还好的斗？”

我摇摇头，回道：“这我可说不准，不过你看他说得这么信誓旦旦，没一万也有五千，他们明天肯定过山，我们跟着就是了。”

老痒说道：“那我——我们干脆跟到底算了，他们这一次的目标应该不小，就算捡他们吃剩下的，也能混个半饱。那破殉葬坑，咱们就别去了。”

他这话因为紧张结巴得特别厉害，有几个字就说得特别响，我一听糟了，忙捂住他的嘴巴，让他别激动，同时竖起耳朵听那边的反应，但是已经晚了，那边突然间就静了下来，显然已经发觉了附近有异样。

我和老痒忙屏住呼吸，竭力不发出一点声音，心跳得像打鼓一样。他们也都不说话，似乎在努力听周围的声音。双方都不出声，就这样僵持了好几分钟，那老泰熬不住了，轻声说道：“二麻子（那年轻人），好像后面有动静，去看看是什么东西。”

听完这句话，我就听到两声清晰的手枪上膛声，一下子出了一身冷汗。看样子果然是悍匪，这下子我怕是要被老痒害死了。

我转头看了看四周的环境，如果现在马上逃跑，我有八成的把握能逃得掉，但是以后跟踪他们就麻烦了；如果现在不跑，我实在没把握能在他们眼皮底下躲过去。

正在犹豫不决时，突然从远处传来一阵嘈杂的声音，我向发出声音的地方望去，只见一排四五束手电光正向我们这边靠拢，是巡山队过来了。这时候就听到泰叔轻声叫了一声："妈的，咱们扯呼。"说完，几个人匆匆忙忙地把火踩灭，背起装备就往森林深处跑去。

老痒刚才还吓得半死，现在一看人跑了，又急起来，忙问我："怎——怎么办？追——追不追？"

我小心翼翼地探头一看，发现他们一群人都没有打手电，森林里面一片漆黑，早已看不到人影，说道："不成，你看这黑灯瞎火的，我们这么个追法说不定能追到他们前面去，我们先歇着，明天跟着他们的脚印走，相信他们也不会走太远，还得停下来休息。"

老痒心里干着急也没办法。这时候那几个巡山队的人已经离我们很近了，我们再不走，估计要被逮个正着。我让喋喋不休的老痒闭嘴，拉着他匆匆忙忙地往森林的另一个方向深处钻去。

我们不敢走得太远，怕明天回去找不到地方。两个人躲在一个灌木丛后面，看着远处的手电光逐渐远去，才放下心来。

我想了想，对老痒说道："这一路过来，当地人都说现在这季节是盗墓最猖獗的时候，恐怕这晚上巡逻的人不会少，我琢磨着我们也别想好好睡了，找个地方窝一个晚上，明天得赶紧再往里头走走，不然两个外地人在这里，给逮住了没办法交代。"

老痒点头称"是"。我摇了他一下，他竟然已经在半睡半醒之中了。我暗叹了一声，把衣服裹了裹，心说，看样子上半夜得我来守了，可我往树上一靠，迷迷糊糊地，不知不觉也睡了过去。

第二天，我们一大早就醒了过来，由于睡在树下，落了一头的鸟屎，臭得我都想吐了。老痒也不管这些，拿手拢了几下，就嚷着要赶紧去找那班人。我实在无法忍受顶着鸟屎在森林里到处跑，只好牺牲了半壶水冲了一下。

我跟着老痒急急忙忙跑回昨天待的地方，心里祈祷地上能留下些线索，但是兜了好几个圈子，连昨天那堆篝火的残骸都没有找到。老痒对我很有意见，一直在我耳边唠叨："所以说——说，昨天让你跟——跟上去嘛，你看——看，现在倒好，煮——煮熟的鸭——鸭子都飞了。"

我大怒："他娘的，哪来这么多意见？你看这里就一条山路，他们能走到什么地方去？我们一直往前，我就不信找不到。"

我们沿着山路快步追赶，走了整整一个上午，路都已经走完了，还是没有发现他们的踪影，再往前去就是一片极其茂密的森林，树木攀天，灌木丛生，完全没有路标。我看着心里有点发怵，这说明后面的路连巡山队都不会去走，那算是真正进入蛇头山内、深山老林之中了，自此往上，才算是真正的山路，不知道有多少峭壁等着我们去爬。

这一路过来，再没有看见任何篝火的痕迹，我心里沉了下来，这几个人可能昨天晚上给巡山队吓跑之后，就没有休息，直接赶夜路前进了，要真这样，我们赶上他们的机会就几乎是零。

我站在山路的尽头犹豫了一下，马上做了决定，人的精力是有限度的，这些人如果赶了一夜路，那今天白天无论如何也得休息了，而且晚上赶路远比白天要慢得多，肯定还在我们前面不远的地方。我们跟上去还有希望，只是走起路来要小心点，不能给他们发现了。

我们从背包里掏出军用匕首挂在腰间，两个人各折了一根大树枝当拐杖。这秦岭之中多有野兽，说大了去有老虎和熊，往小了说有狼和野猪，要是不走运碰上一两只，我和老痒够它们吃好几顿了。

老痒问我，如果我预料错了，追不上他们怎么办，我心里琢磨了一下，对他说："根据来之前查过的资料，这山里面有不少采药人搭的临时窝棚，里面有炊具、柴木和风干的肉类，我们如果能找到一个，那今天晚上就可以好好地休息一下，然后再做打算。"

老痒道："你可得确定，咱们现在要回头还有机会，再往里走——走，你——你看这四周连——连个鬼影都没有，等迷在林子里面就晚了。蜀道难，难于上青天，一千年来这连绵几百里的大山里面不知道死过多少人，还不知道晚上闹不闹鬼呢。"

我嘲笑他道："刚来时那股雄心壮志哪里去了？我说你他娘的就是一个纸上谈兵的，这还没到山里头就给我蜀道难了，你要不敢进去，那咱就回去。"

老痒笑道："我是提出困难在先，看你的决心会不会动摇，现在看来咱们的小吴同学果然已经摒弃了书生气，向我们这样的流氓靠拢了。你放心，你兄弟我绝对不是纸上谈兵的人，不要说蜀道难，狗道难都不怕。"

我们一边拿树枝敲着前方的灌木，一边进入丛林，以远处一座山峰为方向闷头走。没有道路的"山路"非常难走，地上几乎都是草藤，顶上又是茂密的树冠，阳光极难照下来。走了不知道多久，只觉得天昏地暗，哪里都好像是看到过的。就在我开始怀疑我们是不是在原地兜圈子的时候，山势陡转向上，前面出现了一面峭壁，上面竟有一排不知道什么时候修建的栈道！

栈道年久失修，已经呈现出一种暗绿的潮湿的颜色，上面缠绕着大量的春花藤和猪草，似乎很久没人走过。我们正想爬上去，忽

然听到一边树林里有人叫道："喂！你们是干什么的？"

我和老痒吓了一跳，转头过去一看，一队人马正从远处走来，都是当地人模样，有男有女，似乎也是和我们一样要到山对面的村落去的。

我不知道是该高兴还是害怕，忙打了个眼色让老痒把腰里的匕首藏起来，然后迎上前去，用很诚恳的样子问他们道："大兄弟，大妹子，我是外地来的游客，想到山对面的村子去，打听一下，再往前的村子还有多少山路？"

一个穿红大褂的妇女打量了一下我，说道："你是说俺们村吗？你大老远跑到俺们破村里来干吗？"

我一看，这里的妇女警惕性挺高，瞎掰道："我来找个人，你们那村我前两年来过，那时候有个老大爷招待过我，这次我回来看看他，不过两年没来了，路已经不会走了。"

那中年妇女瞪了我一眼，骂道："我呸！就你那贼模贼样，谁知道你安的什么心！你们这样的人俺见多了，不是去挖坟墓的就是偷猎的，想骗老娘，你还不够火候。"

我被她骂得瞠目结舌，不知道怎么回话好。老痒一把把我推到一边，啪，一张一百块递到这中年妇女面前，说道："哪——哪那么多废话，你哪只眼睛看到我们挖坟墓了？客气点回答问题，这——这一——一百块就是你的，他娘的，再敢啰——啰唆半句，老子给你一耳光。"

这队伍里还有好几个壮汉，我听老痒这一说，心说：糟了，山民彪悍，你还敢说这个，当下往后退了一步，准备开溜。谁知道这中年妇女后面的一个男人看到这钱，马上笑眯眯地接过去，说道："别生气，别生气，俺媳妇和你们开玩笑呢，你们想去俺们村，得往左边走，绕过这个山头，有一个瀑布，顺着这个瀑布的水一直往前走，那是最快过山的路了，只要跟着山溪走，就一定能到俺们村了。”

老痒咧咧嘴，问道：“你骗人吧，要绕过去，上这个栈道不是更快吗？”

那男人道：“这个栈道不知道什么年月修的了，从来没加固过，现在已经没人敢走了。”

我听了心里咋舌，心说幸亏遇到他们，刚才走得蒙了，差点就上去，要困在上面真不知道怎么办好。

那男人看了看天色，说道：“哎呀，我看你们今天晚上也赶不到，得在这山里过夜了。那山溪有几条支流，你要是没走熟，肯定会走岔掉，要不这样吧，我们去那边打猪草，你们要不等等我们，我们明天就回村里去，跟我们一起走，就没事了。”说着便来帮我拿装备。

我一看他还挺热心的，看样子不像是坏人，心里迅速盘算了一下，我们要去的地方是在这蛇头山另一面的峡谷，翻这座山就已经花了我们将近三天时间，人的负重有限度，不可能带超过十天的干粮。我们翻过这山之后肯定还得进他们村子买点东西，走在我们前面的五个人现在也没影了，说不定和我们走岔路了，如今难得碰到人，就不用冒迷路的风险了。

我和老痒交换了一下眼色，忙点头道：“那大兄弟，谢谢你了，来来来……”说着掏出香烟，给几个男的都分了一根。

那中年妇女还想啰唆，那男人瞪了她一眼，她白了我们一眼也不敢说什么了。

山里的风气，一般男人是家主，女人都没什么说话的权利，只要搞好和几个男人的关系，这些个村姑子应该拿我们没办法。我看着那中年妇女的表情，心里暗笑。

我们加入了他们的队伍。那男人年纪最大，似乎不用干太多活儿，老痒就集中火力和他套近乎。那男的告诉我们，他是村里的书记，这村子太落后，虽然通了电线，但是交通不方便，发展不起来，现在年轻人都往外跑了，农活儿没人做，他们这些干部都得赶几十里山路出来打猪草。不过他腰有毛病，做不了多长时间就得歇息。

我一边应着，一边心里也感慨，这些人也不容易。

我们跟他们走了一段，到了一处地方，他们开始干活儿，我们就在一边察看地形。不过这里山势偏低，山那头的景象无法看得很全，只觉得山连着山，一片郁郁葱葱，老痒所说的那个殉葬坑，也不知道在这广袤山脉中的什么地方。

打完猪草已经是晚上，我们帮忙背着几乎有我本人高的一大包草，背着夕阳往回走了大概一个小时。天已经渐渐黑下来了，走着走着，我突然发现老痒的表情变了，眼睛看着四周，不停地瞄来瞄去。

我问他干什么，他低声说道："这地方我上次来过，如果我记得没错，再往前走肯定有个落脚点。"

果然走了不久，前面出现了一个采药人的木头窝棚，老痒表情兴奋起来，给我打眼色，意思是"我没说错吧？"那男人推开门，转回头对我说道："咱们今天就在这里过夜，这里还有灶台，你们要愿意可以自己煮东西。"

我跟着他们进去，发现这是个两层的窝棚，由一架梯子相连，上面是个阁楼，里面没家具，但是铺着几块大木板，房间的中央有一个土坑，里面都是炭灰，想必是用来生火取暖的。我们放下装备，在外面胡乱捡了点柴火，赶紧生火取暖，然后从包里掏出干粮，直接烘烤着吃。等我们吃完，外面已经漆黑一片了，四周传来野兽的叫声。

老痒点了一支烟，问村支书那是什么野兽，后者也说不清楚，这里打猎的人早就死没了，要找村里的老人问才知道，又说道："晚上我们男人每人只能睡半宿，得有个人看着这火不让它灭掉，不然恐怕外面的野兽要进来的。"

我不置可否，赶这一天的路累得够呛，想到以后可能连续几个星期都得这样过，不由得有点后悔当初答应老痒，便对老痒说："我守最后一班好了。我先打个盹，你半夜里叫醒我换班。"刚说完他就大声抗议，但是我糊里糊涂的，已经不知道他在说什么，不一会儿就进入了梦乡。

这一觉睡得不太安稳，我翻来覆去的。到了后半夜的时候，突然有人摇我，我睁开眼睛一看，其他人都睡觉了，老痒正一边四处看着，一边轻轻推我，轻声叫道："起来，快起来！"

第六章 挖掘

我睡得很不踏实，几乎是在半梦半醒中坐了起来，心里一股起床火，刚想骂他，他捂住我的嘴巴，轻声道："别说话，跟我来。"

我觉得莫名其妙，见他表情不像开玩笑，又不知道发生了什么事情，披上外衣凑了过去，问道："干什么？出了什么事？"

老痒轻声说道："跟我来，我带你去看样东西。"我盯了他好一会儿，心里觉得奇怪，不过看他的表情，不像是在玩儿我，于是穿好外衣，就跟他偷偷走出屋外。

窝棚外面就是森林，老痒拿出指北针，确定了一下方位，从我们的装备里拆出折叠铲子，招呼我跟着他。

我们打着手电，走在下风口，足足走了十分钟，他才停了下来，用铲子插了插脚下的地，说道："就是这里了！"

我心里疑惑到了极点，看他的样子，难不成半夜三更他想来这里种树？

他看我表情不善，忙解释道："我和我老表上次从山里出来的

时候，也是在这里过的夜。那天晚上我发现他半夜偷偷溜了出来，不知道去干什么，所以我就跟着他，结果发现他在这里埋什么东西。不过那时候我们情况很糟糕，我没力气去管这闲事，只想快点出山去，所以也没去计较这事情，现在想起来，那时候的情景有点不正常。”

“你确定就是这里？”我问道。

他点点头：“我老表从那洞里出来后就神经兮兮，不知道中了什么邪，我肯定他有事情瞒着我，这一次正巧回到这里，我准备挖开来看看，他到底埋了什么。你帮我望望风。”

我点点头，老痒开始下铲。

这里的土似乎不硬，但是那些村民还睡在不远的地方，不知道会不会吵醒他们，所以老痒每挖三下，都要停下来听听周围的动静。

他挖了足有半个小时，我开始怀疑他是不是弄错地方了，突然，他的铲子似乎插到了什么金属的东西，发出一声清脆的声音。

他停止了挖掘，俯下身去，从坑里拿出了一根棍状的物体。

棍状的物体上都是泥，我无法判断那是什么，但是凭直觉，似乎是一根骨头。老痒略微擦拭了一下，脸色一变，对我说道：“我操，竟然是这个东西。”

我凑过去看，那是一根长着绿色铜锈的青铜铸器，底上有很明显的断口，是给人从另一件青铜器上锯下来的。借着手电的光，我能看到上面有类似于双身人面蛇的抽象图案，应该是老爷子说的“库族”的东西。

老痒对我说道：“这就是我和你说的那青铜的枝丫，没想到我老表竟然偷偷把这东西锯下来了。”

我皱了皱眉头，他们这些人，可以说是整个盗墓群体中最没有素质的一群，也是数量最多的一群，为了几千块钱，破坏一件绝世珍品，是再平常不过的事。

老痒继续挖掘，看还能挖出什么来，但是挖了半天也没有任何东西再出现，他开始将土填回去。

我们将这枝丫用布包好，蹑手蹑脚地走了回去。其他人一天劳作，都还在熟睡，我们却再也睡不着了。老痒在我对面坐了下来，开始往篝火里加柴。

我看到他脸色凝重，忧心之态又现，忍不住问道："这几天看你忽喜忽忧的，是不是有什么难言之隐啊？长痔疮了？"

老痒点上支烟，说道："唉，要是这么简单就好了，我是觉得有点不对劲，有点事情想不通啊！"

我不说话，听他说下去。

老痒道："主要是我老表的事情。我和他进山的时候，他还很正常，但是自从他看到这根青铜枝丫之后，我就感觉他开始变了，刚开始我老表只是突然变得有点神经质，逐渐地，我就发现，他整个人好像越来越失常起来……"

我问道："你的意思是，你老表疯掉，和这玩意儿有关系？"

老痒点点头："你看，他偷偷地把这东西锯下来带出去，又埋了起来，是为了什么呢？"

我看着老痒摆弄那根青铜的枝丫，忽然感觉这东西好像在哪里见过，忙掏出齐教授给我的资料，翻到一张图片一比对，果然不错。那是 1845 年一个英国传教士汤马士在湘西一个山洞岩石壁画上临摹下来的东西，是一幅类似于树的图腾。汤马士在画下面注释说，这是当地土民的"神树"。后来这份笔记流落到齐教授手里，齐教授根据其中的描述，认为这种神树是库国的文化图腾之一，代表着大地与生育的神性。

我又将青铜的枝丫和图片对照了一下，发现这一段只是树枝的末梢，如果按照这个比例来说，那整棵青铜树应该有七八十米高，如果整体发掘出来，足以震惊世界了。

我拍了拍老痒，让他别多想，如果真是这枝丫的问题，那他也早就和他老表一样了。

第七章 夹子沟

经过了五个小时的跋涉，第二天下午，我们终于翻过蛇头山，来到山下第一个小村寨里。我们百般谢过带我们过来的书记，然后在村口分别。老痒来过这里，便带着我进去找他上次寄宿的村户。

这个山村依着陡峭的山势而建，夹杂着石头搭建的足有百年历史的明清样式的民房，村中的道路是一条完全由青石板铺成的坡路，道路最上面人家的地基足足比最下面的人家高了一百来米，山溪从路边的沟渠中穿过，到处是绿色的青苔。我一路观赏，发现不少民居的围墙上，有不同年代的墓砖掺杂其中，古时候掘墓取砖的风气由此可见一斑。

我们在老痒上次住过的人家买了干粮，在他们家里用溪水洗了个澡，然后将衣服洗了晒出去，穿着短裤坐在溪水边上，商量下一步怎么办。

要赶上前面那五个人已经不可能也没必要了，反正我们已经顺利地过了山，现在就要靠老痒所谓的记号，找到他三年前去过的那

个地方。

我问他到底做了什么记号，他这么有信心现在还能找到。老痒告诉我，他上次去过的那个殉葬坑，要通过一段十分奇特的地貌，叫作“夹子沟”，这里的人都知道那个地方，而过了那一段地貌，离他说的那地方就不远了。不过，夹子沟离这个村庄有四十多公里远，几乎是在原始丛林的腹地。

因为有了没有向导进山的惨痛经历，我们请教了那户人家，想找一个向导，指引一下下面更加艰难的旅程。

这家人让自己的小孩子带我们去找一个老猎人，我们跟着那光屁股小孩儿在村子里四处转悠了几圈，来到了一户两层的瓦房前面。小孩儿指了指在那里晒太阳的一个白胡子老头儿，说：“就是他，老刘头。”

老刘头是外地人，年轻时逃壮丁来到这里，定居下来，是这里的老猎户了。他八十多岁，身体还很好，几乎所有进老林子的考察队啊，考古队啊，盗墓的啊，刚开始都要他带上几次，他也乐得吃这碗饭，一来来钱快，二来地位高。我们说明来意，他也不奇怪，只对我们摇头，说：“不中，这个时间不能去夹子沟。”

我听了纳闷，问他：“怎么不能进山啊？现在秋高气爽，正是打猎的好时节，这个时候不进，那什么时候能进啊？”

他叫他儿子给我们上了茶水，说道：“这个季节，山里头特别邪乎，闹鬼闹得凶。我八十多岁了，不会骗你们，夹子沟那个地方，其实是条阴兵的栈道。你要是碰上他们借道，那就得给顺便捎上，被勾了魂魄，邪门儿得很呢。”

我没有去过那个地方，不知道那里是个什么样的地理环境，心里觉得好笑。不过老一代人有他们自己的世界观，我们也不好勉强，央求了一下没结果，就只好问他进山路线的情况。

老人告诉我们，从这个村子进到秦川崇山峻岭之中，往西走七天，会有一座天门山，两边都是峭壁，无法攀爬，但是山中有一道奇特的裂缝，只能并排两人通过，就是我们常说的“一线天”，也就是老痒说的“夹子沟”。相传在南北朝末期，当地有人看到，有一支北魏的军队经过栈道入秦川，这支军队很奇怪，行军中没有一个人说话，直入山中。军队经过这一山缝时，突然地动山摇，巨大的缝隙突然闭合，将部队夹入大山内部，从此失去了踪迹，再没有出来。

到了清朝的时候，这里来过几个风水先生替一有钱人找坟地，进山十几天，出来的时候几乎不成人形，都说这天门山内有一道黄泉瀑布，连着地府，他们差点进去就出不来。

一开始，山里人也都不信，不过后来很多人说在沟里听见山里有战马奔腾的声音传出来，这些事情才越传越厉害。有人还串起来说，地府的阴兵便是由黄泉瀑布进出阴阳两界，那南北朝末期的北魏军队，就是自阳间返回地府的鬼兵。

老爷子说，到天门山的那一段路，我们可以走上一走，但是天门山，那是世代人所能达到的极限，再往后的丛林里有什么，谁也不知道了。从古到今，凡是进去里面的人，无论是清朝的鞑子军，还是国民党的败兵，没有一个出来过。他年纪大了，不能带我去，村里其他人又都没有去过，要是我们真想去，他可以给我们指个方向，只要按他说的走，七八天工夫肯定能到，但是进去后发生什么事情，他一概不负责。

爷爷的笔记里说过，寻找陵墓，凡是有很详尽的民间传说的地方，都要特别注意，所以我特别留意地听了老爷子的这一段话，心里已然有了几分把握，我们要去的那个地方，确实应该是在那一带。

我们谢过老爷子就想离开，老人家大概很少有客人来，所以热情得很，一定要我们留下来吃饭。我们执意要走，他也没有办法，就给我们包了几个腌制的荤菜。我本来嫌麻烦，不想要，但是一看里面有烧肉，想起自己这几天吃的都是干粮，肚子实在不争气，就收了下来。

休息了一天，我们再次赶路，这一次目标明确，我们顺着指北针的方向，咬紧牙关，翻山过河，一头扎进了中国腹地最神秘的莽莽原始丛林之中。

沿途无话，个中辛苦我都不想用文字记录下来，只知道七天之后，老痒叫着看到树冠之上显现出的天门山山顶之后，我们停下整顿，才发现自己已经和野人无异了。

老痒观察四周的地貌，告诉我就是这里！通过这个夹子沟，那边就是一个小峡谷，他们发现的那个殉葬坑，就是在那里面。

我爬上一棵巨大的老杉，拿起已经只有一边能用的望远镜看去，天门山的山形挺拔，山势奇伟，上面鬼岭妖松，景色十分奇特。但是山也并不见得像是一道门的样子，不知道天门山的名字由何得来，而那中间的一线天，从我这里看去，只是一道黑色的细线。

我们爬上了矮山脊，继续向天门山靠近，顺着山势向前走去，边走边查看前面的地形，将近正午，来到了天门山的山脚下，夹子沟起始段的一片乱石岭就在我们眼前。

秦岭实在是一个很奇妙的地方，特别是那些没有经过旅游开发的地段，有很多奇妙的景色。在天门山的峭壁下直接抬头，会发现地势极其壮观，形容得普通一点，就像一座巨大的山岩被一把利剑劈了一下，中间形成了一条细小的裂缝，这条裂缝的底部，就是夹子沟。因为山岩的地势极高，所以这里产生的一线天景观不同于那些矮山，放眼看去，只能看到一条极细的光线，在遥远的天顶，真的犹如整个天空浓缩成一线一样，如果不是亲身经历，绝对无法领略到这其中的万一。

夹子沟的底部乱石层叠，两边不时有清泉洒下，石头上到处是绿色青苔，非常难走。不过这里并没有远看的时候那么狭窄，而且光线很好，因为起始处的山势并不高，所以天上并不是一线天，而是“一根天”。

老痒回忆，通过这个夹子沟最起码要一个下午时间，而且里面过堂风极大，地面潮湿，生火很不方便，于是我们在入口不远处停了下来，点上篝火，开始吃午饭。我们将老爷子送给我们的腌菜放到吃剩下的罐头瓶子里，然后用火加热，像吃火锅一样。山民们烧菜都口感重，味道并不怎么样，但是比起我们的干粮，已经好上不知道多少倍了，所以前几天我们都节省着吃，现在靠近目的地了，可以放开大吃，我和老痒几乎是狼吞虎咽，很快就把腌肉吃了个干净。

我并没有吃饱，想起还有一些腌山鸡炒笋，就想索性吃光算了，不料回手一摸，发现那只放食物的袋子，已经不见了。

我四处找了一遍，却没有发现，觉得很纳闷，就问老痒，却听老痒在那里骂：“我操，谁把骨头吐到我领子里了？”

我一看觉得不对，我刚才吃的时候，几乎把骨头都吞了下去，哪里还会扔出去这么浪费。

正在奇怪的时候，又有一块骨头从悬崖上面掉了下来，我抬头一看，只见十几只金毛大猴子，不知道什么时候爬到了我们头顶的山壁上，其中一只，正拿着我装山鸡炒笋的袋子，吃里面的鸡肉。看它吃的样子，应该是从来没吃过这么好吃的东西，几乎连袋子都吃了进去。

很快，它就将所有的东西都吃了个干净，然后爬了下来，眼睛死死盯住我们的背包。

我心说不好，这些猴子可能以为我们包里全都是吃的，想来抢了，这可麻烦了。正想着，那只猴子已经发出一声尖叫，一刹那间，所有的猴子开始向我们逼近。

第八章 猴子

大号的猴王看着我，不停地咧嘴巴，露出自己白森森的獠牙，同时发出一种带有威胁性的声音，好像是在警告我们。

我和老痒各自拿起一根顶端燃烧着的柴火棍，拼命舞动，将冲上来的猴子逼退，有几只动作慢了一点，屁股被我狠狠地烧了一下，疼得尖叫着逃到很远的地方。

但是同时，有几只特别机灵的猴子，正在偷偷地靠近我们的行李，等我看出苗头的时候，为时已晚，老痒还没有放入背包的几个防水袋被一只小猴子一把抓了过去。我一看暗叫糟糕，忙上去抢，可等我一走开，我的身后也蹿出了一只猴子，想要来抢我的行李。

幸运的是，我的行李十分沉重，它拖了几下，发现没有办法很顺利地拖走，只好作罢，转而把手伸进行李包中，想将里面的小件东西拿出来。

我心里吃惊不已：这些猴子的行动非常熟练，这样子围攻人类，肯定不是第一次了。我一直认为猴子就算再聪明也有个限

度，现在看来，如果只算抢劫这一个职业，我们还不一定能比得过它们。

我这里一分神，那只猴子已经从我的包里掏出一只盒子，我一看不得了，那是一包压缩饼干，也不管正在追的那只，冲回去，飞起一脚将那只猴子踢飞，然后捡起盒子，赶忙塞进包里。

这个时候，突然眼前黄光一闪，那猴王已经跳将起来，一爪抓向我的脸。我看过猴子捕杀兔子，它们的爪子非常锋利，要是给抓到，我非破相不可。

情急之下，我来不及侧身，只好抡起柴火棍去挡。那猴子一下子就在我手上抓出了一道长长的血痕。我疼得一龇牙，柴火棍脱手掉了出去。

猴王落地之后，马上反扑过来。我来不及去捡柴火棍，只好匆忙间一脚踢了过去，谁知道它竟然一下子抱住我的腿，顺势就狠狠咬了我一口。

这一下实在是厉害，我疼得几乎抓狂，一巴掌就拍了过去。它反应很快，一个翻身立即跳了开去。我胡乱一抓，鬼使神差，给我一把抓住了它的尾巴。

猴子的尾巴非常重要，打斗中被抓住尾巴，等于被判了死刑，它一下子也慌了，发出一声嘶吼，不顾一切地朝我面门扑来。

我杀心已起，一个侧身躲过它的最后一击，抡起它的尾巴就往地上用力一摔。我估计着，这只猴子最起码也有四十多斤重，这一下虽然不致命，也足以把它摔得蒙过去。

可是那猴子强壮得出奇，这一下虽然我自己感觉用了杀手，它却一点儿事都没有，反而惨叫着还想再扑过来。我一下子有点儿不知所措，忙又用力一甩，将它狠狠地拍到一棵树上。这一次用力过大，手吃不住力气，它被我甩出去好几米，翻滚几下，一下子跳了起来，爬到一棵树上。

老痒惦记着被抢去的那几个袋子，还在追那几只刚才抢我们东西的饿猴子。那些猴子看猴王刚才吃了亏，哪会和他硬拼，一下子逃散了，但是并不逃远，而是继续做着威胁的动作。他去追其中一只，另几只就跟在他后面，向他丢石头，搞得他非常郁闷。就这样东一下西一下，猴子一只没打着，他自己倒已经气喘吁吁了。

我隐约觉得不妙，这几只野生猴子个子巨大，行动灵活，最麻烦的是它们一点儿也不怕人，我对付一只猴王已经非常吃力，要是有两只猴子同时攻击我，恐怕今天就有可能在这里吃大亏，而且猴子的记忆力很强，我们这次若不能彻底解决，恐怕以后不得安宁。

老痒追了半天，筋疲力尽，喘着气跑回来说："不——不行，这些猴子跑得太快，我们别和它们一般见识了，还是走吧，那些丢了的东西，就当送给山神爷的见面礼好了。"

我一想也觉得实在没有办法。在老林里和猴子抢东西，我们实在没有胜算，万一时间耗下去，说不定还会有别的损失。而且，虽然丢了一些东西，但都不是很关键，像冷光棒，我们用火把代替就可以了。

于是我点点头，对老痒说道："说得对，这里面很深，一旦天黑下来，我们的路就更难走，不过，你小子他娘的得把东西看好点，别再着了猢狲的道儿。"

老痒想起刚才的事情，气就不打一处来，对我摆摆手说："行了，你就别提了，这梁子算是结下了。"

我们两个绑紧背包，大声呼喝着赶开猴群，继续往窄路里走去。那些猴子看我们走了，以为我们逃了，纷纷跳上两边的山壁撵了过来，一边撵还一边向我们发出嘲讽的声音。老痒听了火大，回头大骂："你们这帮猢狲别得意，老子要是还有机会回来，把你们

全逮回去吃了！”

那群猴子看到他大叫，撵得更起劲了，特别是那只猴王，摆出胜利者的姿态，一路跟得很近，想趁我不注意再扑上来。老痒看着就火了，捡起地上的石头，扔到了那只猴王的鼻梁上，这一下打得颇重，那只猴王几乎从峭壁上摔下来。

没想到的是，那些猴子恼羞成怒，纷纷捡起地上的东西丢过来，很快我脑袋上连中几下石头和泥块，幸好没别人看到，不然我只能一头撞死以挽回颜面。

我们一路狂奔，跑了足有半支烟的工夫才停下来。我一看，我们已经完全进入这条夹子沟里，上面的“一根天”已经变成“一线天”，因为两块山壁之间的距离更窄了，两边崖顶就有一种要压下来的感觉，看着让人背脊发寒，恨不得马上走出这里。

看来那刘老头所言非虚，我心里暗道，搞不好这条山隙真是通向黄泉路的。

再往前走，这种感觉更甚，以这种趋势，如果不是事先打听过，我必然以为这最里面，两座山是合在一起的。

我回忆着那老向导说过的话，想着他说的那个传说。

阴兵的传说我听过不少，比较有名的就是云南的惊马槽，传说是南蛮王孟获找人挖的，这地方现在还在，一到雷雨季节，就会传出兵器交击的厮杀声。另一个更加玄乎，就是某年发生大地震的时候，听说是有很多人看到一长列马车队从山里出来，正遇上进城救灾的运输队，尔后云云我也不记得了。

老痒还说了一些其他的事情，说这条沟自从形成以来，应该几乎没人走过，却一棵杂草也不长，好像天天被马匹践踏一样，前几年还有人想在这里建一个景点，但是只要施工队一来，这里就开始下大雨，每次都是这样。搞得那几个领导一点儿办法也没有，加上离村庄实在太远，只好作罢。

我们继续深入，逐渐走得有点麻木，这山缝也不知道有多长，越往里面光线就越暗，温度也降了下来，感觉阴森森的，有种非常莫名的被窥视的感觉。而且不知道什么时候，后面的猴子也没有跟着我们了，一下子整个山缝里安静得有点可怕，只剩下风吹过的呼啸声和另外一些说不出名堂的古怪声音。这种感觉，让我们都非常不舒服。

我和老痒一个人说一个脑筋急转弯，想转移自己的注意力，以免被这山缝里诡异的气氛所影响。虽然如此，我的心里还是感觉非常不安，而且随着我们越来越深入，这种不安就越来越明显。我甚至有几次都感到，我们头上的那一线天，随时可能消失，我们会被永远困在漆黑一片的大山内部。

我胡思乱想着，也不知道走了多久，忽然，走在前面的老痒停了下来，我一时反应不及，撞在了他的背上。这一下撞得很厉害，我有点窝火，问他："怎么回事？说停就停，也不言语一声。"

他转过头来，脸色惨白，嘴巴抖了半天，结巴着说道："老吴，前——前面——有个人——"

我愣了一愣，心说：什么"人"？这种地方离最近的村庄最起码有四十公里，怎么可能会有人在？我忙探头过去看。只瞅了一眼，我便头皮一麻，脑子"嗡"的一声，几乎咬到自己的舌头，脚后跟一磕，坐倒在地上。

原来前面的山缝阴影中，真的站着一个"人"形状的东西，脸隐没在黑色的影子里，木然地看着我们。

第九章 石人

一路上处于一种木然的状态下，突然发现前面出现了这个东西，很少有人能马上反应过来。

我和老痒不由自主地后退，想和他保持距离，但是一时间我们都挪动不了自己的腿，只觉得心脏狂跳，浑身僵硬无比。

老痒比我胆子大一点，深吸了一口气后，对着那人喊道："你……什么人？"

那人一点反应都没有，一动不动，似乎是一块石头一样。

老痒压低声音问我道："你看他怎么不理我们？老吴，该不是给那刘老头说中了，遇到阴兵了吧？"

一阵冷风吹过，我略微清醒了一点，说道："别慌，是人就不用怕他，咱们看清楚再说！"说着掏出了手电，向他照去。

那个"人"穿着一身奇怪的古代衣服，裸露的手臂呈现灰白的颜色，木然地立在夹沟的中间，在昏暗的山缝阴影里，显得极其诡异。手电照到他的身上，他一点反应也没有。

这个时候，我却发现了不对劲的地方。

原来，这个“人”的身上，竟然长着绿色的青苔。

无论是什么东西，除了乌龟，怎么样也无法容许自己的身上长出青苔吧？我仔细看去，发现这“人”不是“肉”的，而似乎是用石头雕刻而成，只不过雕刻手法过于写实，在光线不足的情况下，才会被误会成真的。

虽然如此，我却笑不出来，这个石人简直是鬼斧神工，雕刻得太逼真了，就算我们近距离去看，也觉得场面骇人，头上直冒冷汗。

我们心有余悸地走过去，发现这“石人”的下半身被压在碎石头堆里，大概是随着上面的石头坍塌一起掉下来的，脑袋部分已经没了，只剩下一个脖子。我抬头看去，果然看到峭壁的上方有一个地方岩石松散，只不过整个山势倾斜，形成了一个死角，我看不到实际的情况。

石人双臂裸露，不是汉文化的风格，在他身上刻的衣饰，我发现了双身蛇的纹路，衣服的风格我从来没有见过，色彩已经有点褪去，石人的头部缺失，大概是摔下来的时候砸碎了。

看到这些，我已经肯定，这东西应该是一个陪葬的石人俑。

我看了看头顶，石人俑从上面坍塌下来，看样子这上面有东西。

老痒性子急，不等我看清楚，已经毛手毛脚地爬了上去。我跟着他趴在峭壁上，顺着坡度一点一点地移动，很快，就爬到了发生坍塌的地方。

上面似乎是一个依山壁开凿的浅坑，不少相似的石头人俑被放在洞里。奇怪的是，这几个石头人的脑袋都不见了，脖子上放着人的骷髅，接合处用泥粘了起来。

我知道这叫人头俑，古时候打仗，携带整具尸体回来邀功太重，就砍下人头，这些人头被放在石身上，充当活人来殉葬。

四周原先还有壁画，但是已经给雨水冲刷成无法辨认的色块。洞的底部有一座依着山势雕刻的半身人像，胸口到脑袋已经被炸掉了，只剩下一只手和半只肩膀还能分辨出来。

在塌口的中间，被炸出一个篮球大小的黑幽幽的洞口，我按捺住心中的狂喜，拿电筒往里面照了照，发现里面空间极大。

直觉告诉我，这巨大的石人像后面有可能是个古墓，而且很可能是老痒所说的那个巨大的殉葬坑所服务的主墓穴，只不过不知道是哪里的高人，已经走进过一趟了。

一般来说，能想到把墓修在这种地方的，墓主的身份肯定显赫，但是能把这种地方的斗都倒掉的，更是高手中的高手。普通的盗墓贼，就算他在这夹子沟里来回走上几百趟，也绝对想不到头顶上另有乾坤。

我和老痒合计了一下，决定先进去看看，反正目的地就在附近了，如果里面没东西，再出来也不晚。做我们这一行的，有洞不钻，那是要难受死的。

他比较瘦，打头钻进洞里。这洞在里面的位置偏高，他脚踩不到底，只好贴在壁上。我把手电递给他，他接过一照，说道："我操，里面有积水。"

我探头进去，看到里面是一个很大的拱顶的石室，是开凿出来的，顶上有一些壁画的痕迹，积水水位很高，几乎到了拱顶的边缘处。透过水面可以看到，浸在水里的四边的石墙上都凿着浅坑，里面全是长满青苔的无头石俑。这些积水，不知道是下雨的时候，雨水从这个洞口流进积起来的，还是另有原因。

老痒和我说，他上次来的时候，那石头人俑还没有坍塌下来，

如此算来，这被炸出的口子，应该还是这三年里做的。这里面的水不可能是雨水。

我让他小心为妙。老痒仗着自己水性好，一松手就跳了下去，水一下子就没到了他的胸口，他吓了一跳，差点滑倒。

我看着直咋舌，这水深得过头了，问他：“你踩踩水底，怎么样，下面是泥还是石头？”

老痒说道：“踩不到水底。他娘的，这水真他妈的凉。”

我将两个背包里的防水布都拿出来，把背包包起来，一个扔给他，另一个自己背上，然后小心地滑进水里，马上一股凉气就从我的脚底板冒了上来，把我冷得打了个哆嗦。

脚下空空如也，果然很深，我心里道。因为事先我没有想到会在水里作业，没准备什么应对的装备，我们只有打着手电向里面游去。

才游了几下，我们就看到一扇石门开在最里面的石头壁上。

石门因为水位的问题，显得很矮，矮门里是一条大概两辆解放汽车宽的石道，一片漆黑。我们手电扫过的地方，都是青灰色石壁，有粗略修凿过的迹象，有几段地方上面也有壁画，但是这里的壁画已经被腐蚀得根本看不出来了。

一直往里面游了十几米，突然石道一拐弯，呈九十度的直角，我用手电照了照，发现里面深得吓人，不由得停下动作，不敢贸然进去。

事实上，现在的情况，再往里面走就不太明智了，这水深成这个样子，又看不到水里的情形，实在有点让人发慌，要是等一下水里冒出个什么东西来，就算是块木头，也能把我吓个半死。

老痒看了看四周的石壁，问我：“你有没有发现，这个墓虽然挺大，但是修得很粗糙？你看这些石头碴，一块比一块难看，根本没修过，这墓老板会不会也不太有钱，开了山就没钱装修了？”

我说道：“这可能只是整个陵区最外沿的地方，你看这里摆了这么多未完工的石俑，可能是陵墓工匠采石雕刻的地方，再往里去看看，应该会更清楚。”

我们继续往前，又游了几分钟，在通过那个转弯口的时候，听到前面黑暗里传来了几声沉闷的水声，似乎有个什么东西正在水里潜行。

我抓住老痒的手，将他手里的手电强行转向水声传来的方向，马上，我就看见，同时在水面上出现了一道三角的水痕，瞬间沉入水中。

我还没反应过来那是什么，老痒已经一把拍开我的手，转头大叫了一声：“跑！”

第十章 哲罗鲑

老痒说是这样说，但是我们弓在齐脖深的积水里，如何逃得快？我扑腾了几下，回头一看，那三角的水痕已经闪电般向我冲了过来，经过的水面翻起一阵混浊。

我赶紧将手电绑在自己的手腕上，拔出横插在皮带里的匕首，将背包背到前面当成盾牌，同时招呼老痒帮忙，却发现这小子已经扑扑腾腾地游出去十几米了。

我心里将他十代祖宗骂了个遍，这个时候再不容我多想，那怪物闪电般冲过来，转眼便到了眼前。

我矮下身子，就准备硬吃这怪物的一击。那三角的水痕来得飞快，到了我面前三尺左右，突然水面出现一个扭曲的波纹，水痕却消失不见了。

说时迟，那时快，还没等我纳闷，突然，我的眼前就炸开了一团水花，同时，一股巨大的力量撞在了我的胸口。这一下子实在太快了，我根本不知道是怎么一回事，鼻子里呛进一口臭水，酸得我

睁不开眼睛。

我被这股力量压进了水里，我被顶着向前游去，一下子我就被推出去十几米。我入水的时候根本没时间换气，气非常短，已经差不多到了极限，要是一直给它顶下去，非窒息不可，于是我咬紧牙关，操起匕首胡乱一捅，就觉得手里一震，也不知道捅在了什么地方。那家伙吃痛，猛地在水里一扭，将我甩得整个人倒转，脑袋拍在了墙上，一下子就蒙了。

不过，好歹这一刀算是起了作用，我觉得胸口一松，那股力量消失了。

我知道它松了口，挣扎着探出头来，贪婪地呼吸了一口空气，同时一摸背包，他娘的，已经整个儿被撕走了一半，里面的东西都掉得差不多了。幸亏我把背包挡在胸口，不然这一下我已经挂了，这东西的咬力也太厉害了。

这时候四周光线非常差，只看见老痒的手电在后面直晃。但是这些微弱的光根本照不出什么来，反而把水面照得反光，影响我的视线。

我喘了几口气，脑子清醒了不少，这时候就发现手里的匕首没了，也不知道是刚才撞墙的时候掉进水里了，还是压根没拔出来，心里长叹一声，现在赤手空拳，又没了背包的保护，要是给它再来一口，估计掉出来的就是俺的内脏了。

我贴到石壁上，这里地方狭窄，这样贴着一边，它想要一口咬住我的身体，也没有那么容易。

刚才搏斗的时候，我依稀感觉是条大鱼，可是这密封的矿洞里怎么可能会有鱼，而且还是这么大一条？这太不符合情理了。就算有，它吃什么，吃石头吗？

老痒从后面追了上来，看见我就大叫：“你没事儿吧，没缺胳膊少腿吧？”

我忙拦住他，让他贴住墙，说道：“别过来，那玩意儿还在附近！”

他没听到我说什么，还问：“没事吧？刚才我是想弄出点声音，吸引它的注意力，没想到它不吃这一——”话说到一半，突然，他整个人一歪，一下子被扯进了水里，水花四溅，同时水里拍出一条大鱼尾巴，绿水扑了我一脸。

我心里暗叫不好，老痒不知道是什么地方被咬到了，要是咬在身上，那真的不得了，不死也得残废。

我摸遍身上，再没有别的武器，只好从口袋里掏出一把开军用罐头的刀来，这刀确是好钢口，但是太短，捅一百刀也不一定能把人捅死，现如今也没的挑剔。我大叫一声，飞身就扑进水里，向老痒那个方向游了过去。

那个地方正在混战，在水里我什么都看不见，只能摸着，才摸了两把，正赶上鱼尾甩过来，面门被狠狠拍了一下。我被拍得七荤八素，身子在水里打了好几个转，脖子几乎折了。

这一尾巴把我拍得有点火起，咬紧牙再次冲了过去。慌乱间，我一把抱住一个东西，只觉得滑腻腻的，一摸全是鳞片，心说，就是你了，也不知是鱼的哪个部位，操起罐头刀就捅。

虽然这罐头刀短，但是横切的刃口非常锋利，那怪物中刀后，身体狂扭，我再也抱不住，被甩得撞出水面，但是有了上次的教训，我的手死死攥住罐头刀不放，刀的倒钩卡在它的身体里，它一用力气往前，整个儿在它身上刺了一条大口子。

等我再探出头来的时候，绿色的水面上已经全是红色的鲜血，两种颜色混合在一起，非常恶心。我将手抬出水面，发现罐头刀已经卷了起来，卷起的刃口翻上来，切进了我被水泡得发白的手指，

只是刚才太过投入，一点儿也没有察觉。

现在也管不了这么多，我定了定神，刚向前一步，突然一只巨大的鱼头冲出了水面，我只看到一口密集的尖牙向我的脑袋扑来。情急之下，我一个后仰，那鱼就扑在了我的身上，一下子把我压到了水下。

我在水里拼命地挣扎，想抓住什么东西，这个时候，一个人抓住了我的手，猛地将我拉出了水。我抬头一看，正是满身是血的老痒，在那里大喘粗气。

“怎么样？”我忙问，“你刚才给咬到什么地方了？”

他从水里拿出半只背包，苦笑了一声。我松了口气，看样子这地方太过狭窄，这条鱼只能攻击我们胸口的位置，这真是不幸中的大幸。

水里一片混浊，那条大鱼显然吃痛，不停地在水里翻腾，不时还撞到一边的石壁。我们戒备着，可是不久，它就在不远处肚皮朝天浮了上来，两只鳍还在不停地抖动，但看来已经不行了。

我等了一段时间，看它确实僵硬了，才大着胆子向它游了过去。

这鱼起码有两米半长，脑袋很大，长着一张脸盆一样大的嘴巴，里面全是细小有倒钩的牙齿。最奇怪的是，这鱼的脑门上还有着很奇怪的花纹，一把没柄匕首插在那里，不知道是老痒插的还是我插的。

我这个时候已经看出，这是条哲罗鲑，淡水鱼里算它最狠，如果说起这个品种，那这条鱼还算是小的，只不过这种只生活在冷水系里的鱼，怎么会钻到这个地方来？如何钻进来的？

正疑惑着，我就听老痒叫道：“快看，那里有台阶。”

刚才一团混战，已经不知道自己被那鱼带到了什么地方，看样子已经进入了这条石道的深处。我转头看去，一边的水下，有几级简陋的台阶一直延伸出水面，上面有一片高地。手电扫过，可以看到一些壁画。

我们浑身又冷又痒，急需休整，两个人商量了一下，决定先到没水的地方，把伤口处理一下。

老痒冻得厉害，也不和我多说，拎住这鱼的鳃片，就往里面拖去。我看了觉得奇怪，问他还要这鱼干什么。他说道："我们包里那些装备给它吞下去了，那可了不得，我们还指望用这些东西发财呢，怎么样也要弄出来。"

我听了直摇头，拿他没办法，只好帮着将鱼向前推去。沿着几乎笔直的台阶，我先爬了上去，上面是一个用木头撑起来的石室，一边还有一条通往其他地方的石道，里面一片漆黑。不过这个地方倒是比较宽敞，应该是用来暂时堆放采出来的石料和废石的，那些支撑的木头已经稀疏烂光，四周的壁画非常简单，倾向于抽象的风格。我浑身难受，没心思去仔细看。

我们将衣服全部脱光，用角落里的烂木头堆起一个火堆，开始烘烤衣服。老痒着急他的装备，光着身子就去剖那鱼腹，边切还边对我说："这鱼这么大，就这么扔了浪费，等一下我们割点肉出去，吃吃看怎么样？"

我从老痒的半只包里翻出一些药品，先给自己的手指消了毒，然后用创可贴包好，说道："你自己吃吧，这水太脏，也不知道这鱼是从哪里来的，吃什么长大的，想想就觉得不保险。"

老痒这个时候已经将大鱼的胃剖了出来，一刀划破胃囊，顿时一股恶臭扑面而来，简直能把人熏死过去。我的脑袋不由自主地转过去一看，只见一团稀烂的东西从它的胃里淌了出来，其中一个圆圆的东西滚了几下，到了我的面前。

我一看，“啊哦”了一声。

那竟然是一个人头。

第十一章 人头

我们进山以来，除了那向导大爷给的几种野味，吃的都是干巴巴的干粮，那野味又没吃上几口就被猴子给搅和了，现在馋劲还没过去。老痒说鱼肉的时候，我嘴上说不吃，其实已经有点心动，脑子里还幻想出在海上吃鱼头火锅的情景。可这该死的一刀，把我的美梦破灭了。我看着那血淋淋沾满胃酸的人头，和鱼头火锅的情景重叠在一起，一阵反胃感直翻上喉咙，几乎就要喷出来。

老痒平时胆子颇大，说起死人，没一千也见过八百，但看到这副情景，却也脸色发白，半天没有缓过气来。

强忍住恶心，我用匕首将人头翻转过来，发现他脸上的皮肤略微有点溃烂，但是整个头还是比较完整，应该是刚被吃下去不久。这鱼在吞吃人头的时候，大概咀嚼了几下，使得头骨下颌的形状有点变形，面貌已经无法用语言来形容了，无法判断到底是什么人。

这人进鱼胃并没有多少时间，就是说他是刚死不久。

我一手捂住鼻子，一手用匕首将从鱼胃里淌出来的东西一样

一样拨开，想看看这人的其他部分在什么地方。很快，我找到了手和一些肉块，都已经有一定程度的腐蚀，没有可以看出这人身份的东西。

我继续翻了几下，找到了被它吞下去的我们的背包，里面的东西已经和胃里的食物残渣混合在了一起，除了那些实在无法放弃的，其他的我全都拨到一边。那些干粮虽然都用塑料纸包得好好的，但是我实在无法说服自己再去吃它们。

忽然，我看到在一团糊状物中，有一块黑色的东西，没等我把它全部拨出来，老痒已经叫了起来："操，是把'拍子撩'。"

我不知道什么是拍子撩，猜测肯定又是他从牢里学的什么歪话，拨出来一看，原来是一把土制的手枪。这种枪真的非常土，就是把小口径双管猎枪的长枪管给锯了，然后把枪托修成手枪的样子。有两个枪管，能打两次，但是不能自动退弹壳，得像装子弹一样，将空弹壳拿出来，所以用来打那些没有攻击力的小野兽还行，要是碰上大型野兽，一枪没打死的话，等你上完子弹开第二枪，脖子早就被咬断了。另外，这枪近距离威力惊人，但是如果超过二十米就连狗都打不死，其实用性和正式手枪根本不能比。

我将枪拨出来，在地上把上面的东西蹭没了，才拿起来，拨开枪管子一看，里面有两发猎枪子弹，在手枪枪管下面还有一个装子弹的铁匣子，里面大概有八发子弹，四蓝四红，什么类型的不知道。

这人可能是来山里偷猎的，偶然发现了这洞，想进来看看，结果喂了鱼。这枪可能是鱼撕咬人肉的时候一起吞下去的。人倒霉就是这样，谁能想到这地方会有条这么大的食肉鱼。

枪是好东西，紧急时可以用来保命，只是子弹太少了。老痒把我们那些装备掏出来后，又在鱼胃里捣鼓了几下，但是没有更多的发现。我看了看鱼的身上，只见除了我们造成的那几个伤口外，另外还有一些细小的弹孔。这鱼在袭击我们前，已经受了伤，只不过它中的是铁沙弹，杀伤力很小，不会致命。

老痒看这鱼觉得奇怪，问我道："老吴，你说这地方怎么会有这种杀人鱼？会不会是有人养在这里的？"

我对他道："不是，我看是这石道的水面下，还有其他的水道，连到附近的地下河，而这里的地下河通常又连着嘉陵江，这鱼肯定是从江里游过来的。"

老痒道："不对啊，几千年前没潜水设备，他们怎么去挖这些水下的水道啊？"

我看老痒挺感兴趣，解释道："那不是挖的，我估计是因为事故形成的。"

学建筑的时候，有一门自然力学讲地质结构，里面提过岩石山里经常有太古时代造山运动时形成的中空地带，叫作岩脉，如果岩脉和山溪相连，就有可能形成山内部的水系。打矿的一旦打到这里，就有可能出现重大事故，小则冲毁几个矿道，大则淹掉整个工作面。

这里是采石洞，一般不会设排水的坑道，这里给淹成这样，可能就是因为发生了事故。

不过，由此我们也可以推断出，采石洞的规模可能比我们看到的要大得多，不过因为淹在水下，所以看不出来。用了这么多的石料，我们要去的古墓规模定然也不会小到哪里去。

我们把鱼的尸体和人头都推回水里，但是这味道闻着实在太难受。我们休息了没多久，看衣服差不多干了，于是重新穿戴整齐，将所有必需的东西装进口袋里，就匆忙动身。

老痒打起手电，在前面开路，两人一前一后，径直走进后面的

石道中。

里面同样一片漆黑，石俑和动物俑横倒在石道上，两边的洞墙上坑坑洼洼，裂缝横生，有时候还能看到浮雕石刻的半成品。

这些东西个头都很大，我不禁在想，这里采出的石料，是如何运到古墓中去的。

按照齐老爷子给我的资料，库国的疆域并不大，大多数是山区，狩猎是主要的生活方式，生产力比较落后，应该不具备长途运送石料这样的实力。为了方便运送，古墓应该是在比较靠近的地方才对。

刚才我们进来的那洞，是盗墓贼炸出来的，那就是说，这采石洞的出口应该在另一边，难不成一路过去，这样就能到达地宫的入口？

不过，也有不少人为了隐藏自己墓地的位置，故意在很远处准备材料，那就是我们不能控制的了。

我们往里走了有半个小时工夫，前后都已经一片漆黑，老痒的手电电池快耗尽了，开始闪烁。我感觉累了，就招呼他停下来换电池，顺便抽支烟提提神。

我们坐到地上，把手电放在地上，照着那些逼真的石人。老痒就问我道：“这些个石像，一个个雕得这么逼真，实在怵得慌，你说这是什么朝代的东西，我怎么就一点头绪都没有？”

我和他一样，也是一头雾水。中国内地汉族地区的泥石雕刻历史源远流长，和中国西北、西南诸少数民族，乃至古印度等邻近国家和地区的文化有过长时间的融合过程，但是以写实为主要表现手段的雕刻手法，在我记忆里只出现过一次，那就是秦始皇的兵马俑，可是这里的石像和兵马俑又完全不同，实在是一个异类。

不过，石俑身上都有双身蛇纹的显著特征，肯定是属于古库族文化，不管这个矿洞是不是属于我们要去的那个古墓，我们现在已经进入古库国的领域，是绝没有错的了。

老痒话很多，一边抽烟一边问这问那，我给问疲了，就让他别什么事情都问我，我又不是考古的，咱们拿了东西就走，研究这些事情，让那些老教授们去做。

换好电池没走几步，前面出现了手电光线的反射，似乎是到头了。我们跑上前去，果然，前面是一面石壁，石道的尽头是一个不大的石室，里面倒着不少破碎的无头石人俑，四周有石灯，石室的中间，放着一口石棺。

石棺很大，棺盖上面雕着一条双身蛇，两条蛇身分别缠绕住棺材的两边，雕刻得非常精致，但是蛇尾巴的地方明显还没有完成，只雕出了一个大概。

手电照上去，棺材的石料显现出凝脂一样半透明的白色，棺盖没有合上，露出了一条手臂粗细的缝。整口棺材放在棺床上，四周再没有任何的东西。

看来是一个陪葬棺，可能是入殓的时候多余出来的，或者雕刻来备用的，废弃在这里。

怎么这条石道这么长，只通到这地方？我纳闷起来，不可能啊，这里明显是一个堆次品的地方，没有出口，那这石道两头都是封闭的，难道运输石料的道路，是在刚才通过的水道水位以下，或者说是这个石室里有秘道？

如果入口在水下，那可就糟糕了，我心里暗道。

这个石室里没有什么奇怪的东西，我和老痒四处看了看，最后围到了那石棺的一边。

老痒第一次见棺材，觉得很稀奇，围着转了两圈，问我："里面会不会有粽子？"

我想也没想，道：“不会，没听说过先入殓再雕棺材的，这应该是空棺。”

老痒把眼睛凑到棺材盖的缝隙处，用手电照了照，道：“但是里面好像装了什么东西，不信你过来看。”

我走到他一边，远远地一看，果然，从棺材的缝隙里看下去，有一个黑色的影子躺在里面。可是是什么，还真看不出来。

老痒吹开棺材盖上的灰尘，敲了敲，想把手电伸进棺材的缝隙里去照，但是我们买的那手电头太大了，试了半天插不进去，他问道：“要不要打开看一下？”

我心里感觉有点异样，以前开棺材的时候边上总有几个老手，这一次就我一个人，没什么自信，摇头道：“这事情不对劲，我感觉不好，别贸然打开。”

话还没说完，老痒忽然往后一缩，退了好几步，一屁股坐到了地上，手电都脱手滚了开去。

我给他吓了一跳，刚想问他干什么，忽然手上一凉，低头一看，一只干枯惨白的手不知道什么时候从棺盖的缝隙里伸了出来，正抓在我的手腕上。

第十二章 地下河

我顿时头皮发奓，起了一身的筛子，发了疯一样想把自己的手抽回来。可是那枯手力气极大，不仅没办法脱手，还直把我往棺材里拉去。

我吓得几乎失去理智，混乱中掏出了拍子撩，想用它把那只尸手打断。可没等我瞄准，后面突然一阵混乱，把我拿枪的手猛地给扭住了。

我当时不知道扭住我手的是什么东西，一边大吼一边挣扎，不知道怎么的，竟然把那只尸手甩掉了，然后一脚蹬在石棺上，连着我后面的东西全部摔了个人仰马翻。

在地上打了两个滚，我已经知道袭击我的是人，一下子胆子大起来，一个翻身跳了起来，甩手就准备放一枪。

可没等我看清楚面前到底是什么人，就听“嘣”的一声，不知道哪里刮来一道劲风，我的后脑给人狠狠敲了一下。我眼一黑，差点给打晕过去。

我被砸得扑倒在地，这时至少有两个人上来架住我的手，将我提了起来，押到棺材边上。我回头一看，老痒也给制住了，已经五花大绑，被按在地上。

我身后那人用我的皮带将我的手绑住，把我也推倒在地上，然后用枪顶了顶我的头。这时候我才看到他们的样子，这几个人，竟然是我们在西安路边摊子上碰到的那几个家伙。

这些人怎么也在这里？我心里惊讶到了极点。难不成，他们真像老痒说的，一直在留意我们，跟到了这里？

这下糟糕了，这几个是亡命之徒，落入他们的手里恐怕凶多吉少，这种地方简直是杀人的最佳地点，尸体恐怕几百年都不会被发现。

那几个人把我们绑好后，丢到一边，也不来打，也不来杀，而是去推我们刚才看的那石棺盖。我和老痒一看，看到那干枯的手臂还挂在棺材外面呢，不由得面如土色，吓得大叫："你们干什么？里面那是只粽子！放出来我们都要倒霉！"

那几个人一听，一愣，马上哄堂大笑，一个年轻人说道："什么粽子？你好好看里面是什么！"

说着，用力一推棺盖，在我和老痒的大叫中，棺材盖子"轰隆"一声被推到了一边，随即，一个干瘦农民模样的老头从棺材里坐了起来。

我一看，我靠，这不是那个泰叔吗？他怎么会坐在棺材里面？随即我马上明白了，心里真想抽自己一嘴巴，我操，竟然给人耍了！

泰叔站起来，将他那只白得犹如死人一样、布满干枯皱纹的鬼手收进衣服里，然后翻出棺材，来到我们面前。

我看着他的手，指甲是黄色的，又长又尖。忽然，我想起小时候爷爷的一个朋友，这人的脚给粽子抓过一下，流了十几天脓才好，但是脚从此就萎缩，形容枯槁，和那泰叔的手看上去一模一样。

我心里暗道，难不成这泰叔的手，也是给粽子抓伤所致？后悔刚才自己怎么就没想到，要是刚才没给吓成那样，我们就没这么容易给逮住了。

泰叔打量了我们几眼，也不说话，只是点起一支烟，用他们那里的方言和边上几个人说了几句话。那几个人看了看我们，都点了点头。

我以为他们要对我们不利了，不由得全身戒备，没想到他们却不来理我们，而是围到了棺材的边上。那泰叔改用普通话，对一个人道："王老板，根据李老板当时说的八卦方位，这个地方就是当年陵墓地下水道的入口，但是这里啥也没有，这是怎么回事？"

一个有点胖的中年人吃力地蹲下来，拿出一本簿子看了看，说道："不会错嘛，就是这个地方啦，肯定是封墓的时候把入口藏起来了，暗门应该就在这个房间里。"

泰叔看了看四周，又问其中另一个人："凉师爷，你对这个有研究，你怎么看？"

那个人躲在黑暗里，我看不到他的样子，只听一个颇年轻的声音说道："李老板的地图我看过，应该是不会错的。刚才我也随便看了看，如果说有暗门，那其他地方是不会有了，肯定是在这棺材下面的棺床。"

他们低下头来，看着石棺下的突起部分，老泰拿枪柄敲了敲，说道："那怎么打开？"

凉师爷想了想，摇了摇头："不晓得，推开来看看。"

泰叔站了起来，走到那年轻人边上。两个人肩膀抵着棺材，甩

力一推，咔啦一声，棺材挪了一点位置，下面的棺床上，露出了一道黑色的缝隙。

其他人也上去帮忙，几个人用力推了几下，空的棺材滑下一半，一个一米见方的入口呈现在我们面前。

我伸长脖子一看，里边黑幽幽一片，似乎有一道十分陡峭的石阶一直通到下面。我闻到一股古怪的气味从下面弥漫了上来，有点熟悉，但是想不起是什么。

那年轻人用手电照了照，就想探头下去，被泰叔拦住了。他用下巴指了指我，然后用他们当地的语言说了句话。那年轻人点了点头，过来把我拉到洞边，将我的双手双脚解开，然后一把把我推到洞里，用枪指了指我的头，让我下去。

我一看，知道他们刚才没杀我们，原来是有这一层打算，这里的暗道他们没走过，怕有机关，想拿我们去蹚雷。想起老痒当时求我的时候，说这一路就当旅游，心里顿时后悔得不得了，心说，我怎么就听了他的？这下子好了，下面的楼梯上十有八九会有机关，死定了。

我活动活动手脚，想着要不就和他们拼了，反正横竖是死，就算下面暗道里没机关，以后蹚雷的地方还多着呢，总不会次次这么走运，和他们拼了说不定还有一线生机。这时候老痒却朝我打了个眼色，轻声说："没事，尽管下去。"

我心里纳闷，他又没走过，怎么知道没事？不过看他那神情，好像是胸有成竹，一下子也摸不着他有什么打算，于是把手电绑到手上，双手撑住一边，小心翼翼地先用脚探了下去。

我深呼吸了一口，先用手电往下一照，发现这是个几乎笔直的走道，深得看不到底，四周泛绿的石壁上不知道为什么非常潮湿，手按上去有点打滑。可是下面又没水，不知道这湿气是从哪里来的。

我想下去，那泰叔拍了拍我的头，递给我一只哨子，说道："到了底，就吹一下，半个小时要是听不到声音，俺就宰了你哥们儿。"

我知道他是怕我自己跑了，心里冷笑一声，把哨子接了过来，就缩头下了地道。

这种几乎笔直的石阶爬起来十分吃力，他们开凿的时候并不仔细，有些浅，有些深，大部分只能踩住小半只脚，我下去了十几步，已经开始喘气，脚尖开始痛起来。我抬头望去，上面的石门已经变成一个小小的方形光点，四周的黑暗像墨汁一样挤过来。我看到几个隐约的影子在上面闪动着，显然他们不停地在往我这边看。

一开始我还担心这些石阶会设有机关，所以走得特别小心，但是越往下，我发现这石道修得越粗糙，石头都是整块整块的，这样的做工，肯定不会有机关。

走着走着，石道走势一改，逐渐开始出现角度，阶梯也好走起来。我看到这一段的岩石明显变成了红褐色，照上去还有很多细小的反射。

这种石头大概是花岗石，里面有一些云母，非常坚硬，他们将矿道改向，大概是想避过这一条花岗石带。那这里应该已经是大山的内部了。

不知道什么时候起，矿道的下面传来水声，经过几个弯后，那水声大了起来，听上去如万马奔腾，水流十分湍急。

我看了看表，自己已经走了快二十分钟，感觉再往里去，哨子的声音可能就传不到上面了，于是拿出哨子先吹了几声。

声音一路盘旋上去，很快，上面也传来一声哨声回音。

我继续往下，前面的矿道变得宽阔起来，出口很快出现在视野

里，迎面吹来了一股强风，几乎把我吹得跌倒。我向下跑了几步，忽然耳边一声轰鸣，人已经走出暗道，来到了一处河滩之上，同时，一条奔腾的地下河出现在了我的眼前。

这条地下河大概有篮球场长度那么宽，洞顶有大概十米高，左右两边无限延伸开去，不知道通到什么地方。山洞的顶上没有钟乳，但是四周的石头经过多年的冲刷，变得很圆滑。我看着这洞的规模，知道不是人工开凿出来的。

水流非常湍急，刚才我在上面听到的巨大水声，就是因为这里的洞穴结构好像一个扩音器，将流水的声音扩大所致。我往中间走了走，发现水温颇高，有点下不去脚，而且越往前走水越深，几步就没到我的膝盖了，于是赶紧退了回去。

这里应该是一条岩脉，就像人体内的血管一样，是大山的血管。我往两边看了一下，发现两边地下河道似乎呈现出收缩的趋势，宽度逐渐变小，在左边的那条河道两边的岩壁上，还拉着很多铁链。

正在奇怪的时候，那年轻人已经怪叫着从暗道里走了出来，一脚踩在水里，大叫："我操，这么烫！"

我回头看去，看到另一个年轻人跟在他后边走出来，这人戴着副眼镜，看上去文绉绉的，应该就是那个凉师爷。他走近的时候，我才发现其实这人也上了点年纪，并没有远看那么年轻。第三个出来的是老痒，后面跟着一个有点发福的中年人，然后就是泰叔。我以为后边应该还有一个人，却发现没人跟着了，心里纳闷，进山的时候，他们不是五个人吗？

他们几个全都打起手电，几条光柱在岩脉里来回扫荡。那凉师爷低叫了一声："真是鬼斧神工，通往陵墓的神道竟然是条地下河，要不是亲眼看到，我还真不信。"

那年轻人往水里走了几步，皱了皱眉头退了回来，对那几个人说道：“他娘的还挺深，泰叔，这里难走，不好蹚。”

泰叔看了一眼王老板，问道：“王老板，现在该怎么走，你那宝贝地图上有没有写？”

王老板翻着他的本子，说道：“地图上说，他们上次来探陵，曾在水底设下两条铁链，一直摸着那铁链，就能到达地宫的入口！”

手电都照向水里，果然，一条大概手腕粗的乌黑铁链横在水底。泰叔将它拉出了水，掂量了一下，叫道：“他妈的，还真的有。”

年轻人走过去拉了几下，拉不动，有点不安地看了一眼前面，说道：“泰叔，这样走水路，恐怕不太妥当吧，刚才李老板死得那么惨，要是再碰到那种鱼，我们全都得交待了啊。”

凉师爷摸了摸水，说道：“没事，这里水这么热，底下肯定有温泉口，绝对不会有鱼，有也焖熟了，二麻子，你想太多了。”

二麻子咧了咧嘴巴，似乎不太相信，问道：“真的？”

凉师爷拍了拍他的肩膀，刚想说什么，突然，二麻子背后的水里炸起了一个巨大的浪花，几乎一瞬间，我们就被冲得摔进水里，浑身湿透。慌乱间我把手电转回去一看，只见一股水柱冲出水面，碰到洞顶，滚烫的水如雨一样洒落下来。

凉师爷吓得脸色惨白，坐在水里直发抖，不知道有没有尿裤子。那泰叔到底是见过风浪的人，站起的时候，一手已经将枪拔了出来，对着凉师爷大叫：“他妈的这是啥玩意儿？”

第十三章 黄泉的瀑布

地下河水流湍急，水温极高，原来以为里面肯定没有生物，没想到话还没落，水里突然冲出一股黄色的水柱，直腾上洞顶，将所有人全部冲倒在浅滩上。

混乱之下，我也没看清直接给水柱冲到的二麻子情况如何，只听到泰叔大声地问凉师爷水里是什么东西，后者给吓得屁滚尿流，连话也说不出来，根本无法回答他。我转头去看，也只看到一大片水花，水底下到底有什么东西，连个形状也分辨不出来。

那水柱子冲上洞顶片刻也不见衰落，反而有越来越凶猛的势头，让我想起海里的鲸鱼。可这山沟沟里怎么可能会有鲸鱼？要真能碰上这么离谱的事情我也不想活了，可除了鲸鱼，什么东西还能扑腾出这么大的动静？我转念一想，难不成就是传说中的那种有二十多米长、头如解放卡车的成年哲罗鲑？心里直叫命苦，这年头菩萨闭眼，什么妖魔鬼怪都出来溜达，这斗恐怕是倒不成了。

这时候二麻子突然扑腾了几下，从水里钻了出来，不知道为何

浑身通红，才走了几步就跌倒在水里，一动也不动。泰叔不知道发生了什么事，狠狠地踢了我一脚，让我去把他拉回来。

我心中暗骂这老家伙不是东西，可是后脊梁有枪顶着也没有办法，只好硬着头皮冲进水花里，水柱喷上洞顶的水正下雨一样淋下来，我一淋就发现不对，这水烫得离谱，沾到身上就是一个水疱，慌忙间只有拉起衣服遮挡，另一只手去拉那二麻子。

可是当手一碰到二麻子的身体，我就给烫得一缩，心中骇然，他娘的，这孙子已经熟了，没救了。

这时候，忽然又是一声巨响，水柱子那里又喷出一股黄气。我一看觉得不对，这他娘的绝对不是鱼，任何生物在这么高温度的水里活动，早熬成老汤了。

老痒冲我大叫：“你他娘的发什么愣呢？快潜到水里去，这是间歇性的热喷泉，烫死人不偿命的！”

这水柱越来越大，滚烫的水开始像瓢泼一样洒下来，我忙猫着腰钻进地下河里，其余的人被越来越大的沸水雨烫得跟杀猪似的，一看我往水里逃，也纷纷扎猛子跟了过来。

喷泉水和地下河水混合在一起，河水的温度也高了很多，一猛子扎下去，简直就是游进了砂锅里，全身都烧了起来。我游出几米探出头来，回头一看，泉眼四周的水已经沸腾了起来，热流迅速蔓延，我能看到几乎整个河面都开始冒出水汽，再不找个地方出水，就要和那二麻子一样的下场了。

这时候再返回进来时的矿道已经不可能了，那边的水是温度最高的，几乎已经沸腾了起来，只有硬着头皮顺着地下水道去了。我看着水流的方向，心里后悔，刚才下水的时候应该选择逆流的方向，这样水流会把热水带到相反的方向，现在我们和热水一起顺势而下，在水中和水比快，简直是开玩笑。

不过事到如今，也没有其他方法，难道就在这里等死吗？我对老痒打了个招呼，一马当先游在最前面，后面几个全部跟着我游了过去。

借着水流的速度，我一下子就冲出去好几百米，感觉水温已经不再上升，当下松了一口气，回头仰泳，同时拿手电筒一照，看见老痒正在对我拼命地招手，对着我大叫：“停下！停！前面——”

他话没说完，突然我就给什么东西撞了一下，嘴巴给压进了水里，后面几个字没听到。这个时候我已经听到身后传来了轰鸣的水声，转头一照，只见前面不远处水花翻腾，赫然是一个大的断崖，黄色的水流从断崖处倾泻而下，悬崖的下方打雷一样地轰鸣，这肯定是一个巨大的瀑布。

我一下子就蒙了，这下子不得了，给冲下去那是死无全尸啊。老痒这个时候又探出头来，大叫：“靠边！靠边！”我这才反应过来，赶紧游向水道边缘，用力扒住洞壁，一连给水流带出去三四米才将自己停了下来。我刚想松一口气，突然那个凉师爷就一边叫着救命一边从后面撞了上来，一下子把我撞了出去，两个人在水里滚成一团。

我再探出头来的时候，已经给冲到瀑布边上了，当下再没有可以应变的时间和办法。我下意识地伸手乱抓，突然就给我抓到一根铁链。我一咬牙，扑过去死抱住铁链，终于在瀑布的边缘停住了身体，向下望去，双脚已经荡在悬崖下面，下面水声隆隆，漆黑一片，不知道有多高。

正庆幸自己命大，谁知道下面有人推开我的脚，我用手电一照，原来凉师爷正挂在另一根铁链上，我的脚正踩在他头上。我用力踹了他两脚，把他踹到一边，往边上一摸，发现四周的水下横着大量的铁链条，交错在一起，好像一条栏杆一样将从上游冲下来的

东西拦住，只不过现在有些铁链已经断了，从瀑布上挂下去，出现了不少缺口。

老痒漂到我一边，我一把抓住他的手，将他拉到我身边，同时泰叔和那个胖老板也全部在另一边抓住铁链停了下来。二麻子的尸体从我们身边漂过，在铁链上打了个转，卡在了两条铁链之间。老痒伸过手去，将他腰间的拍子撩和手枪全拿了过来。

我看他拿到枪了，努力伸出水面就想去打泰叔，忙一把拉住他，骂道："你他娘的想什么呢？枪管里有水，你想爆膛吗？"

老痒大叫："现在不干掉他们，以后就没机会了！"

我将他扯回来，大叫道："你现在还有心思想这个，快看前面！"

他转头一看，前面一片蒸汽腾腾，沸水已经到了，经过几百米的冷却，这水丝毫不见降温，我在几十米外已经能感到热浪冲了过来。老痒看着那水，哭道："他妈的，没想到我吃了这么久涮羊肉，今天自己也要给涮一回了。"

我不想就这么送命，急得直咬牙，心说：怎么办？现在唯一生存的机会，就是顺着瀑布冲下去，但是下面什么情况根本不知道，要是太高，和跳楼没区别啊。

挂在我下面的那个凉师爷突然朝我叫道："我有办法！"

我问道："什么办法？快说！"

"你先把我拉上去！"那凉师爷大叫，"拉上去我再告诉你，不然我们一起死！"

我赶紧探手下去，将他拉上来，一把揪住他的领子："快说！"

他紧紧抱着铁链，看了一眼汹涌而来的沸水，不由得咽了一口唾沫："烫水是漂在冷水上头的，我们潜水下去，等上头的烫水漂过去了，如果能闭气熬过那段时间，就还有一线生机！"

我一听，也没工夫去想可不可行了，一把将他又推回下面，然后自己一个猛子就扎进了水里，拉着铁链条一直往下。

这地下河非常深，我一直潜到两米左右，感觉四周的温度低了很多，当下屏气凝神，准备等上面的热流通过。

这个时候，我的手突然碰到一团东西，好像有什么挂在铁链上面。我拿手电一照，突然看见一张极度狰狞的脸出现在铁链后面，吓得我一口气没憋住，差点把水吸进肺里去。

水下的铁链上缠着一具腐烂的尸体，身上的肉已经泡烂了，两只眼洞直勾勾地瞪着我，看上去分外狰狞。我仔细一看，发现他穿的是一件冬天的登山服，身后还背着一只背包。

看样子是个登山者，怎么给冲到这里来了？我用嘴巴咬住手电（登山战术手电后部有专门供身体其他部位使用的零件），在他的身上找了一下，发现了几支写生用的笔，又打开掉在铁链边上的背包，里面有画板和很多颜料。我心里明白了，这家伙应该是车上那黑导游说的，前几年在山里失踪的那几个写生的学生中的一个。

尸体应该是从上游冲下来，卡在这里的，那这条地下河的上游应该是地上，这人也真是时运不济，死在了这里。

我翻了翻里面的东西，虽然没什么特别有用的，但反正自己的背包也没了，有胜过无，便将这包背到自己身上。

这时候，四周水温一热，滚水已经到了，我马上就觉得浑身刺痛，咬紧牙关，继续向下潜去。

滚烫的水一下子将我包围了，只是几秒钟的工夫，我马上就意识到凉师爷这方法行不通，这沸水的水量太大了，潜下去只不过是烫全熟和烫七成熟的区别，边上和我一起潜水下来的老痒烫得抓了狂，用力踢了我一脚，指了指瀑布那边，意思是潜水没用，要烫死了，不如跳下去痛快！

我看了一眼尸体，心说：哥们儿，老子马上就下去陪你了。突然一股更热的沸水涌来，我一咬牙，一松手，就顺着水流滚下了断崖。

第十四章 深潭

我蒙蒙眬眬地睁开眼睛，发现自己躺在地上，四周一片漆黑。我摸了摸手腕，绑在上面的手电已经不知去向。

身下是一块冰冷的平板，边上好像还有流水的声音，这是什么地方？

我深深地呼吸了一口，记忆开始一点一点地出现在脑子里，瀑布、滚烫的泉水、铁链上的尸体，忽然一道白光闪过，刚才的情形浮现在我的脑子里。

我刚才好像是顺着水流直坠下断崖，然后就什么都不记得了。估计是因为落水的时候冲撞到了什么东西，把自己磕晕过去了。从几十米高空摔到水里，如果姿势不对，和摔在水泥板子上是没有区别的。

我摸了摸身子，还是湿的，难道我掉下瀑布之后，给下面的水流继续冲到了这里？还是干脆我已经死了，来到了阴曹地府？

我试着站起来，才微抬起头来，突然“咚”的一声，脑袋撞在了什么东西上，疼得我眼冒金星，忙用手一摸，上面好像是一块平

板，心里觉得奇怪，怎么这里这么矮？难道我给冲到了什么岩石的缝隙里或者石头下面了？

我四处摸了一下，发现并不是这样，自己的周围一尺内都是粗糙的木板，敲了敲，后面是空心的。这样小的空间，我只能躺着转身，连抬个头或者伸个懒腰都不行。

我撑了撑上面，想看看这些木板的厚度，却发现上面的木板可以活动，用手一撑，嘣的一声，黑暗中突然出现了一道光。我顶起膝盖，轻轻地将上面的木板移开，坐起身子来，一看外面，不由得一愣。

这里是一个汉白玉的石室，四个角都点着火把，将周围照得通亮。我看了看头上的宝顶，是两条互相缠绕的蟒蛇，而我竟然是坐在一口棺材里面，棺材的盖子被我翻在一边。

靠！这是什么地方？谁把我放到棺材里去了？

我走出棺材，观察四周，心里越来越奇怪，汉白玉的材质，雕刻着蟒蛇的宝顶，非常熟悉，想了想，马上会意，这里和海底墓的墓室几乎一样。

不会吧？

四处走动了一圈，发现古怪的事情还不止这么点。我身上的衣服不知道什么时候给人换了，换成了一件类似于潜水服的橡胶衣服，就是那种八十年代潜水员穿的衣服。我心里更加奇怪了，这么老款式的衣服，他娘的是哪里搞过来的？

我拔起墙角的火把，从这个墓室的门口走了出去。外面是一条甬道，我只是一看，就“啊”了一声。我的天，汉白玉的直甬道，一直通到尽头的三道玉门，真的和海底墓一模一样！

这是怎么回事？我怎么回来了？我的头皮奓了起来，思维开始混乱，这里到底是一个很像海底墓穴的墓室，还是我根本就没有从海底墓出来过？我的天，到底是怎么回事？

我用力揉了揉自己的脸，把火把抬高，仔细地看了看这里的环境，想找出什么破绽来，如果是一个相似的墓室，肯定有什么东西会有区别的。

甬道之上架着一个木头架子，就像脚手架一样，上面铺着木板，成为通过甬道的一道简陋的天桥，可以防止触发机关，不知道是谁架在上面的。我小心翼翼地爬了上去，走到了甬道的对面，中间后殿的玉门里亮着火把的光芒，左右两个配殿一片漆黑。

这时，我想起了老痒，他在瀑布之上和我一起跳了下去，我掉落潭中，昏迷了那么久，到了这个莫名其妙的地方，他的处境怎么样了？

我一面想，一面向有火光传出来的门走过去。火光相当明亮，从玉门下面的门缝中透出来。来到门口，我听到门内有声响传出来，当我将耳朵贴在门上时，听到了一下咳嗽声。

接着，便是一个人的声音道："怎么办？开不开棺材？"

另一个声音，听来十分为难："三省说暂时不要动这里的东西，我们还是听他的吧。"

一听到这两个人的声音，我便怔了一下，第一个讲话的人竟然是闷油瓶，第二个讲话的却听不出来。而且他们还提到了三叔，怎么，难道三叔在这个地方？

而令我惊讶的还在后面，我立时又听到了第三个人的声音，那人道："吴三省现在还在睡觉呢，我们只是打开看一下，又有什么关系，我站在小张这一边。"

我不是十分听得懂他们的对话，但那第三个人，毫无疑问是个女人。

他们这几句话，是什么意思呢？听起来，好像是闷油瓶想开一口棺材，而另一个人因为三叔的警告而犹豫不决。这个时候，有一

个女人站出来支持了闷油瓶。我当下觉得一头雾水，怎么，闷油瓶已经找到三叔了吗?

我一面想着，一面趴到门缝那里，想看看里面说话的是谁，可惜门缝里所能看到的范围有限，我只看到一个女人的背面，穿着和我一样颜色的潜水服，身材很娇小，梳着一条大辫子。

这时，我听到了第四个声音说道:“齐羽怎么办?这小子也真能耍，不知道跑到什么地方去了，难道我们就将他丢在这里吗?”

我听他这样说，不禁陡地一呆，齐羽，好像也是三叔的笔记里面，写在前面的名单里的人之一，难怪有点熟悉，等等，不对。

我忽然感到非常不自在。齐羽，这个名字不是熟悉这么简单，好像经常听到，我心里有一种很特别的感觉。

这个时候，门缝里的那个女人移了一步，让出了一点空间，我看到闷油瓶正站在一口黑色的棺材边上，手里拿着撬杆子，犹豫着什么，然后另一个女人走进了我的视野。我一看到她的脸，惊讶得几乎将手里的火把掉落到地上。

这人，不是文锦吗?老天，怎么回事?我虽然没见过她真人，但是三叔有很多她的照片，当年看老照片的时候，我经常能看到，所以一眼就认了出来，绝对没错。

我心里的疑惑到了极点，几乎就想推门进去，就在这个时候，又有一个陌生的男声说:“这座海底墓这么大，我们想要找到他谈何容易，我看还是算了，我们沿路刻下记号，他看到了自然会跟过来。小张，你不如动手吧。”

闷油瓶点点头，举起撬杠，就要下手，这个时候，突然从左边的配室里，传来了一阵轰鸣的水声，把我吓了一跳。

后殿里的人全都转过头，那个男人问道:“什么声音?好像是从隔壁传来的!”

“走！去看看！”闷油瓶放下撬杆，向门口跑来。我一看不对，忙一个转身，躲进了右边的配室里，将火把放在地上踩灭，几乎同时，我就看到一行人跑出了后殿，冲进一边的玉门，接着就有一个女人惊叫道：“快看，这里有个水池！”

我躲在门后，心里极度诧异，刚才的情形，不就是张起灵为我描述的，他们在三叔睡着之后发生的事情吗？可是我怎么好像亲身经历一样？难道这是幻觉，还是干脆我已经疯了？

四周重新归于黑暗，我深呼吸了几口，想去重新点燃火把，这个时候，又有一个人举着火折子出现在我的视野里。那人从甬道上的天桥处走了下来，偷偷地躲到了左配室玉门的后面，往里面看了看。我稍微一看，就发现那是年轻时候的三叔，他好像非常懊恼，眉头皱得很紧。

过了一会儿，张起灵他们的声音逐渐远去，应该正在走入池里的盘旋楼梯。三叔吹熄了火折子，闪进了玉门内，我看得心惊肉跳，当下不管自己是在幻觉里还是在做梦了，忙跟了上去，才贴上左配室的门，想偷偷往里看一看，忽然眼前一闪，三叔突然又从门里走了出来，一下子掐住了我的脖子，轻声说道：“原来是你跟着我！”说完，突然手一紧，死死扣住了我的喉管。

情急之间，我想大叫：“三叔！我是你侄子啊！”可是怎么也叫不出口，只好拼命去掰他的手，想把他的手指掰开。

掰着掰着，我忽然听到一个声音说道：“老吴，醒醒，你是不是做噩梦了？”

我打了一个激灵，突然眼前一黑，发现周围的东西都消失了，眼前蒙胧中，老痒正在摇我。

原来是一个梦啊，我苦笑了一声，摸着自己的脖子坐起来，转头一看，发现自己正躺在一个石滩上，边上是一个水潭，瀑布的轰

鸣声还是非常地响亮，但是我看不到瀑布的位置，石滩上点着篝火，老痒正扶着我问我有没有事。

我摆手说没事，然后用力捏了捏自己的鼻梁，心里觉得非常奇怪，自己怎么会做了一个这么奇怪的梦，难道真的是日有所思，夜有所梦？

老痒把水壶递给我，我喝了一口水，看了看四周，嘶哑着问他：“这里是什么地方？我怎么了？”

老痒说道：“这里是瀑布下的水潭边缘，那瀑布就在那里，你刚才掉进水里的时候摔昏过去了。老子死死拽着你，你才没给瀑布底下的乱流卷到水下去，你可真得谢谢我，我现在吃奶的力气都没了。”

我骂了一声，尝试着站起来，发现自己并没什么大碍，困难地走了几步，环顾四周。篝火的光照开去，我们待的石滩不大，呈现一个月牙形，一边的黑色水潭面积巨大，洞顶无数像腿一样粗的钟乳垂入水面，形成各种形状的石柱子，而水塘的四周有几个溶洞，大如象穴，小如鼠道，一个个深不见底，有的在水位上，有的在下，地下河水从里面注入流出，是个典型的喀斯特溶洞地下湖。

我知道这种地理环境，一般是在第四季冰川时期形成，要经过万年的逐渐扩张贯通才达到眼前的规模。这些岩洞的历史已经远长过人类的历史了，没想到天门山内，还有这样的地方。

浅滩上，除了我们之外，还有很多搁浅的树枝和杂物，老痒已经拖上来晾干，那堆篝火就是用这些东西烧起来的。水潭寒气逼人，如果没有这一团篝火，恐怕我已经冻毙了。

我想起泰叔他们，问老痒道：“其他几个人情况怎么样了？”

老痒道：“那几个龟儿子恐怕没我们这么走运，下水的时候就没看到他们，不知道有没有跳下来。我想要是他们跟我们一样，那不是给冲到其他地方去了，就是已经淹死了。”顿了顿又道，“不过我们的情况也不是很好，装备全没了，也不知道接下去该怎么走，你看这里分支岔路很多，这种洞又是出名地复杂，像迷宫一样，走起来非常棘手。”

我数了一下，我能看到的水面以上可以行走的溶洞就有七八个，黑暗中的就更多了，就说道：“刚才听那个广东胖子说，要通过这一段溶洞区域，必须找到那条古时候先民用来引路的铁链，这条铁链被隐没在水下，一端在秘道的尽头，那另一端应该是在这水潭子里，如果能摸到，就能顺着它进入古墓的腹地了。”

老痒皱了皱眉想了想，说道：“说到铁链子，我想起个事。你知道，从上面掉下来那一刹那我是清醒的，一下子给插进水里最起码有六七米，那水底下他妈的全是我们刚才在石道里看到的石头人俑。那一晃眼的工夫，我好像真看到有一条铁链子横在水里，不过我告诉你，这铁链子不是通到这些个溶洞里去的，而是直插到瀑布下面的乱流中去的。”

我听了一愣，怎么可能？如果是这样，那通往古墓的入口，难道会是在这瀑布的后面，隐藏在急流之中？

我听着不远处瀑布的轰鸣，想起刚才我们坠落时候的情景，忽然心里灵光一闪，对老痒说道：“那就更没错了，而且要是我料想得不错，这座古墓也许不是修建在我们‘阳世’，而是隐藏在阴曹地府里……”

地狱！

老痒听我这么说，不明白我是什么意思，被我森然的口气所感染，低声问道：“你胡说什么？怎么可能有这种事情？”

我摇头问道：“你还记不记得村里老刘头和我们说起的，那清朝道士说的黄泉瀑布和山中阴兵万马奔腾的传说？”

老痒点头道："当然记得，说是天门山内有一道黄泉瀑布，这条瀑布就是阴阳两界的通道，当时你不是说这是迷信吗？"

我说道："不，现在看来这不是迷信，是我们领会错了前人的意思。你回忆一下，刚才那条我们坠落的瀑布，因为水下温泉的问题，瀑布的水流呈现一种奇异的黄色，如果我料想得不错，那就是所谓的'黄泉'瀑布。"

老痒想了想，说道："像是有点像，可是不可能啊，只有曾经进过山内、看到过这里的人，才能知道瀑布的事情，但是这里环境复杂，不是一般人能进来的。"说到这里，他自己也已经意识到什么，叫道，"我操，那传说中清朝的风水先生，难不成是我们的同行？"

我点头同意，表扬道："总算还有点推理能力。"

老痒兴奋起来，说道："那就说得通了，你想那大部分的阴兵传说，也是清朝年间流传起来的，会不会就是从这几个风水先生这里故意散播出去的？"

我点头："有这个可能，不过我们现在不用去理这一层。你再来回忆，那传说中还有一个说法，就是'黄泉瀑布是阴阳两界的通道'，你想铁链通到瀑布之后，那瀑布后面必然有通往古墓的通道，如此说来，那古墓不正是在阴曹地府里吗？"

老痒脸色难看起来，说道："不会吧，你可别吓我，那里面要真是阴曹地府，那我们进去不死定了？"

我骂了他一声，说道："我靠，你还真信，你想那几个风水先生既然是我们的同行，他们说的话就不能这么直接去理解。我觉得有两种可能，第一，这可能是当时的一句暗语，意思是这条瀑布就是古墓和现实世界之间的通道；第二，是他们在瀑布后面的溶洞里看到了什么景象，让他们以为，他们来到了阴曹地府之中。"

我顿了顿，又道："如果是第二种，那我们可能要做好心理准备，这里面恐怕有着什么恐怖的景象……”

老痒沉默下来，好久才道：“要不我们还是回去算了……”

我摇摇头，好不容易来到这里，不进去看看太可惜了，而且，这瀑布如此巨大磅礴，怎么可能爬得上去？四周的溶洞又是九死一生的地方，现在只有到达古墓，然后再找寻办法出去，才是明智的选择。

老痒说服不了我，只得听从我。我们一边休息，一边开始检查装备，看看还有多少东西剩下了。

武器方面，我们身上还有拍子撩和老痒从二麻子那里弄来的托加列夫手枪，火力应该不成问题。其他方面，我翻开从水底那尸体上带下来的背包，从包里找到一些不知道有没有过期的罐头食物、白酒、水壶、手套，还有大量写生用笔和油画颜料。

老痒觉得这些都没用，想把它们扔了，我告诉他，白酒应该能御寒，颜料可以沿途做一下记号，手套也是有用处的，我们身无长物，还是都留着好了。

整顿再三，我发现最头痛的是，我们没有照明的工具，老痒的手电已经彻底没电了，我的也早不知道掉哪里去了，如果要举着火把去游泳，那真的糟糕了。

老痒把手枪往前面拉了拉，看了看四周的黑暗，说道：“只有一个办法了，咱们把这些柴堆起来，把火烧大了，然后借着火光游过去，这样就算游不到，也能再对着火光游回来，你说怎么样？”

我想了想，知道这是唯一可行的了，说道：“那行，咱们就先赌一把。”

我们脱下衣服，全部塞进包里，然后又用手套和木棍做了几个短火把，先放进背包的防水层里，然后燃起大火，暖了身体之后，跳进水里，开始顺着水声向瀑布游去。

水中寒气逼人，游了几把我就觉得身上所有的热量一下子给吸

走了，好在我最近有点发胖，不至于一下子就冻僵。

游了大概五分钟，水声逐渐变大，我和老痒停下来，一边踩水，一边听四周的动静，想判断好方向再游。

这个时候，在我们不远处，突然有什么东西在水面上划了一下，我们赶紧回头，却因为已经离开火堆太远，而看不清是什么。

老痒掏出托加列夫手枪，将枪管里的水甩干净，举得老高，警惕地看着四周，问道："老吴，这里该不会有那种裸体鲑鱼吧？"

我背脊发寒，想到这里水域广阔，要是真有那种杀人鱼，我们肯定早死了，刚想说没有，不远处却又传来一声水声，非常清晰，心里顿时不安起来，说道："我不知道，不管怎么说，咱们快游，这种鱼害怕喧闹，我们越靠近瀑布越安全。"

我们两个马上甩动双臂，向瀑布继续游去。此时身后的火光越来越微弱，变成一个小点，我们只好硬着头皮在黑暗里一边呼应一边前进。

不一会儿，水流逐渐湍急，靠近了瀑布的水流区域，我们加大力度，速度却越来越慢，游泳开始艰难起来。我咬紧牙关，想扑水到前面，几次都没有成功。

体力一点一点消耗，眼看就要给水流冲回去，我心急如焚。这时候老痒大叫："这样游是绝对游不过去的，前面是瀑布落下的水流激起的乱流区域，里面全是大大小小的漩涡，要想过去，必须贴着潭底，一点一点从乱流下面潜水过去。"

说完，他一个猛子翻进水里，一下子便消失了。我也跟着他潜了下去，顶着急流向前拼命前进了几米，下到水潭的底部，忽然看到前面的水底，竟然有一点模糊的白色亮光。

我认得那光亮，那是我的防水手电。我心里暗叫，这一千多块的东西果然够结实，现在还亮着，忙鼓起一股力气向它游去。

水潭的底部没有任何生物，白色光源照到的地方，我看到大量的石俑整齐地摆在下面，上面已经腐烂成白骨的人头有的已经脱落，有的还牢牢地长在石俑的脖子上。水潭的中间，似乎还有一座石台，上方的水中还似乎漂着一具白布裹着的尸体。

这时候我的手电对我吸引力最大，我看了几眼，便不去管这些东西，潜入石人中间，抱着石人固定身体，一步一步向手电靠近。

就在我马上就要够到的时候，忽然后面一道水流冲了过来。我心知不妙，马上戒备，却没有想到会有东西用力撞我。眼前一团白影闪过，撞在我的手上，我抓着石头的手一下子吃不住力气，松了开去，人马上向上浮了起来。

我暗叫不好，一刹那已经冲进了上方乱流的中心，前面顶着我的力道突然一下子改变了方向，将我向边上冲去。我“哎呀”一声，一下子乱了方寸，直给水流卷得翻了几个跟头，再也控制不了自己的姿势。

混乱中我不知道被卷了多少个弯，只感觉好几次看到眼前有一道白色的影子闪过，却都没看清楚是什么。

意识迅速地模糊，我以为自己死定了，这时候，我的后背猛撞到一个东西上面，疼得我一下子清醒过来，忙回头一抓，正是老痒说的那条铁链。

再也顾不得我的手电了，我拉着铁链，用力向铁链的尽头爬去，几下便到了瀑布的正下方，但是我的气已经到了极限，只觉得一股千钧之力由头上倾泻下来，只把我向潭底压去，爬了还不到两米就再也动弹不得了。

老痒从后面赶了上来，一把抓住我的手，将我往上扯去。我们一边拉着锁链，一边乱蹬那些石人，终于冲过了瀑布下方的区域。我忽然感觉头上的压力一松，马上就浮出了水面，大口喘气，眼前

直发黑。

四周漆黑，只听见老痒的喘息声，他咳嗽了几下，问我道：“没事吧？我们好像已经过来了。”

我也咳嗽了几声当作回应，说道：“快点火照照，这水潭子不太对劲，这水里恐怕有不干净的东西。”

老痒“咔嗒”打着打火机，想看四周的环境，可是周围水花太大了，火一点上就灭掉了。

我们摸索着向里游去。忽然，我又听到了瀑布外的那种水声，这一次离得非常近，听起来就好像是两三米外的地方，有什么东西游过一样。

“小心一点！”我想起在水里撞我的白影，顿时紧张起来，对老痒说道，“附近好像有什么东西……”话还没说完，我突然感觉到一只冰凉黏滑的手，一下子搭到了我的肩膀上。

我顿时吓得大叫，心说到底是什么东西，难不成是水下面的石头人活了？本能地在水里一个翻滚，一脚就踢在后面那东西的身上，将他踹了开去，然后自己猛又探出水来，对老痒大叫：“妈的，水下面有鬼！抄家伙，快！”

老痒已经打起了打火机，给我吓了一跳，忙转过来照我。不照还好，一照之下，我们两个全部头皮发麻，几乎吓死过去。只见我身后的水面下，浮出来一个惨白的人头，正看着我们，露出了一个狰狞的表情。

我们吓得向后蹬了好几下，老痒慌乱中想掏枪出来，可是怎么也拔不出来。

那人头翻起了白眼，嘴巴张了张，似乎说了一句什么话，然后一下子向我扑了过来。我大叫一声想要逃跑，却发现无路可逃，那人头一下子压在了我的身上。

我歇斯底里地大吼起来，用力想把他推开，却被他死死抱住。极度混乱中，我忽然听到那人头在我耳边清晰地说了一句——“救……命……”

我一愣，停止了动作，脑子里傻了，心说，水鬼怎么可能会喊“救命”？忙扶正那人头，我拨开他的头发一看，几乎吐血。

我的天，这哪里是什么水鬼，这不就是那一帮人中的那个凉师爷嘛。

这人已经体力透支，双眼翻白，几乎要晕过去，难怪脸色白成这样。我赶紧转到他身后把他拉住，一边托出水面，一边招呼老痒来帮忙。

老痒走近了一看，马上也认出了他，纳闷问道：“他娘的，这人怎么会在这里？他是怎么进来的？”

我对老痒道：“这家伙可能落单了，不敢一个人行动，所以就一直在我们边上监视我们，见我们下水了，以为我们找到了出去的路，就也下水跟着我们，不过，他没想到我们下水是要去那么危险的地方。”刚才一路上听到的水声，估计就是他跟着我们的时候发出来的。

凉师爷还背着背包，吸了水，坠得他直往水里沉，老痒赶紧将背包从他身上扒了下来，问我道：“那我们现在拿他怎么办？这人是他们一伙的，带着会不会给我们添麻烦？”

我也觉得头痛，但是麻烦也得带着啊，总不能把人沉在这里，说道：“现在也没办法了，先找个地方出水，以后再处置他。”

我们调整姿势，向内游了几米，水下便出现了一条宽长的石阶路，从水底往上，直到高出水面十几级。我们缓慢地靠近，然后踩着阶梯走出水面。

我累得筋疲力尽，一下子就软倒在台阶上，大口地喘气，一边

的老痒兴奋异常，掏出了准备好的火把，浇上白酒，点起来照明，四周一下子豁然明亮起来。

我转头四处看去，原来这所谓通往地府的入口，也只不过是藏在瀑布后面的一个溶洞而已，不大不小，似乎也是天然生成的，不过有些地方有人为修平的痕迹。

阶梯之上是一座青纹石石台，石台的四周有四根石柱，上面刻满了鸟兽的纹路，石台中放置着一个奇怪的高大的青铜容器，像一个大的葫芦瓶，高度超过我一个脑袋，锈痕斑斑，上面都是双身蛇和祭祀活动的图案。

这是一个祭坛，我心里暗想，库族重祭祀不重葬制，出现这个东西，看样子我们的确已经十分靠近古墓了。

我们走上石台，将包裹和凉师爷放到地上，又走到石台的另一面观察。那里有一条十人宽的石阶路，一直蜿蜒向下通向这个洞的深处，足有上百级，火把的光线照不到底部，无法知道下面是什么。我对老痒道："如果这是通往地府的入口，那这里就是鬼门关了，这下面恐怕便是十八层地狱，你怕不怕？"

老痒指了指一边的凉师爷，说道："怕个屁，我恨不得快点下去，可是这个家伙怎么办？"

古墓的入口如此接近，我和老痒都按捺不住想要马上下去看看，可是碍于多了凉师爷这个拖油瓶，又不能扔下他不管，只好先把他弄醒再说。

我们把他的衣服扒了，然后给他灌了两口白酒，他的脸色迅速缓和了起来。老痒翻开他的眼睛看了看，问道："喂，能不能说话？"

凉师爷已经逐渐恢复了意识，知道落到了我们手里，无奈地点了点头，咳嗽了一声。

老痒说道："你别怕，我们和你们那伙人不一样，我们不会拿你怎么样。不过我们也要保证自己的安全，你给我老实一点，我们就带着你继续进去，不然我就把你直接崩了，你明白了吗？”

凉师爷又点了点头，张开嘴巴想说什么，却又说不出口。

老痒又灌了几口酒到他嘴巴里，把他灌得剧烈咳嗽，又抽出皮带，把他的手捆了个结实，对我说：“我还是不放心，这些人个个都是亡命徒，还是先把他绑上再说。”

凉师爷也实在没气力反抗，由得老痒把自己绑上。我们看他应该没什么问题了，就将他架起来，让他打头，三个人来到石台的另一边，踩着石阶向下走去。

一般来说，库国并不擅长机关和巧术，但是出于谨慎，这百来级的石阶，我们还是走了很长时间。终于，前面出现了平坦的地面，我们来到了阶梯的底部。

阶梯的底部，是一块突出的黑色石梁，再过去，就是一个断崖。

这种地貌，可能是因地下水道所在的岩脉是一个阶梯形向下的结构，有些地方发生过山体运动，造成一系列的断层而形成。

断崖下面一片漆黑，多高、有什么都看不清楚。

这下子我们发愁了，如果有手电倒还好，现在一支小火把，如何照得到下面有什么东西？老痒问我怎么办，要不要把火把扔下去。我说：“这怎么行，火把下去了，我们怎么下去？”

这时候，凉师爷有气无力道：“两位，在……在下的包里有信号枪……”

老痒忙往他的包里一摸，果然摸出一把信号枪来，看了看凉师爷，惊讶道：“哎，你这人不错，还真合作啊。”

我检查了一下，信号枪没什么问题，拉开保险，然后对着悬崖的上方“砰”一声打出一发信号弹。

曳光闪过，照亮了一大片区域，一刹那，整个山洞清晰地呈现在了我的面前。

我们往下看去，一下子，三个人全部僵住了。

一开始，我还没有意识到看到了什么，等我明白过来，人一下子就蒙了，张大嘴巴，几乎不敢相信自己的眼睛。

前面本来就虚弱的凉师爷，看到下面的情形，早我一步软倒在地上，几乎掉下去，老痒也面色苍白，不自觉地向后退了一步。

悬崖下面十几尺的地方，是一个天然的大洞穴，里面密密麻麻堆满了枯柴一样的东西，仔细一看，就可以知道那全是骨头，一片挨着一片，有些地方还垒起来好几层，足有上万具之多。

“这……这是什么地方？”我惊叹道，“我的天，这不是万人坑吗？”

难怪那几个风水先生会说自己看到了阴间，这种景象太震撼人了，无论是谁看到，都肯定以为是地狱里的情形！

但是，不知为什么，我觉得眼前的这景象好像很熟悉，好像看到过。我皱了皱眉头，回忆了一下，忽然间我的脑子里出现了一幕相同的情形，对啊！山东瓜子庙附近的那个尸洞，不是和这里非常相像吗？

我一下子思维混乱到了极点，只觉得喉咙里像是卡了什么东西，什么话也说不出来。这里果然和山东瓜子庙的尸洞有联系！那山体上的水晶棺材，还有尸堆里那长发及地的白衣女尸，这里会不会也有？

我马上四处去看，这时候，在空中的信号弹已经滑行到了弧线的尽头，在光线熄灭的一刹那，我好像看见在这些尸体的中间，有一块奇怪的地方。

第十五章 休息

老痒重新装了一发信号弹，朝刚才第一发信号弹熄灭的地方开了一枪，将那里重新照亮，我看见那是一块没有堆放任何尸体的空地，位于整个洞穴的中心，有二三十平方米，信号弹的光线不足以让我看清这块区域是否有什么特别，只不过，有一点可以肯定，这块空地是向下凹陷的，应该是一个坑。

老痒这时候已经镇定了下来，指着那坑说，他三年前看到的殉葬坑和这里差不多，中间也有这么一个空地，那怎么样也挖不到底的青铜枝丫，就是位于这坑的中间。照明弹的光线衰竭，洞穴里又恢复到一片漆黑。老痒还想再装填一发，被我拦住。现在该看的我们已经看得差不多了，不必要浪费资源。

老痒问我道："现在怎么办？闹了半天这阴间就是这么一回事，说不定这里也就是一个祭祀的地方，我们还要不要下去？"

我想了想，说道："那李老板的《河木集》里说这斗里有好东西，应该不会错，咱们跟着铁链来到这里，路也没问题，我看他说

的东西就在下面。最可疑的地方是尸体中的那块空地，我觉得我们还是要过去看看……不过这尸体堆积的地方，历来是最邪门的地方，我们得做好准备，应付最麻烦的事情。”

我本来想说说在山东碰到的那些个事，回头一想，不把这两个人吓死才怪，于是改口扯到别处去了。

老痒已经压根儿不想下去了，不过提议到这里来的人是他，他也不好打退堂鼓，只好不情愿地点了点头。

我回忆刚才看到的情形，要到达那块空地，无法避免地要下到悬崖下面，从尸体中穿过，从我们所在的石梁到那块平地大约也就是二百米，应该问题不大。问题是如何爬下这二十几米高的悬崖，我们没有绳子，徒手爬下去的可能性有多大，还要从长计议。

另外就是这下面有没有粽子。下面保存完好的尸体应该不多，大多数已经干枯或者成为枯骨，但是刚才在照明弹的照耀下，我看到很多尸体的表情非常狰狞，超出了人类表情所能表现出来的极限，不知道是怎么回事。

正琢磨着，忽然听到一声摔倒的声音。

我回头一看，只见凉师爷正蹑手蹑脚地想退回到石阶上去。

老痒马上举枪把他逼住，喝道：“再往后走一步，我就打断你的腿，然后把你从这里丢下去。”

凉师爷一听到他的声音，吓得拔腿就跑。老痒朝天开了一枪，霹雳一样的枪声顿时响彻整个山洞。

凉师爷给枪声吓得停了下来，缩着脖子转身说道：“别开枪！别开枪！我不跑还不行吗？”

老痒骂道：“鬼才信你，给我回来好好蹲着，再跑一次，我就把你料理了！”

凉师爷灰溜溜地走了回来，蹲到我们边上，哭丧着脸对我们说道："两位小哥，你看在下只是一个知识分子，跟着老泰混口饭吃，糊弄一下那广东客人，判起来也是个次犯，你们还是放过在下得了。你们现在要去做大买卖，在下手无缚鸡之力，跟着你们也是累赘，万一一个手脚不利索，连累你们就不好了。"

老痒见他手里竟然还拿着他那只背包，不由得大怒，用枪指了指，对他说道："你以为我们想带着你啊，你要我们放过你也行，把那包留下，你爱上哪儿快活去哪儿快活。"

凉师爷为难地看了看那包："可这包是在下的……有道是君子——"老痒扬了扬手里的枪，说道："我不是君子，我是畜生，甭跟我讲道理。"

我觉得这凉师爷颇有点道行，要是把他放回去，碰上泰叔他们，等于给自己增加了一个敌人，留下兴许还能起个牵制的作用。我阻止老痒说下去，转头对凉师爷说："我们现在处境还不明朗，你一个人走掉，就算给你全套装备，没有经验也出不去。不如这样，你跟我们下去看看，如果有好东西，泰老头给你多少，我们也给你多少，三个人一起行动，生还的概率大一点。你看这里阴气冲天的，要是碰上个孤魂野鬼，谁也救不了你。"

老痒马上接着说道："你要是不想去也行，不过把该留下的都留下，把衣服也给我脱下来……"

凉师爷听到我说也给他留一份明器，顿时就露出动摇的神色，又加上老痒一吓唬，马上说道："别、别，有话好商量，既然两位这么看得起在下，那在下也不便推辞，其实以在下的学识，能和两位的经验配合在一起，实在是珠联璧合。"

我一听敢情这小子还是棵墙头草，两边倒，变卦变得这么快，心里觉得好笑。爷爷说得对，人心险恶，这个世界上真是什么样的人都有。

我们将凉师爷的包重新拿回来，倒了出来，寻找可以利用的，比如说绳索和照明工具，但是他的包里主要是食物和衣服。凉师爷说他们重要的装备都是由泰叔和二麻子这两个骨干背着的，他这把信号枪也是在走散的时候用来求救的。

没有绳子，下悬崖肯定要学壁虎游墙，这里这么陡峭，也不知道适不适合攀爬。我打起为数不多的几个冷烟火的其中一个，往悬崖下扔去，一路照下去，看到有很多地方可以落脚，如果有持久的照明工具，爬下去不会太难。

现在已经是晚上十一点左右了，我们一路上都没停过，今天晚上我们就不下去了，好好休息一下，把伤口也处理一下，等到明天再下去，不然在疲劳状态下到坑里，如果里面有什么情况，肯定会出纰漏。

泰叔和那个胖胖的广东人现在是死是活，我们也不知道，他们手里到底还有两支枪，碰在一起免不了又是一番恶斗，还是要提防一点。

我本想问问凉师爷他们几个人的来历，但是转念一想，现在问不合适，我们现在的关系这么紧张，他必然不肯说，要等到人放松的时候问他，才可能听到真话。

我把我的想法和老痒一说，老痒点点头表示同意，不过他道："这里太他娘的那什么了，下面这么多尸体，我们还是上去，到祭祀台那里去休息。"

我想想觉得也是，于是重新爬上石阶，回到祭坛处。

老痒重新点起炭火，将一只罐头捞空，放在火上烧了点水，将一些干粮泡软分开吃掉。几个人吃饱了后，又吃了一些巧克力增加血糖。

老痒吃完后就困得不行了，我让他们先睡一会儿，我来看着火。老痒说这里也没什么野兽，不用这么上心。我偷偷告诉他，我主要还是要看着那凉师爷，这种看上去越是窝囊的人，往往越是深藏不露，我们两个都睡着了，说不定他就会露出本来面目来了。

老痒说道："要是你不放心，我把他敲昏得了。"

我忙摆手，心说，要敲傻了就麻烦了。

老痒自顾自睡觉，我掏出藏在衣服内袋的拍子撩，打开保险，插在皮带上，然后又烧了一罐水擦拭自己的伤口。在瀑布那儿的时候，我手上的烫伤很严重，如果处理得不好，肯定会造成感染。

等这些都处理好了，我叫醒了老痒，自己才睡了下去。这一觉睡得极其不舒服，浑身酸痛，伤口又痒又疼，醒过来的时候，发现自己才睡了五个小时，身体难受，连鼻子都塞住了。

老痒给我烧了烫水洗脸，我感觉好了一点。吃早饭的时候，我看凉师爷表情没昨天那么戒备了，就旁敲侧击地问了几句老泰这几个人的来历。

凉师爷已经知道了我们的名字，看了看我，听出了我的意思，眼珠一转，对我说道："小吴哥，既然咱们现在是一伙的了，我也不瞒着你，我们来的时候是五个人，其中只有泰叔和二麻子是专门干这个的。在下是跟着那李老板和王老板来的，一来想见识一下鲜货是怎么出土的，二来两位老板让我把墓里最值钱的东西先挑出来，所以说实在的，在下真的是一个很冤枉的角色。"

老痒听到他这样说，就问他："奇怪，刚才看到你们是四个人，那第五个人呢？"

凉师爷说道："你说的那个人就是李老板。刚才我们从矿道下来的时候，他去一道水坑洗脸，结果我们发现他的时候，他的脑袋已不知道给水里的什么东西咬没了……"

我和老痒正在吃东西，忙让他别说了，下面的事情我们已经知

道了，再说我们就吃不进去东西了。

我看他似乎打算和盘托出，心里说这人也算是识时务，又乘机问他那两个老板的背景。

凉师爷站了起来，说道：“说起那两个老板的背景，不说不知道，一说可要吓你们一跳，他们可不是普通的古董商人，你们且听我细细讲来……”

第十六章 爬

凉师爷当下放下手里的食物，将这两个人的背景简略地向我们叙述了一遍。

那两个广东来的老板，姓王的叫王祈，姓李的叫李琵琶，两个人都是佛山人，在当地的古董界里有很大名气，其中李琵琶的背景我们已经知道了，发家全凭记载大量古墓位置的《河木集》。

而我之所以知道这些，原因是我和老痒曾经偷听过他们说话，不过他所说的一切都是他的一面之词，其中有几分夸张，我们就不得而知了，如今听凉师爷说起来，言之确凿，可信得多。

而王祈的家世就没有李琵琶显赫，但是更加真实，他的祖上从事的职业，叫作朝奉。

何为朝奉？朝奉就是指在当铺中干活儿的伙计，坐在高高在上的柜台上，在短时间内判断一件东西的价值与真伪，就是他们的工作。

其中，负责高级物品鉴定与日常行政事务的，叫作大朝奉。一个大当铺的大朝奉，可以说是世界上见识宝物最多的人，什么稀奇古怪的东西他都见过。王祈的祖上，就是一个有名的大朝奉，叫王宪初，他在晚年的时候写了一本笔记，叫《古觥斋奇劫余录》。这本东西堪称奇书，上面记载了他一生所遇到的他认为奇异的物品，并详细记录了物主的说明、他的判断等，对考古工作有很强的横向参考价值。

王祈本身文化水平不高，但是他的记忆力非常好，这本《古觥斋奇劫余录》里的东西，他看过多次，不知不觉中全都记了下来。正巧有一次，在一场街头的交流会上，他看到一只白玉狮子，与《古觥斋奇劫余录》里记载的一种藏头盒很像。他当着众人的面，按着《古觥斋奇劫余录》里的记录，将这只白玉狮子放进茶水里，没过多久，那只狮子竟然自己张开嘴巴，从里面吐出了一枚金叶子。从此王祈便名声大噪，一发不可收拾。

至于这两个人什么时候走到一起的，凉师爷也说不清楚，他做师爷的也不好过问。

听到这里，我就问凉师爷："为什么这一次他们两个要亲自来这里？这些人养尊处优惯了，怎么受得了这种折腾？"

老痒说道："这有什么想不通的？这就叫作闲钱烧脑，是钱多了给闹的。这些有钱人，钱多了就不知道自己是谁了，都要去寻找自己的人生价值，有些人家财万贯还要出去要饭，这不稀奇。"

凉师爷呵呵一笑，说道："我刚开始也这样想，但是后来发现不是，这一次他们两个非常坚决，按照我的估计，这里面可能有隐情，答案应该就在这古墓里面。"

我问他道："对了，师爷，你既然看过《河木集》，那你知道不知道，这进入瀑布之后，以后的路该怎么走？"

凉师爷看了我一眼，说道："这《河木集》是李琵琶的宝贝，我只是在李琵琶死后抓紧看了几眼他的笔记，其他的内容倒看到不少，不过这进古墓的那部分，倒是没有看到，那东西后来给那姓王的老板拿在手里，我也没机会去看。不过看昨天见到的情况，那古墓的入口，八九不离十就在下面的尸体堆里。”

既然凉师爷说不知道，我们也只好相信他。我们吃好早饭，背起背包，我给凉师爷松开皮带，然后将自己的衣服脱下系在腰间，系紧鞋带，三个人各自准备完毕，来到石梁边，就开始尝试着向下攀爬第一步。

令人觉得讽刺的是，在三个人里面，我可能算是体力最好的，所以火把就由我拿着。想当年我在鲁王宫里，可完全是属于添头的档次，怎么这一次就担了这么重大的责任？自己也不知道是怎么一回事。

话虽这么说，可对现在这种状况我也没有话好说，我们一步一步，缓慢地将自己的身体放到悬崖下面，向漆黑一片的洞底爬去。

这一路爬得很艰苦，有几次我几乎从悬崖上滑落下去，但是总体来说，这里虽然陡峭，但是并不难攀爬，胆大心细，就是小丫头片子也能爬下来，只不过是多消耗些时间而已。

下到一半的时候，凉师爷的脚已经抖得不行，看样子这人不太习惯爬山，大概足足花了大半包烟的工夫，我的脚才踩到了久违的地面。

从地面上去看那些尸体，无法言明的恐惧非常强烈。这些尸体应该都是殉葬的奴隶或者战俘，长年累月在太阳晒不到的阴冷潮湿的洞里，骨头上呈现出一种霉变的黑色，空气中更是弥漫着很浓的霉味。很多尸体都曾经被肢解过，尸体的表情狰狞，我甚至发现很多尸体好像都长着獠牙。

我把凉师爷从悬崖上扶了下来，他一个趔趄就踩到了一块头骨

上，将早已经腐烂的头盖骨踩了一个窟窿，幸亏被我拉住才没陷进去。他好不容易站稳了，擦了擦头上的汗，说道：“真是让你们见笑了，在下自小就体弱多病，见风就倒，就我这身子骨，这倒斗的买卖恐怕是没有下次了。”

我安慰了他几句，抬高火把照亮四周，看看这路该怎么走。

堆积如山的尸体之间，有一条小径直通向前面，火光有限，我们只能看到十几米外，再远就看不到了。不过，我们在悬崖上面看的时候，已经看准这条路就是直通到那块平地上的，估计着只要往前就能到地方。

凉师爷体力透支得太厉害，实在走不动了，我让他在这里先喘口气，也顺便看看，这里的尸体是个什么样的情况。

我们四处转了几圈，看了半天，我发现凉师爷明显有表情的变化，问他：“看出来什么了？”

他对我说道：“这里好像有一些不是人的尸体，这些头骨的结构不对。”

我浑身直起鸡皮疙瘩，心说：难不成是尸变之后的僵尸骨？忙问他如果这不是人，那会是什么。

凉师爷对我说道：“现在看也看不出来，你们要想知道，我得多看几个，最好能找到没完全腐烂的，在这些尸体堆积处的内部不知道有没有，要不要看看？”

老痒倒吸了一口凉气，说道：“你说得倒是轻巧，这里面的尸体给这么重的阴气罩着，肯定有尸变的迹象，要是开出只粽子来，我们也没带黑驴蹄子，你又不能蹦不能跳的，弄不好，恐怕三个人都得交待在这里。”

我和老痒的想法一样，就对凉师爷说：“不用了，咱们又不搞研究。”

凉师爷估计早先也听过不少粽子的事情，点头对我们说：“我也就是说说，要我干我还不肯呢。”

我看火把用了很久，烧得很快，坚持不了多少时间。在这种地方，如果火把熄灭，那是要命的事情，想要再制作照明的东西非常困难，最差的情况，我们不得不摸着尸体走路，于是不让多歇，蹲了几下就催着他们上路。

我们沿着小径向前走去，两边是一排又一排的尸体，让我欣慰的是，在尸体的中间，很多石人混杂在里面。洞穴的地上是泥土，这让我觉得很惊讶，走在上面并不是很踏实。想起这些黑色东西也许都是死人腐烂而成的，我就觉得有一种脚底板发凉的感觉。

走了一会儿，火把的火焰就小了下来，光照的范围逐渐缩小，我们加快脚步，开始向前小跑，不一会儿我就开始觉得奇怪，从悬崖上面看下来，这里距离也就二百多米，脚力最差五分钟内肯定就到了，怎么我们走了将近一刻钟还是没看到那坑的影？难道是黑灯瞎火的，在什么地方走了岔口？

我们又向前跑了一支烟的工夫，还是老样子，前后都只能看到成堆的骨头，再远的地方就是一片黑蒙蒙的，我不由得暗骂，这下子失算了，没有想到下到底下来，这里的视野被黑暗所限制，不管哪里看来都是一样，现在不知道跑到哪个角落里去了。

这时候凉师爷实在不行了，一把拉住我大喘气，说道：“小吴哥，别……跑了，没……用，我们可能中招了。”

第十七章 尸阵

我们跑了半天头昏脑涨，却怎么也见不到目的地，心里早就已经在犯嘀咕了，一听凉师爷突然这么说，老痒便停下来问他道："师爷，什么中招？怎么个说法？"

凉师爷一边揉着胸口，一边指了指地上，对我们说道："两……位小哥，你们看这骨头，是不是很眼熟啊？"

我闻言把火把抬高，果然看到地上有一块头骨，上面有一个窟窿，好像是他爬下悬崖的时候压坏的那一个。我心中暗暗感觉不妙，回头一照，果然后面不远处，就是那块悬崖。

老痒看了看四周，埋怨道："老吴，你怎么带的路，这不是刚才我们下来的地方吗？"

我没好气道："我也不知道，这地方哪里都看起来一样，他娘的一直走也没有注意，不知道是不是进了岔口，给绕了回来。"

凉师爷气顺了过来，对我们摆了摆手，道："不对，你们都没注意，在下记得清清楚楚，这条小径一直都是笔直的，没有转弯或

者岔路。这事情不简单，要是我没弄错，我们可能被什么东西给糊弄了。”

老痒知道苗头不对，脸色一下子变得惨白，说道：“那糟了，难不成这里这些尸体的冤魂，为了保护他们的圣地，而不让我们靠近那块空地？”

我心里苦笑，四周这么多的尸体，千尸聚气，要说没脏东西谁也不信。凉师爷却又摇了摇头：“我想不太会，我身上带着开光的东西，要迷你们会迷，但是我绝对没事。”

我知道这人的确有点学识，问他道：“凉师爷，你这方面的见识应该比我们多，你估计这是怎么一回事，咱们的火把也坚持不了多久，等一下火灭了，就真的叫天天不应，叫地地不灵了，得快点想个办法。”

凉师爷说道：“依在下看，我们之所以走了个圈子，是这里的尸体排列有问题，这几千副骨头纵横交错，其间可能运用了某些奇门异术，使得整个山洞变成一个迷宫，你知道诸葛亮的八阵图，用几堆石头就能困住十几万大军。这里的几堆骨头困住我们三个，那还不是小菜一碟？”

诸葛亮驱兵取乱石，在临山傍江的鱼腹浦沙滩上布下石阵挡住陆逊的故事，我和老痒都知道。可是小说描写毕竟是夸张，我根本不相信区区几堆石头就能有这么大作用，要是果真如此，还要造那么多坦克、大炮干什么？

老痒也不信，对他说道：“师爷，你可别拿糊弄广东老板那一套来糊弄我们，你自己可也困在这儿呢。这八阵图的事情，我听评书里说过，根本不是你说的那一回事，况且，咱们在悬崖上看的，这里的骨头排列杂乱无章，也没发现什么特别的布置啊，怎么下来之后就能把我们困得团团转？难不成这里的尸体还能自己跑路不成？”

说完这个，老痒忽然意识到什么，忙捂住嘴巴，向四周作揖，轻声说道：“大吉大利，小孩子不懂事，各位别见怪啊。”

凉师爷说道：“这可不同，你在上面看到的是一个大概，就这么点时间，你能把尸体之间的脉络走向全记下来？下来之后这里一片漆黑，只要每一具尸体摆放得稍微偏移一点，就可能把我们引到事先设计好的歧路上去，不知不觉就在走回头路了。两位小哥也是过来人，大道理我也不说了，古人的心智我们可不能小看啊。”

我觉得凉师爷说得有点道理，但是也不能全信，不管怎么说，这里肯定是有什么蹊跷，要走到那块空地恐怕不是简单的事情，忙问他有什么主意。

凉师爷叹了口气：“不是在下吹牛，这区区一个阵法我是不在话下，不出意外定能手到擒来，不过凡事都需要一定的时间，恐怕咱们的火把坚持不到那个时候。况且，在下认为现在这个时候咱们还有更重要的事情要先决定。”

我知道他的意思，顿感头痛，眼下的主要问题还不是破这个阵，而是怎么面对我们的处境，不走不是办法，走下去也不是办法。这一次能走运回到原来的地方，再走一次就不一定了，到时候火把一熄灭，前没村，后没店的，不困死才怪。

其实破阵的最简单的方法，就是从边上那些尸体上踩过去，不过这个建议谁也没提。

僵持了几分钟，火把上的火焰扑腾了几声，逐渐虚弱了下来。老痒看了看火把，突然叫道：“他娘的，我有个点子，要不我们一把火把这里的骨头全烧了，给它来个火烧连营十八里，烧光了就干净了。”

我一听觉得这人时傻时聪明，这种点子也想得出来，大骂道：

“这里的骨头都已经快石化了，绝对烧不起来，而且就算烧起来，你这不是等于自焚啊，就算不烧死也给烟熏死了，算了，我看这样吧，我先往前走走，你们看着我的火把的走向，一旦我的移动偏移了方向，你们就叫我停，我们就知道问题出在什么地方了。”

老痒说道：“不行，万一走到一半火把熄了，你一个人情况更糟糕，到时候谁去救你？这种时候我们绝对不能走散。”

我也是急了，刚想反驳，手上的火把突然闪动了两下，终于坚持不住，“扑哧”一声熄灭了。

第十八章 鬼吹灯

火把一熄灭，本来就不甚明亮的空间突然漆黑一片，我吓出了一身白毛汗，火把差点脱手掉到地上。

凉师爷胆子更小，当时就怪叫了一声，撒腿就跑，才跑没几步就听到“嘣”一声，大概是撞在了什么上，疼得嗷嗷直叫。

我掏出打火机，照了照火把，发现上面的燃头并没有烧完，不知道为什么火焰就突然熄灭了，难道是风吹的？可这里也没风啊。

老痒幸灾乐祸地说道：“老吴，你的手艺的确不行，这火把也太不禁烧了，说灭就灭，真是非洲爸爸跳绳子——黑（吓）老子一跳。”

我骂道：“你他娘的啰唆什么？有空挤对我，不如去看看师爷怎么样了，别给摔进死人堆里去了。”说着，我将火把重新点燃，抬高一看，只见凉师爷正倒在一具骸骨上，骨头架子散了一地。

我上去将他扶起来，只见他面色惨白，给吓得不轻。老痒拍了他一下，说道：“师爷，您还真是逗，就您这胆子，还想来倒斗？”

凉师爷见火把又烧了起来，松了口气，说道："两……两位别误会，在下不是怕黑，是刚才，他娘的好像有啥东西在我脖子后面吹气，凉飕飕的，我以为粽子出来了，一下子给吓得没魂了。"

老痒大笑："什么凉气，我看是你的凉汗滴脖子里去了，这粽子在你背后，不啄你一口，还往你脖子上吹气，他娘的你以为粽子都是小姐啊？"

我也说道："是啊，凉师爷，镇静一点，别自己吓唬自己。"

凉师爷看我们不信，急了，咳嗽道："两……两位小哥，千万要信我，刚才肯定有人在我后脖子上吹气，那感觉真他娘的瘆人，我看这里不止我们仨，还有别的东西在！"

我看他的表情，想起刚才火把突然就熄灭了，觉得凉师爷的话也不是完全不可信。火把不比蜡烛，上面的燃头不烧光，是很难熄灭的，刚才这一下子，肯定是出了什么问题。而且在这种地方，留个心眼总是好的。

想着，我给老痒使了个眼色，意思是还是去看看保险一点。老痒点点头，两个人掏枪出来，一前一后就往凉师爷刚才站的地方走去。

凉师爷刚才站的地方，身后一尺不到就是一具石人，石人的脑袋已经干枯了，绝对不会是这东西吹气，那唯一可以藏身的地方，就是石人的背后。

我和老痒小心翼翼地走过去，先用火把探一下，然后再侧头去瞄一眼，生怕有什么东西突然冲出来，然后老痒猛地跳了过去，大叫："举起手来！"

什么都没发生，后面什么都没有。

我松了口气，心说，看来凉师爷确实是吓糊涂了，不过这也不能怪他，刚才这种环境下，要是以前没来过这种地方，害怕是难免的。想当年在鲁王宫里，我还不是一样？胆子这东西，的确是要靠练的。

老痒白了我一眼，摇了摇头，两个人转过身子，刚想将枪收起来，突然，“扑哧”一声，我手上的火把又灭了。

我一下子蒙了，怎么回事？这火灭得也太突然了。就在这个时候，黑暗中的老痒忽然大叫：“我操！老吴，当心！这里真有什么东西！快把火把点起来！”

我一下子醒悟过来，忙去掏打火机，还没摸到呢，突然背后一凉，一道劲风闪电般袭了过来。我心叫糟糕，黑灯瞎火的，看不清来的是什么，忙一矮身子，那道劲风贴着我的头皮掠了过去，同时我脚下一个踉跄，扑倒在地上。

这一跤摔得倒不是很疼，只是撞到了边上几个石人。稀里哗啦的，不知道什么东西掉了我一脸，我顾不得恶心，急忙打起打火机，以最快的速度将火把点了起来。

一照之下，只见老痒和凉师爷都面如土色趴倒在地上，凉师爷已经吓得糊涂了，直叫阿弥陀佛。

老痒心有余悸，对我说道：“快照照，他娘的刚才到底是什么东西？怎么速度这么快？！”

我咬紧牙关站起来，举着火把一转，发现除了又给我们撞翻了几个石人外，四周什么变化都没有，连个脚印也不见一个，当下心里骇然。刚才那一道劲风急如闪电，可见对方靠得极近，可这里石头和尸体密布，就这么打起打火机的工夫，一片漆黑的，就算逃得再快，也不可能什么痕迹都不留下。我又转念一想，我操，难道是真碰上鬼了不成？

火把灭了两次，难道这鬼还想效仿鬼吹灯，把我这火把当蜡烛了？他娘的也太没职业道德了，要吹也不能吹火把啊。

我将火把压到肩膀下，免得突然又给弄熄了，然后将凉师爷架起来。这人已经进入恍惚状态了，怎么拉都站不直，像摊烂泥一样。我提了两把，实在拉不起来。老痒没有办法，上去就“啪啪”两个耳光。

我怕老痒下手太狠，忙将他拦住。这时候凉师爷倒反应了过来，一看四周，号啕大哭：“哎呀我的娘啊！你说我这人真是多事，好好在家待着多好啊，干什么学人倒斗？这下子完蛋喽，客死异乡——”

老痒看他没完没了，一把捂住他的嘴巴，骂道：“有完没完？一把年纪了害臊不害臊！再吵吵我们把你扔这儿，你自己爬回去。”

凉师爷是情绪失控，被我们一吓唬，马上抹了把脸，不敢再发出声音。老痒转头问我道：“老吴，刚才那是什么东西，你有没有看清楚？是不是粽子？”

我朝他招招手，说道：“不会。你看我们打了个照面，连对方毛都没看见，粽子没这么快。”

老痒对我说道：“你看这里这么多死尸，要说没粽子谁也不信啊，我听说粽子也有分等级的，该不会我们这次不巧，碰到了粽子里的轻功高手吧！”

我不想和他扯皮，走到给凉师爷撞散架的那几具尸体边上，用手枪拨了拨里面的东西，对他说道：“这里的环境这么潮湿，大部分尸体已经只剩下骨头了，上面还长着黑色的霉丝，这东西绝成不了僵尸，我敢用我的人头担保。”

凉师爷这时候总算镇定了下来，抽着鼻子说道：“两位小哥，这是不是粽子和咱们没关系，我看趁着现在还有火把，我们还是快点爬回悬崖上面去，以后的事情再想办法。”

我知道他是禁不住刺激，萌生了退意，便拍了拍他，解释说现在敌在暗，我在明，如果现在去爬悬崖，指不定什么时候又来一拨，我们避无可避，就只能到阴曹地府里去哭给阎王听了，所以局势没明朗前，还是不要轻举妄动。

老痒说道："老吴说得对，这不我们还有枪嘛，就算真是粽子，一两只我们也不怕他。"

凉师爷一把鼻涕一把泪，在那里直摇头："小哥，您别安慰我，就我们这两把枪，碰到粽子是死定了，恐怕留个全尸都难。"

我没碰到过真正意义上的粽子，也不知道枪打不打得动，不过既然是肉做的，我就不信还能硬得过子弹。

想到这里，我的脸色算是缓和了下来，没刚才那么紧张了，想了想，觉得就等在这里也不是办法，还是得往前走，要真不行就踩尸体吧，反正现在也给我们撞翻了不少，没什么好怕的，至于道义问题，自己小命不保，我也管不上了。

老痒一听，也觉得这是没有办法之中的最好办法，当下我们架起凉师爷，手枪上膛，还是老痒打头，我殿后，三个人咬紧牙关，顺着小路再一次往尸阵的深处走去。

我们上一次走过的时候留的痕迹还在，我记得有几个地方老痒还特别用力在泥地上踩出了几个脚印。我们顺着这些痕迹一路过去，果然没有发现任何的岔路，走着走着，我突然觉得有点不对劲，怎么这里的尸体腐朽得这么不均匀？有些尸体烂得连骨头都没了，可有些还有皮肉，刚想把他们叫停仔细看看，突然，"咣"一声，地上一具骨架子突然就散了架，骷髅一下子滚到了一边。我吓了一跳，刚一回头，就听"扑哧"一声，手上的火把第三次熄灭了。

我有了上次的经验，马上一蹲身子，这时候就听边上一阵混乱，老痒大叫："我操！我逮住它了！"

第十九章 骨头的故事

他话音未落，我就不知道给谁踢了一脚，正中脸部，差点给踢晕过去，随即我就听到稀里哗啦的一连串骨头被压裂的声音，不知道出了什么事情。慌乱之中，我忙将火把点燃，定睛一看，只见老痒正和什么东西扭打在一起，已经滚进尸堆里，整一排骨头给撞得七零八落，人头骨散落一地。

我赶紧上去帮忙，却发现根本帮不上手，那东西体形不大，却猛劲十足。老痒一百多斤的体重压在它身上也压它不住，两个身体缠在一起，横冲直撞的，我根本近不了身，而且稍有不慎就会莫名其妙地被踢一脚。我几次尝试都无法进入战团，只能站在外面干看没办法。

一会儿工夫，老痒就要坚持不住了，那东西几次都几乎成功脱身。我一看再不去不行了，只好招呼凉师爷，两个一上一下，扑到老痒身上，将老痒和那东西压到身子底下，老痒也没想到我会来这一招，给压得够呛，忙大叫："你他妈的悠着点！老子脊梁骨要

断了。”

我使劲按住老痒，将三个人的体重完全压到下面那东西身上，发现没什么动静了，才问他道：“怎么样？那玩意儿死了没？”

老痒牙缝里挤出几个字来：“我不知道！不过你他娘的再不松开，我就死了！”

我看他脸憋得通红，赶紧撤下力道。老痒一个翻身起来，长出了一口气，对我说道：“你——你他娘的下手也太狠了，别以为是小时候叠个七八个人都没事，幸亏老子脊梁骨硬，不然非半身瘫痪不可！”

我说：“你啰嗦什么？要不是你搞不定那东西，我犯得着这么大年纪还叠罗汉吗？你腰折，我他娘的也不轻松呢。”

老痒听了，一边揉着自己的腰，一边大骂我没良心。我不去理他，转向凉师爷道：“话说回来，那东西到底是什么？怎么个子不大力气却惊人？要仔细看看。”

听我一说，三个人都回过神来，我们探头过去，只见那骨头堆里，有一团灰色的毛茸茸的东西，大概有一只猞猁这么大，给我们压得扁扁的，还在不停地颤抖。

老痒拾起一根人的大腿骨，将那团东西翻了个身。我一看，操！闹了这么久，敢情是只大耗子。我看看老痒和凉师爷，他们也看看我，三个人都笑了，难怪刚才怎么找也找不到袭击者，原来是这么一回事。这耗子袭击完了我们之后，肯定是随便往尸骨的空隙里一钻，就踪迹全无，我们这群傻 ×，还以为遇见鬼了，真是老母鸡管自己叫妈——自己下（吓）自己。

不过我转念一想，又觉得很不妥当，这只耗子他娘的也太大了，也不知道是什么品种的，说不定还是吃着尸体长大的，也不知道这洞里还有多少只这样的耗子，要是碰上一群，那得吃不了兜着走。

老痒和我心念相同，笑了一下后脸色也一变，说道："不好，这老鼠皇帝给我们压死了，不知道他的鼠子鼠孙会不会找我们麻烦，我看要不还是快撤，别留在案发现场。"

我点了点头表示同意。老痒转过头去，刚走了几步，突然又说道："哎，糟糕，我们往哪边走好呢？"

我抬头一看，原来刚才一阵混战，颠来倒去的，这前后又是一样，如今已经分不出哪里是我们来的方向，哪里是我们要去的方向了。

虽然我心里有一点点感觉，依稀能分辨正确的位置，但是这种感觉太淡，我几乎不能肯定自己想的是不是就是正确的，一犹豫，这感觉就消失得无影无踪。

老痒前后看了不下十几次，看实在没办法了，对我说道："算了，我们甩开膀子横着冲过去吧。"

我看了看，还是觉得有点不妥，就想问凉师爷意见，转头一看，却发现他根本没有在听我们说话，而是在专心致志地收拾地上的那些骸骨。

我心下觉得奇怪，拉住老痒，两个人探过头去看他搞什么。

这一场人鼠大战，牵连了十几具尸体，这尸体早就已经腐朽得犹如沙土，所以一经撞击，粉身碎骨，大部分碎成了小骨片，地上一片狼藉。凉师爷不知道为什么，将剩下的没有碎裂的骨头一根一根地从地上拿起来，放到一边。

这骨头大多数也不完整，大概是给这大耗子当成了磨牙的工具，上面坑坑洼洼的，有的都已经无法分辨是人体上的哪一块了。

老痒看凉师爷已经想得入神，心里好奇，问他道："师爷，你这又是在捣哪门子蒜啊？"

凉师爷怔了一下，转过头来，对我说道：“了不得，给这耗子一捣乱，倒是错打错着，给在下发现了一个大秘密。”

我看他两眼放光，兴奋莫名，心里更加奇怪，这些骨头能有什么秘密？

凉师爷让我们蹲下来，拿起一根骨头给我们，问：“两位，看看，能不能看出点什么来？”

我和老痒对视一眼，不知道他在玩儿什么花样，老痒做了一个很怪的笑容，说道：“你这不寒碜我们吗？咱们是倒腾死人的东西，不是倒腾死人的，你还是直说吧，说完了我们赶紧赶路。”

凉师爷不好意思地笑了笑，说道：“在下是太兴奋了，话都不会说了，别介意，你们先让我想想怎么说，呃——你们看骨头这个地方，仔细看看。”

我接过骨头，仔细一看，只见他指的那个地方，有一道很平滑的缺口，切口和骨头是一个颜色，年代应该也比较久远，但是凉师爷给我看这个有什么用意，我却想不出来。

凉师爷看我一脸疑惑，说道：“看不出来也没关系，我来和你们说，这根骨头是人的锁骨，就是这个位置。”他指了指自己的脖子，接着说，“这一道缺口，叫作陈旧性骨伤，是死前造成的，你看切口尖锐，一点骨头愈合的情况都没有，说明这道伤口的时间和这人死亡的时间是非常接近的。”

老痒一听，还以为是什么事情呢，当下很不耐烦，说道：“这种事情算什么秘密，骨头受伤了真可怜，不过我们还是快点走吧，火把都快烧没了。”

凉师爷忙摆手道：“再给我三分钟，马上说完了！”

我看他非常兴奋，不说清楚肯定也不会罢休，老痒啰里啰唆的反而耽误时间，忙使了个眼色让老痒别插嘴，转头对凉师爷说道：

"别理他，您快说。"

他咽了口吐沫，说道："刚才说到哪里了？哦，这伤口的时间和这人死亡的时间是非常接近的。在下大概能断定，这道伤口应该是这个人死亡的原因，之所以是在这个位置，大概是被人用刀从锁骨上方切断了颈动脉，下刀太快，所以划到了骨头上。"

我一听纳闷，问道："按你这么说，这具骨头的主人，是给人割喉杀死的？"

凉师爷很诡异地一笑，摇了摇头："不止这一具，这里所有的尸体，都是这样死的，你看，光这里就有七根锁骨，上面都有这样的切痕。一般的古代祭祀人牲，都是让人牲跪在祭祀品前，然后祭师在他身后割喉咙，但是这里的人，是给人在面前一刀断喉，所以，我觉得，这些人大部分不是给活祭的，而是在战斗中战死的。"

凉师爷说完这话，目光如炬地看着我。我给他看得直发毛，心说，这人怎么回事？战死就战死呗，用得着兴奋成这个样子吗？忙问他道："凉师爷，你说的大秘密，就是指这个？"

凉师爷故作神秘，说道："不是，不是，这只是大秘密的序章而已，接下来我要说的，才是正题。"

说着，他从尸体的碎片里又掏出一片东西，对我说道："大秘密，就藏在这个东西里。"

我接过来一看，是一片无法形容的东西，似乎是斗笠，又像是盔甲的一部分，不过这东西既然不是骨头，那必然是明器。我拿起来对着火把仔细一看，惊讶道："是青铜的甲片？"

凉师爷点点头："不错。"

这时候，不知道是给神经兮兮的师爷感染了，还是我本身的直觉，我隐约觉得凉师爷说的事情可能真的有什么惊天动地的秘密在里面，一时间给搞得一身冷汗。

凉师爷接着说道："这是汉代之后才出来的盔甲样式，你看这一片，没有衬里，是夏天的盔甲，这人死的时候是在夏天。还有，最奇怪的是这个东西。"他从那片盔甲的碎片里小心地剥出一片东西，"你看，这一片东西虽然不起眼，却是关键啊，小吴哥，你是明白人，一看就知道这是什么东西。"

我已经给搞得浑身冰凉，顺着他的意思一看，马上就明白了，那片东西，不是别的，正是一小片丝绸，大概是尸体腐烂的时候，被尸液贴到甲片上去了。

这些都是汉人的东西，怎么会出现在早在几千年前就灭绝的库人的陪葬坑里？

凉师爷看了看这里，说道："如果我料想得不错，这里其实不是一个殉葬坑，而是一个战场，这里的尸体有两派，一派是这古墓的守护人，一派是一股汉人的军队。"

第二十章 火龙阵

我想起了夹子沟的传说，那消失在山里的是不说话的北魏军队，心里已经明白了一大半。不说话，其实是指那是由一群哑巴组成的军队，可能也就是凉师爷说起的北魏时期的“不言骑”。这些士兵是绝对不会泄露秘密的，所以皇帝让他们去执行那些不光彩的任务，比如说盗墓。

一千年前，因为与汉族通婚和流散海外，库国的后裔已经消失，但是这山洞里面为某位酋长守护陵墓的一批库国先民繁衍了下来，不知道什么原因，那支北魏的军队会知道山中有这样一座陵墓。

北魏的军队杀入这里，攻破了迷宫一样的溶洞，杀入殉葬坑内。库国的先民誓死抵抗，可惜无论如何也不是装备先进的“不言骑”的对手，所有的人被屠杀殆尽。

可以肯定，这里的尸体，绝大多数是库人的遗体，那我们在这里走圈子，可能真的是聚集的冤魂仍旧在守护着他们祖先的陵墓，

不让我们这些侵略者靠近。

那真是难办了，难道就这样回去，白走一趟？我是大不甘心，可是，如果真的有鬼魂作祟，我们怎么样也是没有胜算的。

火把逐渐没有光芒了，闪了几下，火苗小得犹如蜡烛一般。

老痒此时也不来催我们了，因为他知道，用普通的方法已经不可能到达古墓的入口了，无论有没有鬼，火把的时间也不够了。

凉师爷道："既然这里是战场，那尸体就不可能做过手脚，这里就不是什么尸阵。我估计，咱们真是给鬼迷了眼睛，这就是鬼打墙啊，各位知道不知道有什么办法可以克制？"

老痒无奈地叹了口气，说："我山西老表说，碰到这种事情，用红线绑着左脚，就能走出去，可我们身上也没红的，要不，咱们用自己的血来染？"

我对老痒道："那千万不要，这地方冒出血气，总是感觉不太好的事情，咱们再想想办法。"

凉师爷道："对了，我听我师傅说过，鬼打墙必须得在黑暗的环境里，咱们不是还有信号弹吗？打起一颗，然后一路跑过去，我估计比用火把要好，至少不会给迷住。"

我一听觉得有点道理，只要我们知道要去的地方，无论怎么样也迷不住我们，于是给老痒打了个眼色。

老痒叹了口气，掏出信号枪，说道："太浪费了。"说着，抬手对着头上就是一枪。

流星一样的信号弹射上半空，我下意识地抬头看去，等着它开始燃烧，没想到这颗流星飞着飞着，突然就"啪"的一声，反弹了一下，直直坠落下来。

我一看，"哎呀"了一声，心说，日你个板板，忘记这里是山洞了，笔直往上打信号弹，还没开始燃烧就会撞到洞顶。

信号弹飞快地坠落下来，直到几乎落地才“噗”的一声绽放开来。这种是探险队用的五氧化二磷信号弹，大概可以燃烧五十秒，初始引燃温度非常高。我一看它离地面的距离，就知道要糟糕，果然，它落地才几秒钟，那里已经燃起了火苗。

我踢了老痒一脚，骂他没脑子，幸亏都是骨头，要不然这一下子，我们还得跑回去救火。话还没说完，凉师爷拍了拍我的手，叫道：“两位爷爷，这次要糟！”

我回头一看，只见刚才起小火苗的地方，突然蹿起来一道火墙。不可思议的是，这道火墙正在以惊人的速度顺着尸堆之间的小径蔓延，一时间只见一条贴地而行的火龙在漆黑一片的山洞里游走，所到之处，小径两边的骨头无不发出爆裂的声音。

凉师爷看到此景，面色惨白，急忙蹲下身子，抠起一把地上的泥土，闻了一下就大叫：“火油！泥里浇了火油！”

我一听大惊失色，蹲下一捏泥土，果然没错，忙叫老痒把火把扑熄，心里那个寒啊，没想到这尸阵里还藏了这么厉害的一招，恐怕是这里的先民为了保护古墓里的东西而设的最后一道防线，可惜当时没来得及用，结果给我们引发了。

这一路过来没出事真是奇迹，要是刚才不小心把火把掉到地上，那爷爷我们几个已经烧成焦炭了。

远处的火龙丝毫不见懈怠，不知道何时已经分成两路，火焰蹿起一人多高，瞬间将这个洞照得通明。我大概一看，发现终于可以看清楚这里的格局，只见整个尸阵中脉路通达，不大一个地方，其中的小径却是连成一气，这条火龙迟早会烧到我们这里来的，一定要找个地方避一下。

我焦急地四处张望，看到那凹陷的空地其实就在我们左手边十几米处，可是中间已经隔起了一道火墙，里面的泥土却没有烧

起来，似乎是一个避难的好地方。此时火龙头已经在向我们冲过来，没时间考虑了，我对他们大叫：“别在这里傻看了，那个坑在那里！他娘的冲过去再说！”

他二人反应过来，直接踩着尸体向那片空地冲了过去。我也不知道自己还有跨栏的潜质，那些石人我竟然能够一跨而过，才几秒钟我就已经来到火墙之前，一股灼热的气浪扑面而来。

我想一鼓作气冲过去，可是刚贴近火墙，就闻到了头发烧焦的味道，脚下一犹豫，就想停下来。可惜我惯性极大，想刹却刹不住，只好大叫一声，闭着眼睛跳了过去，幸好速度够快，只是觉得身上一烫就已经滚倒在地上。我打了一个滚，将身上的火压熄，接着老痒和凉师爷也冲了过来，纷纷滚倒灭火。

这时我已经知道这里的地面为什么会下陷，原来表层的土已经给人铲掉了，我一滚之下也来不及细看，老痒已经惨叫着滚到我的身边。

我忙脱下外衣，帮着将老痒身上的火拍熄，扶起来一看，人倒是没事，只是眉毛烧没了，转头却见凉师爷不停地翻滚，可身上的火就是不灭。我想到大概是因为他在地上摔倒过，衣服上沾上了火油，所以压不灭，便赶紧将他扑倒，用地上的泥将火压熄。

凉师爷嗷嗷直叫，浑身冒出白烟，我和老痒将他的衣服剥开，只见背上有几处已经焦黑，幸好冷汗出了不少，起了点保护作用，总体来说不算严重。我打开水壶，将半壶水浇在他背上，给他降温，然后抬头看四周的形势。

我们所处的空地已经给火墙阻隔，前面乱成一团，热浪袭来，身上所有的毛都发出卷曲的声音，不少骨头大概是因为里面气体蒸腾的关系，不停地爆裂，骨碎子飞起半空高。我一看大势已去，尸洞必然被完全焚毁，这里地处低洼，等一下氧气说不定会给烧光，不闷死也给烫死了。

正在抓狂的时候，老痒一把拉住我，大叫："大事不妙，抄——抄家伙，阎王爷点名来了！"

我不知道他是什么意思，转头一看，忽然见六七只大耗子给火烧疯了，竟然蹿过火墙，直奔我的面门就咬了过来。我一猫腰躲了过去。老痒不等它们再次扑来，一枪将一只打飞。我举起熄灭了的火把，当成武器也将扑过来的几只敲飞，可是同时，另外十几只耗子闪电一样蹿了出来，这一次我离得太近，背上给抓了几下，立即滚倒在地上。老痒又是几枪，将它们逼退。我抬头一看，乖乖，火墙外面，已经全是大大小小的耗子，给烧红的眼睛全都直勾勾地盯着我们。

我心里直叫不好，跳进来的这几只耗子被老痒的枪声震慑，暂时不敢靠近，但是在火墙之外的那些，见我们所站的这块地方似乎不会给烧着，必然会一只接一只地舍命冲进来，数量越来越多，再过几分钟，等到它们发现自己数量占了优势，必然会一拥而上，将我们吃成骷髅。

我看在这里硬拼就太不值得了，便拉住老痒，让他暂时别去管这些耗子，最重要的是想办法出去。这时候凉师爷对我们大叫："这里有个盗洞！"

我们回过头去，看见土坑的中心，有一个不起眼的小洞，不知道是谁挖的。老痒忙退出弹匣，看了看子弹，把枪塞给我，然后背起凉师爷就往坑的中心走去。我一手拿枪，一手拿拍子撩，跟在他后面。

才走了没几步，最近的几只老鼠突然尖叫一声，闪电一般扑了过来，我抬手连开了四枪，打中了三只，还有两只已经扑到了我的面前。我再无办法，甩出拍子撩，一声巨响，将两只老鼠凌空打成了肉泥。

第二十一章 秦岭神树

因为是左手开的拍子撩，加上拍子撩后坐力大得吓人，这一枪之后，我只觉得虎口发麻，手竟然举不起来了。不过好在声势惊人，就连老痒也吓得几乎一个踉跄，那些老鼠一下子退了下去，不敢再贸然攻击过来。

我一看这是个机会，忙催促老痒快点，拍子撩近距离威力巨大，但是子弹有限，就算一枪打死十只，也远远不够。下一次再开枪，就不知道有没有这么好的效果了。

思索间已经退到土坑的中央，我往下一看，地上果然有一个黑幽幽的洞口，依稀可见土表下面的砖层。老痒吃力地将凉师爷塞进那个洞里，正贴着他的脊梁骨一溜到底，他手一松，凉师爷就掉了下去，接着他也一猫腰，双手撑着地跳了下去。

我在后面殿后，听到里面老痒大声招呼我，才学着老痒，单手撑地跳入洞里。

下去还不到半个身子，双脚着了地，我打起打火机一看，老痒

正焦急地等我下来，凉师爷摔在一边，不知道死活。

我将打火机交给老痒，让他找点东西照明，自己捡起地上一些兵器，胡乱将下来的口子堵住，防止老鼠进来。

老痒点燃墓室四周墙上的火把，四处一照，发现这里是一个明显库国风格的石室。石室四周全部用条石做壁，上面全是色彩斑斓的壁画，顶上是条石镶嵌青砖，只是因为潮湿，目力能及的地方几乎全都有霉斑的痕迹。

石室很小，除了一些兵器和工具，什么陪葬品也没有。石室的中心，也没有棺椁，但是在地板上倒有棺材放置的痕迹。

此外也没有看到通往其他地方的甬道，我只是粗略地一看，就不禁觉得奇怪，难道外面那些死人要保护的古墓，就是这么屁股大、什么都没有的地方？

热气从顶上喷下来，我们感到氧气不够了，壁画因为温度的关系，颜色越加艳丽起来，让人不敢正视。我们心里都知道，待在这里虽然可以暂时保命，但也不是长久之计。

我喝了几口水，然后去看凉师爷怎么样了，一摸他的额头，发现他全身滚烫，气息微弱，是体温过高的症状，忙将剩下的半壶水给他灌下去。老痒掐了几下他的人中，总算把他掐得缓过来了。

外面的老鼠已经疯了，围在盗洞口拼命地嘶叫，拼了命地想进来，无奈洞口全是青铜的利器，它们怎么钻也钻不进来。

老痒四处转了几圈，发现没有出口，便问我这里会不会也有秘道。要真没有，我们这一次就得蒸成人干了。

我看了看四周，几乎没有什么地方可以设置机关，这里太小，一目了然，刚想说不可能，忽然“咔啦”一声，盗洞口的东西塌下来一块，一只老鼠竟然咬碎了一块砖，直往缝隙里钻来，可惜脑袋太大，卡在了两块砖头之间。

这些耗子咬不动青铜，竟然开始咬四周松散的青砖。我心里暗叫不好，这些青砖虽然也很结实，但是到底不比金属，这些耗子不要命地咬起来，说不定也能给咬开。

我捡起一把长矛，将那老鼠顶回去，然后大叫老痒帮忙。老痒忙把自己的外衣一脱，用兵器挑着塞进盗洞口的缝隙里。

可是他那衣服不顶用，没顶几下，就被那耗子咬破了个大洞，接着十几只耗子顺着长矛的杆子就爬了下来。

我们赶紧撒手。那几只耗子跳到地上，也不来攻击我们，反而朝一处墙角冲去。

老痒一看，忽然恍然大悟，大叫："老吴，它们是在找路逃跑！快跟着它们！"

我们忙冲过去，发现那边墙脚竟然有一个不起眼的耗子洞，趴下身子一看，墙后面，竟然好像是空的。

老痒不由分说，扯起地上的一把铜锤，抡起来就朝那墙砸去，只一下，石板子就裂了，墙上出现了人头一样大的一个洞。我们探进去一看，后面竟然还有一个石室。

"我靠，原来这里的秘道要靠砸的！"老痒叫着，又砸了几锤子将洞砸大，我们两个扛起凉师爷就爬了进去。

隔壁的石室里面没有任何的装饰，只是石室的中心有一个四方的直井通往下面更深的地方，下面没水，那些老鼠毫不停留，直接就跳入直井里面。

后面传来墓室的砖顶开裂的声音，我回头一看，用来封砖的铅水已经软化，这里的墓室很快就会坍塌下来。我和老痒心一横，死就死吧，便咬着牙跟着老耗子跳进了井里。

那井有轻微的坡度，我一路滑下去，重重地摔了一下，然后又是一滚，摔到了一块平地上。想到老痒和凉师爷就在我后面，忙往

边上一挪，果然，老痒一屁股摔在了我刚才站的那地方，接着是凉师爷压到了他的身上，把他压得怪叫起来。

上面传来一声轰鸣，然后是剧烈的震动，墓室终于给火烧塌了，炽热的石头从我们掉下来的地方倾撒下来，直朝我们劈头盖脸地砸过来。

老痒抱着头坐起来，问我道："这里是什么地方？"

我举起老痒从墓室中拿来的火把，转头一看，还是四方形的井道，只不过横了过来，道："是古墓的排水井，排水系统的一部分。"

老痒看了看四周复杂的井道，问道："那我们现在往哪里走？"

我看了看他，心说：我怎么知道？这时候几只耗子从上面滑落，从老痒的肩膀上跳了下来，一下子跑进前面的通道中。

我心里一动，忙道："跟着它们！"说完，赶紧向前追去。

那几只耗子爬得极快，很快，便带我们过了好几个转弯口，我们几乎快跟不住它们了。我们连滚带爬地跟在后面，坚持了有十多分钟，忽然，前面吹来一阵微风，那几只耗子一闪就消失了。我还没明白怎么一回事，立即脚下一空，几乎是滚着冲出了排水井。

我不知道外面是什么环境，忙一个翻身站起来。这时候老痒他们也跟着摔了出来。四周一片漆黑，我忙举起火把去照。

四周豁然开朗，这里不是墓室，而是一个巨大的圆形直井的底部，直径大概有六十米，底上凹陷成一个深坑。石头井的四周都有火架子，我上去点燃了几个，将四周照得更亮。

边上的直井壁明显有开凿过的痕迹，显然这个圆井是人工凿成，只是他们挖到这么深干什么呢？难道这里也是上面石洞的一部分？

我隐隐约约还看见坑的中心竖着一根什么巨大的东西，可惜光线不够，看不清楚。这里的温度很高，一股很烫的劲风由上而下吹来，吹得人头昏脑涨，连站立都不稳。

我举起火把，让老痒背着凉师爷走到坑里，在火把的照明下，坑里的情况一清二楚。

坑里东倒西歪的全是外面看到的人头石俑，几乎有百来具，人头都已经风干，坑中间竖着的，是一根直径十米左右的大青铜柱子，乍一看还以为是一道有弧度的青铜墙，直上而去，高不可攀。

青铜柱子的底部直直地插入坑底的石头里，好像是从那里长出来的一样，将四周的岩石都胀裂出许多条裂缝。

青铜柱之上还有很多细小但是粗细不一的铜棍，与老痒带着的那一根非常相似。我估计了一下，密密麻麻不下千根，再往上不知道还有多少。整个青铜柱的形状，就犹如一棵从石头中长出的大树，枝丫繁盛，直插地表。

凉师爷看得心里发凉，从老痒背上下来，说道："建造这里的人一定是想把这青铜树挖出来，你们看这里的边上开凿的痕迹，竟然挖到了山底还没有找到尽头，那这青铜柱子，不知道插到地底下有多深。"

我看着心里也发寒，这样巨型的金属器，早就超出了当时的冶炼水平，那些库族的先民，不可能有这样的技术。可如果不是他们铸造的，那这青铜树，又是谁立在这里的？难道是从地狱里长出来的？

这时候，凉师爷突然拍了我一下。我转头一看，发现一直没说话的老痒，正直勾勾地盯着那青铜树，径直走了过去。

第二十二章 继续爬

我看到老痒的表情不对，心里闪过一丝异样，忙大叫了一声他的名字。老痒给我吓了一跳，一下子反应过来，打了个哆嗦站在了原地。

我们俩忙跑过去，问他刚才想干什么。

老痒看了看这棵树，又看了看我们，疑惑道："我也不知道，真奇怪，刚才我一看到这树，就好像习惯一样，突然想……爬上去。"

爬上去？我怀疑地看着老痒，又抬头看了看这树，心说你又不是猴子，怎么看树就爬？问他："是不是给这东西的气势感染了？一般人看到高的东西，都有想爬的冲动。"

老痒摇了摇头："我也不知道。"

凉师爷看了看这青铜树，说道："这东西这么大，有点邪，咱们看的时候小心一点，尽量别去碰它。"

老痒点点头表示同意。我举起火把，向青铜巨树的根部走去。

青铜树是比较稀少的文物，我记忆里除了三星堆里出土过之外，其他地方好像没有。我也是从纪录片中稍微了解了一下，考古界对此成因并没有定论，说法很多。

贴近去看，可以发现青铜树的表面并不光滑，上面刻满了双身蛇的图腾，象征着青铜器的神性。

凉师爷看了半天，对我说道："这么大一家伙，估计是个祭器，商周左右的东西，具体在祭祀的时候干什么用，太古老了，超出我的见识了。"

这和来之前老头子给我说的很接近，不过商周左右，商就是近六百年，周近八百年，加起来就一千三百多年了，左右一下，加上个夏四百七十一年，几乎占了整个中国有记载历史的一半，这个判断等于没说。

我问他能不能精确点，能不能看出，到底是商周哪一段。

凉师爷摊了摊手，说没办法："这东西肉眼看不出来，在下只能给你猜。你看锈色偏黑灰，可能是锡青铜、铅锡青铜和铅青铜中的一种，西周的可能性最大，大概能有个五成，另五成我就说不出来了。你也知道我们这一行的规矩，我知道这些已经不错了，再往深里讲在下只能瞎掰。"

做古董这一行在朝代上有一条分界线，大量的古董都是宋以后出的，唐以前的东西少，商周更是干脆几乎没有，业内对这种东西的认识不多，凉师爷的确算是不错了，比我强多了。

我听他说了这么多，仍然没什么概念，问道："那就按照西周，您能不能给判断一下，西周的青铜工艺水准，理论上能不能铸出这种东西来？"

凉师爷说："这问题我更回答不了，我只知道那时候青铜器要先做陶范（陶质的模具），理论上说只要能做出陶范来，就有可能铸出成品。不过这东西太大了，恐怕用传统工艺是做不出来的。”

老痒问他道：“师爷，你说这东西会不会是什么史前文明的遗迹？我在报纸上看到了，有些几亿年前的煤矿里还挖到铁钉呢，这东西这么大，那时候的‘人’估计做不出来吧？”

凉师爷摇了摇头：“两位小太爷，这我还真觉得不一定，公元前 1000 年到公元元年左右，历史上叫奇迹时代，很多不可能的东西都是那时候建造出来的，像长城、金字塔、秦始皇陵、巴别塔。你要说这一根青铜树能不能铸出来，那也很难说，毕竟那时候咱们老祖宗已经会铸青铜器了，皇帝一声令下，下面人埋头苦干，用个几十年，也不是没有可能。”

凉师爷说得有点道理，不过当时冶金业不发达，有这么多的青铜可以利用吗？秦始皇收天下之兵才铸造了十二金人，这一棵树，恐怕能铸上百个了，这么多的青铜是哪里来的？

我想来想去，也没想出个所以然来，倒是想起了另外一件事。我们在偷听李琵琶说话的时候，听到他说过，这个古墓里的东西，比秦始皇陵里的还好，可我们一路下来，也没看见什么好东西，这里也到头了，要说好处就是这棵铜树，可我们又不是收破烂的。

虽说这树也够一千个收破烂的忙活一辈子了……

他的《河木集》上一定写了什么东西，能够吸引他到这里来。他这种人宝贝见多了，能让他说那种话的，这东西肯定非同小可，可这东西到底是什么，在这里的什么地方呢？

照理，这里应该是整个古墓，或者神迹的中心了，要有好东西，也应该在这附近，可是除了这棵树，这里肯定没有任何东西是李琵琶这种人看得上眼的……等等……树？

我想着，忽然灵光一闪，抬头看了看头顶，心道：会不会吸引他来的东西，是藏在了这棵青铜树上？

这种巨大的青铜树，对古时候厍国的先民来说，无疑是极其浩大的工程，可以说是神迹，难保他们的王不会把自己的陵墓设在他们认为最靠近神的地方。那如果这的确是一个古墓的话，墓主人的棺椁也应该在青铜树上，所有的明器也应该在这上面。

我把我的想法和其他两个人一说，他们都觉得有道理。我问他们，那既然这样，要不要爬上去看看？

老痒当然是同意的，说道："都到这份儿上了，爬几步有啥大不了的，这上面这么多棍儿，和爬楼梯似的，不用使多大力气的。"

我也不介意爬上一段，只是凉师爷刚刚给火烤了，又体力透支，再让他上树，恐怕他这条小命就交待了，要是瘫在不上不下的地方，我们还得照顾他，实在没这个闲力气。

我转过头去，想对他说要不在下面等我们，我们两个上去就行了，却看见凉师爷用力揉了揉脸，然后一拍我："没事，最后一关，怎么也要去看看！"

我看他眼神坚决，知道是劝不动，无须做无用的尝试，于是将背包扎紧，举起火把，对老痒说："那咱们就继续。"

老痒戴上包里的手套，当下第一个踩着铜树上的枝丫，开始攀爬。我和凉师爷也学他的样子，跟在后面，跟着他落脚的顺序一路向上。

上面的枝丫不紧不密，爬起来相当顺利，老痒一边爬，一边提醒我们注意下一步的动作，不要大意踩空了。

贴着青铜的树壁，我看得更加清楚，这些伸展出来的树枝都是与这根躯干同时铸出来的，接口处完美无瑕，没有一丝锻痕。不过，让我觉得意外的是，上面的双身蛇之间的缝隙很深，似乎一直刻到躯干的深处，我都看不到雕刻沟里面有什么。

因为太过在意动作，我们很快汗流浃背，气喘如牛。我向下望去，发现看不到底下的坑，只能看到门边上的火坛微弱的光芒，这么点高度，看上去却是无底的深渊。

爬了一会儿，凉师爷就体力不支。我招呼老痒停下来，打了个手势让他别急，让凉师爷休息一下。

凉师爷如获大赦，一下子就蹲了下来。他累得够呛，汗都是淡的，脚颤颤悠悠，几乎都站不稳。我坐在枝丫上，双脚荡在半空，也很不踏实，根本没办法很好地休息。

老痒看我们太紧张了，把干粮丢给我们，让我们嘴巴里嚼着，对我们说道："你们这个样子可不行啊，这上面还有百来米呢，就这个体力，没准我们得在树上过一夜，要不，老吴你给咱们讲个荤段子放松一下？"

我累得都不想说话，骂道："去，你就不累？你看你小腿哆嗦的，要说荤段子自己说，老子没这个力气。"

老痒咬了一口玉米饼子，说道："我讲就我讲，不过你得先回答我一个问题。老吴，你说咱们发现了这东西，要是通知政府，能不能用咱们的名字命名啊？"

我对这倒真是一点儿都不知道了，转头看凉师爷。凉师爷喘着气摆了摆手："这位痒爷，你有没有听过有什么东西给叫成王二麻子方鼎、赵土根三脚觚的？历来国宝的发现人都是农民和建筑工人，你要以他们的名字命名，那就有趣了。咱们也不是歧视劳动人民的意思，不过中国人的名字不像老外，直接拿来用，你不觉得寒碜得慌吗？

老痒想了想，觉得有点道理，又问："那至少也给我个命名权，对吧？那个谁发现个岛屿不都是可以由第一发现者命名的吗？"

凉师爷说道："那好像是有这么个规定，不过我还真没去研究过。"

我问老痒道："干啥问这些？你钱都没搞利落，还想名利双收啊？你也不想想，一个人没事能找到这种地方来吗？你是干什么的还不是一目了然？"

老痒说道："我是觉得这玩意儿挺有意思的，你说这么大根铜柱子，给取什么名字好呢？你们也给想想，以后咱们吹起牛来也好统一口径。"

我这时候不想再动这些无聊的念头，对他说道："算你第一个发现，该你取，我没你这么有心情。"

老痒看了看上面，说道："我一看到这东西，脑子里就闪现出一个词，你看这一根柱子，叫'我爱一条柴'怎么样？"

我没好气道："你是不是没营养的片子看多了？你爱一条柴，起这名字，信不信出去能有雷劈你？"

老痒当下一笑，凉师爷也乐得直摇头，这一笑间，仨人总算是放松了下来。

我们吃完之后，力气恢复了不少，老痒就催促着继续赶路。我抬起脚刚想走，忽然发现底下好像有什么不对劲，仔细一看，咦，门边上的火坛子怎么灭了？

老痒皱了皱眉头："该不会是给这里的风吹熄灭了吧？"

我摇摇头，说"不会"，这火坛子火头这么大，比我做的那个不知道专业多少倍，不可能给风吹熄灭了，下面该不是出了什么事情吧？

正想着，忽然整棵青铜树轻微地震动了一下，好像给什么撞了一下。凉师爷吸了一口凉气，忙问怎么回事。

老痒对我们做个噤声的手势，然后把手做成喇叭状贴在铜壁上，一听之下，脸色大变，对我们轻声说道："他娘的，好像有东西上来了！"

第二十三章 裂痕

我心里一紧，想到了泰叔。我们被从瀑布上冲下来之后，就一直没有他们的消息，难道现在已经跟过来了？一想之下又觉得不对，外面火龙阵一时半会儿熄灭不了，墓室也塌了，他们应该过不来，另外，要爬上来，那就得有照明的工具，下面的火把熄灭了，又没手电筒的光点，他们没有理由摸黑上来。

那上来的到底是什么？

想到这里我就冒上冷汗了，我们现在凌空不过是十几米，活动的空间有限，不好做太大的动作，真要是遇上啥离奇的事情，不知道该怎么应对。

老痒给我使了个眼色，意思是要不先下手为强，冲下去看看？我摆了摆手让他冷静，现在敌暗我明，绝对不能莽撞。要真是泰叔他们摸黑上来，下去一个照面免不了就是一番恶战，子弹不长眼睛，这么近的距离，说不定就会两败俱伤。想到这儿，我心里一转，有了一个计划，当下取下自己的皮带，将火把绑在一根枝丫

上，然后招呼老痒和凉师爷，躲进火把照不到的黑暗里。

下面人看我们，只能看到我们的火把光线，如此一来，我们也隐入黑暗之中，反而可以反客为主，打他们一个措手不及。

三个人各自屏住呼吸，用手做成听筒，贴在铜壁上，可以感到一种很轻微的颤动声正在由远而近，频率又乱又快，好像有很多的人不停地在用指甲挠着铜树上的纹路。我听着越发觉得不妙，泰叔他们只有两人，恐怕无法发出如此密集的声音，难不成是耗子跟进来了？

我心里后悔刚才没有好好处理那个盗洞，暗骂一声，将拍子撩也拿到右手上。站在我上面的老痒也子弹上膛，两个人准备随时暴起发难。

来者行动非常迅速，毫不犹豫，转眼已经来到我们身下，只是还没进入火把的照明范围，我只能隐约看到几个模糊的影子，似乎是人，又似乎不是。我紧张得手心冒汗，精神高度集中，这几秒钟，时间好像停止了一样。

突然间，最下面老痒的脸色变得极端惊恐，大叫："我操！上上上！快上去！"不等他说完，凉师爷似乎也看到了什么，发出了一声非常凄厉的惊叫，两个人见了鬼一样地向上飞快逃去。

我不知道他们看到了什么恐怖的东西，下意识地往下一望，发现黑暗中有什么东西正在蠕动，却看不清楚。老痒看我不动，大叫一声："老吴，你他妈的傻站在那里干什么？快跑！"

我发现他的脸色极度苍白，心里打了个寒战，也顾不得弄清楚是怎么回事，拔出火把，咬紧牙关就跟了上去。

我被老痒他们的表情感染，心里紧张得要命，又不知道爬上来的到底是什么，越爬越觉得浑身发凉，越凉就爬得越快，最后完全陷入一种疯狂的状态中，只觉得头皮发麻，浑身僵硬，脑子里只想着跟在他们后面，其他什么都顾不上了。

足足爬了半支烟工夫，前面的凉师爷终于停了下来。我爬到他的身边，发现他不是不想爬，而是实在爬不动了，脸上毫无血色，整个人已经到了极限。

他汗如雨下，看我还要向上，竟然一把抱住我的腿，对我说道："等……等一下！别……别丢下我，我……我只歇一下，就和你一起爬！"

我给他拉得一停，只觉得腿一软，竟然也使不上力气，不听使唤地开始发起抖来。

刚才游泳、攀悬崖都是在极度紧张的环境下做出的高强度运动，肌肉早就不堪重负。现在又是一路极其耗费体力地爬高，没意识到还好，人一停下来，肌肉马上失去控制，就算咬紧牙关也没有办法。

我心急如焚，却无处发力，往上一看，黑漆漆的不知道还有多高，不由得心里发寒，心说，这样爬要爬到猴年马月去，就算爬到了顶又能如何？还不是一场大战？到时候体力更差，说不定连枪都举不起来。想到这里，我把心一横，顺手将火把递给凉师爷，同时甩出拍子撩对着下面，对他说道："爬个屁！他妈的老子也爬不动了，算了，管他娘的是什么，和他拼了！"

凉师爷听我这么说，面孔都扭曲了起来，几乎就要晕倒，从青铜树上摔下去。我赶紧将他扶住，四处一望，发现老痒不知道哪里去了，忙问他："老痒呢？刚才是在我们上面还是下面？"

凉师爷连说话的力气都几乎没有了，摆了摆手，指了指下面。

我记得刚才爬的时候，我们一路狂奔，老痒看我拿着火把，为了给我殿后，的确让我甩在了下头，急忙让凉师爷将火把探下去查看。这一照之下，几乎没把我的魂魄吓飞，只见下面的黑暗中，有

一个人像猴子一样趴在青铜树上，毫无表情地看着我们。

这人脸足有普通人的一个半大，五官犹如石头雕刻的一般，一点儿人气都没有。凉师爷将火把探下去的时候，它忽然向后缩了一下，似乎忌讳靠近火焰。然而同时，它的脸上，却露出一种似笑非笑的表情，极端诡异。

我看到这张脸，心里打了个哆嗦，心说老痒在我们下面，现在不见了踪影，难不成已经遭殃了？但随即想到，若是已经遇难，他有手枪在手，怎么样也要开上几枪，没有听到声音，或许是在下面躲起来了。

凉师爷看到这张脸，立即魂飞魄散，怪叫一声，向上飞快地逃去。我想阻止已经来不及了，回头再看下面，猛然发现那张怪异的巨脸已经贴了上来，几乎就到了我的脚下。

刚才远远看还好，现在一下子离得如此近，只见整张脸在我脚边狞笑。出其不意之间如何不慌？我条件反射般地甩手就是一枪，就听“砰”一声巨响，拍子撩吐出一条火舌，正中巨脸的面门。

这一枪距离太近，铁砂弹直接将整张巨脸轰得粉碎，牵扯力将巨脸的身体扯落青铜树，跌落到了黑暗里。

我没想到手枪如此奏效，当下松了口气，正想上去拉住凉师爷，突然从巨脸跌落的地方，又探出两张惨白的大脸。我大惊失色，甩手又想开枪，可是连扣两次扳机，都没有反应，随即想到这拍子撩只能装两发子弹，打完之后必须手动退弹装弹才能继续使用。

可是现在的情形根本无法容我这么从容地装填子弹，我刚掰开弹膛，一只爪子就已经搭到了我的肩膀上。我一回头，正看见一张巨脸贴着我的鼻子凑了过来，原来有一个东西不知道何时已经绕到了我的背后。

凉师爷已经将火把带远，光线逐渐昏暗，我看不清楚这人的五官，也没办法判断这到底是什么，只好狗急跳墙，一脑袋撞了上去。

这一下我是用了十足的力气，没想到这脸就像石头一样硬，撞得我脑子“嗡”的一声，几乎要从树上摔落下去。这时候，我突然听到老痒不知道在哪里叫了一声：“躲开！”同时“砰”一声枪响，一道火光呼啸而过，打在我脑袋边上的铜树上，溅起漫天的火星。

我给这一枪震得几乎蒙过去，急忙退到一边，一摸脸蛋，马上骇然不止——脸上竟然给子弹的气流划出了一道血痕。

老痒继续在下面开枪，一时间子弹乱飞，到处都是火星，可惜没有一枪打中目标，几乎全都打到了铜树上，有几颗子弹还反弹了好几下，像弹珠一样在我眼前飞来飞去。

我再也无暇顾及那些怪物，一边左躲右闪，一边心里暗骂，老痒这家伙枪法太差了，再这样下去，他娘的今天搞不好会死在他手上。

不过这几枪给我赢得了时间，那些怪人给子弹打得有些忌讳，纷纷退后，我乘机从拍子撩枪管下的铁盒子中取出两发子弹，塞进枪管子里，甩了一下上膛，对准最近的那张怪脸就是一枪，将它打得飞了出去，掉下铜树。

我眼前的威胁解除，马上低头去看老痒，却发现更多的怪物从黑暗里探出了头来，能看到的就已经有十几张巨脸，这些东西似乎看上我一样，几乎同时移动，犹如鬼魅一样向我包抄过来。

我看得心惊肉跳，实在想不出这些到底是什么东西，从它们躯体的形状来看，应该是人，可是人怎么可能用这种类似于猴子的姿势在攀爬？而且这些怪物脑袋这么大，已经超出正常人的范围了。可是，如果不是人，那又会是什么呢？

转眼间两只怪物跳到了我的边上，一只抓住了我的脚就向下拉，另一只直接趴到了我的脖子上。我知道不可能再有换子弹的机会，当下变枪为锤子，朝那贴上来的怪物脸就是狠狠的一下。

我本想将这怪物打下树去，它却只是后仰了一下，马上又贴了过来。这个时候，我突然发现那张巨脸“咔嚓”了一声，竟然出现了一条裂痕。

第二十四章 摔死

我愣了一下，心说这是怎么回事，怎么脸还能开裂？皮肤干成这样？可没等我仔细看，下面拉着我脚踝的怪物突然发力，把我拉了一个踉跄。这东西力气很大，我根本没办法和它硬抗，只好顺着它的力气跳了下去，紧接着一手抓住附近的青铜枝丫，另一只手贴着那怪物的喉咙就是一枪，“砰”一声将它的脑袋轰了下来。

这枪开得实在太勉强，巨大的后坐力几乎把我从枝丫上甩下来，我咬紧牙关才确保人枪不失。这一边无头的尸体给枪的冲力掀离了青铜树，可是它的手还死死抓着我的脚，整具尸体挂在我的脚下，将我直往下拉去。

我单手无法吃住两个人的重量，咬着牙低头想找一根能够搭脚的枝丫站稳了，再想办法将那尸体甩下去，这时候刚才给我打裂脸的那一只怪物突然倒挂了下来，一爪子卡住了我的脖子，就将我向上提去。我的脖子像给裹了紧箍，连一丝空气都无法进去，脸马上就憋得通红，情急之下，我抡起拍子撩朝它的脑袋乱砸。

我是用了死力气，那几下要是砸在人脸上，肯定就全烂了，那怪物也给我砸得蒙了，头不停地乱晃想要躲开，我一记重击，正巧打在了那怪物脸上的裂缝上，它怪叫了一声，突然松开爪子，跳到了我头顶上方的枝丫上，发狂地抓起自己的脸来。

我失去支撑，重量全部回到手上，一下子没抓住，脱手直坠下去一米多，忙抱住一根突出的青铜枝丫停住身体，抬头一看，只见那怪物的脸竟然完全碎裂了开来，变成了一小片一小片的白色碎片，开始像奶皮一样脱落。

很快，所有的白色碎片全部掉了下来。我接住一片，竟然是石头的，难道这些人都是雕像吗？我又抬头一看，只见石头脸脱落之后，里面竟然还有一张长满了黄毛的脸。

我仔细一看那脸，突然恍然大悟，对下面大叫道："老痒！我知道这些狗日的是什么东西了，这些他娘的都是猴子，大个的猴子！"

老痒在下面的黑暗里，看不清楚是什么状况，只听到他回道："猴你爷爷！哪有猴子长人脸的？那不成精了？"

我大吼道："那不是人脸！那是面具！这些猴子戴着石头人脸面具！"

老痒已经从下面的黑暗中爬了上来，身上的衣服几乎都给撕成一条一条的了，朝我大叫："甭管是什么了！猴子又怎么样？你打得过吗？"

我朝他身下一看，只见下面黑影幢幢，不知道有多少这种戴着面具的猴子正在追上来。我又爬上几米，打开弹匣一看，红色的子弹已经用光了，只剩下几发蓝色的，大概不是铁砂弹，而是那种大钢珠子弹，这东西远距离的威力不错，但是不如火炮一样的铁砂。我一看猴子跟了上来，忙双手握住枪柄，向下连开了两枪。

钢珠子弹发了出去，威力减少了很多，但是大范围杀伤的效果还是发挥了出来，最近的几只猴子给打得血肉模糊，远处也有不少中弹，要是能够五发连发，我甚至可以把这些东西全都干掉。

猴子们似乎给拍子撩的威力震慑住了，全部放慢了逼近的步伐，转身跟着老痒去追凉师爷。那只给我打破面具的猴子，看到我们，竟然开始害怕，朝我们一龇牙，飞也似的向一边退去。老痒奇怪地看了看我，问道："我靠，还真是猴子，这是怎么回事？"

我心里也觉得非常奇怪，这些猴子的面具是谁给它们戴上去的？又为什么要戴？面具上面既没有眼洞，也没有嘴洞，这些猴子平时怎么生存啊？

凉师爷已经落下我们十几米，现在正趴在那里喘气，我们很快赶上了他，发现他已经神情恍惚，幸好那个地方枝丫密集起来，他整个人架在那里，不至于掉下来。火把落在他身下半截的地方，卡在三根枝丫之间。

老痒过去一只手拿起火把，另一只手抬起，将那只没戴面具的猴子打落。手枪子弹算是完全告罄，他随手就想将手枪砸下去，可手举到一半，又有些不舍得，将它插回皮带里，然后举起火把对着下面挥动，想用火焰把这些猴子逼退。那些猴子果然有一些畏惧，火把扫过的地方，它们全都往后缩去，可是火把一挪开，它们又迅速地压了过来，一点也不给我们喘息的机会。

老痒在那里挥了半天，非但没有将它们赶开，反而包围圈越来越小了。我扯了扯凉师爷，他像一摊烂泥一样动也动不了。老痒大叫："别管他了，顶不住了，撤了！"

我急火攻心，真想一脚把凉师爷踢下去算了，可是这家伙也不是什么穷凶极恶的人，这时候我还真下不去手。我将他拽起来，用力向上拉了一下，但是他的屁股反而从两根枝丫之间掉了下去，情

况变得更糟糕。

老痒用火把将一只猴子吓开，对我大骂道："该死！你到底在干什么？这家伙不是我们一伙的，要是一切顺利，说不定他已经把你给宰了，你他娘的别在那里搞优待俘虏。"

我装上子弹，又是两枪，两声巨响掀飞了五只猴子，将猴群逼退了将近六米，然后甩枪换上了最后两颗子弹，刚想打完算了，突然凉师爷一把抓住了我的手，有气无力道："这些东西怕火，信号弹……"

我一听猛然醒悟。老痒反应很快，回手已经掏出信号枪，瞄了瞄，问我："怎么打？直接打下去没用的！"

我夺过信号枪，对着对面的岩壁就是一枪，信号弹闪电般打在几十米外的岩石上，又反弹回来打在青铜树上，如此闪电般反弹了两三次，突然在猴群中炸亮，极高的温度一下子将那些猴子烧得乱窜起来。我不等第一发熄灭，又连射两发，一下子整个空间亮起了刺眼的白光。

老痒给照得眼睛发花，几乎要掉下去。我将他的头扳到一边，大叫："别看！距离太近了，比电焊还厉害一百倍，会烧坏视网膜的！"

三个人同时闭上眼睛，但是仍旧能够感觉到那种光线几乎刺入眼皮，猴子们给强光照得发了疯，只听下面一阵混乱，同时传来一股皮肉烧焦的臭味。

也不知道过了多久，强烈的光线才暗下来。我眯着眼睛看了看下面，猴子已经不见了。我的眼睛给烧得灼痛，看东西非常模糊，老痒更是眼泪直流，拼命地用手去揉，凉师爷这次彻底晕了过去，要不是我拎着他的领子，他早就掉下去了。

我看到猴子不见了，松了口气，也不知道它们是害怕高温，还是怕这种强光。如果它们当时对着这些强光直视，那十有八九已经全部暴盲，没有十天半个月恢复不了。我把凉师爷拍醒，一把架住他的胳臂，将他的身体抬直，想拖着他往上。不过这家伙实在是太次，我只能将他扶正，要让他离开原来的位置，却一点办法也没有。

他坐稳之后，我又缩到一边去看老痒。老痒眯着眼睛，一边骂娘一边吐口水，不过总算是能看见了，问我道："你他娘的做事情之前就不会知会一声？要是把我给搞瞎了，我和你拼了。"

我骂道："他娘的你还有脸说这些？我救了你的命知道不？再说你这不没瞎吗？"

老痒看了看下面，说："别说，这一招还真管用，猴子跑了还是都烧死了？"

我对他说，恐怕烧死是不太可能，大概是暂时退下去了，说不定还会再上来。不过我们既然发现了对付它们的办法，也就不用再怕，信号弹还有几发，足够应付几次的。

这些猴子戴的面具，做工精细，雕得简直和真人一样，难道与我们在山崖上看到的那一尊写实的雕像有关系？可是它们为什么攻击我们？

我以前倒是看过一本小说，说是有古代文明训练大猩猩来守卫矿井，这些大猩猩在古代文明毁灭了之后，仍旧将自己守卫矿井时所受的杀戮训练通过教育传达给了下一代。这样一直到几千年后，大猩猩的后代们仍旧守卫着矿井的遗迹，将来探险的探险队屠杀殆尽。

可这些是猴子，显然没大猩猩这么聪明，应该做不到这么高难度的事情。我本想问问凉师爷，可看到凉师爷的面色，我知道问了也是白搭，这人完全处在崩溃边缘，要是再不休息，恐怕就此要报

废了。

我们在那个地方待了有十几分钟，再没有看到猴子从下面探出头来，总算松了口气。老痒拿出一些食物，又想让我们吃，我们都拒绝了，现在不是肚子饿的问题，而是缺乏休息的问题，你就算给我直接吃葡萄糖我也走不动。

我靠在几根枝丫上，头枕着背包，不知不觉就开始打起瞌睡来。老痒和凉师爷迷迷糊糊的，也没有阻止我。就在我即将睡着的时候，突然，一连串的撞击声从上面传了过来，同时整棵青铜树剧烈地震动了起来，似乎有一只巨大的怪物正在爬下来。

我心说坏了，刚搞定猴子，又惊动了什么大家伙，难不成“金刚”从上面下来了？正不知道往哪里躲好，突然，一道黑色的影子闪电般落下，狠狠撞进三根枝丫之间，一股腥臭的液体溅了我一脸。

这一下撞得非常厉害，整棵青铜树都为之震动，几乎把我震得掉下去。我们三个全都给吓了个半死，好久才反应过来。

老痒最先冷静下来，举高火把招呼我们过去看看是什么东西掉下来了。我们走近一看，发现那竟然是一个人，给卡在了青铜树丫之间，身体非常不自然地扭曲着，眼睛瞪得老大，满脸是血，肋骨破体而出，一看就是从高空摔下来摔死的。

老痒将火把探过去照了照他的脸，忽然叫道：“我操，是那龟儿的泰叔！这老家伙原来在我们前面，难怪一直没看到他们！”

凉师爷颤抖着靠过去，看了看上面，又按了按泰叔的胸口，一股血从尸体的嘴巴和鼻子里涌了出来。他叹了口气，说道：“高空坠死，内脏都碎了，怎么会摔下来？这么不小心？”

我看了看他的脚，骨头已经戳了出来，浑身几乎都很不自然地扭曲着，应该是摔下来的时候不停地撞到那些青铜枝丫造成的。凉师爷又按了按他的四肢，吸了口凉气，道：“两位，这上面看样子不是一般地高，你看泰叔，全部的长骨头都断了，没百来米摔不成这样。”

我心里不由得暗暗叫苦。我们刚才这一通狂爬，也就上来了五六十米，已经累成这个样子，上面要真还有这么高，怎么爬啊？就算爬到上面，估计也什么力气都没了，搞不好就会像泰叔一样骨头摔成十八截。

想到这里，凉师爷和我都露出了痛苦的表情。

老痒并不感觉前途渺茫，看到我们这样子，忙拍了拍我的肩膀，说什么就算有几百米，横过来跑一下，几秒钟就完了，现在不过是竖了起来，又有什么好担心的？我说：“滚你爷爷的，照你这么说，珠穆朗玛峰也才八千八百四十四米，你骑辆脚踏车半小时也就上去了，咱们现在不是对抗摩擦力，而是在对付地心引力，知道不？”

老痒对我摆了摆手，表示不想和我吵，说着就去解泰叔的背包，将里面的东西翻出来，看看有什么我们能用。一看之下，大喜过望，在凉师爷那个队伍里，泰叔和那个叫二麻子的年轻人背负着主要的设备，大部分的东西还在，手枪子弹、几根雷管、信号枪、绳子，最开心的是找到了一支手电筒。我操，一想到刚才在千尸洞里怕火把熄灭要死要活的情况，我真想把这手电筒贴过来亲几下，高科技就是好啊。

老痒换了弹匣，将其他东西整理了一下，背到自己背上，对我们说道：“那群猢狲肯定还在下面，这地方不能久待，我们歇一下，马上就得上去。泰山诸位都爬过吧？一千三百米，还不是一天一个来回？没事，就当观光旅游。”

凉师爷脸色略有好转，苦笑了一声，用手指做了一个走路的手

势，说道：“这位痒哥……泰山那是走上去的，用脚就行了，我们现在可是直上直下，这怎么能说到一块儿呢？而且那是五岳风情，有的是云海怪石，这里看什么啊？”

老痒踢了踢一边的青铜树身，说道：“老子他娘的是打个比方，这青铜树虽然比不上泰山的风景，但至少也壮观是吧。您两位就迁就一点，胜利就在眼前了，别泄气，赶紧收拾收拾，咱们咬咬牙，一鼓作气上到顶上，绝对是有大好风景。”

我敲了敲自己已经开始发胀的小腿，对他说不是不想咬牙，实在是已经没办法了，再咬牙根就从下巴里戳出来了。我尚且能挤出点力气，凉师爷现在只剩下半条命了，与其急着赶这几分钟，不如歇个透效果还好一点。

凉师爷感激地看了我一眼。老痒叹了口气，说那行，不过得把这泰叔的尸体弄下去，放这里看着心里不舒服。

我看到泰叔那五官扭曲、死不瞑目的样子，心里倒没有什么特别的感觉，但是他那对暴出眼眶的眼睛，还真是有点可怕，这时候也不想婆婆妈妈地讲什么道德不道德，和老痒两个人小心翼翼地想将泰叔的尸体从枝丫上抬起来。

从这里的高空坠落，一路下来必然会撞到不少突出的青铜枝丫，没有直接掉到底下摔成烂泥算是运气不错了。我抬泰叔尸体的时候，发现凉师爷说得不错，尸体全身都软得离谱，似乎所有的骨头都碎了，一动之下，大量的血从他折断的身体里涌了出来，顺着枝丫流进青铜树上的纹路里，然后沿着纹路中间的沟壑向下面流去。

我和凉师爷同时看到这个现象，都愣了一下。凉师爷马上让我们停住，打起手电往沟壑里一照，又看了看那些青铜枝丫，说道：“两位，在下大概知道这青铜树是干什么用的了！”

第二十五章 祭祀

我和老痒听到他这么说，就一齐问他想到了什么。他挠了挠头，说道："在下只是推测，这棵铜树可能并不是关键，起作用的可能是树上面这些沟壑。当时祭祀的时候，这东西可能是用来收集一些液体，比如说雨水、血液或者露水之类的东西。"

老痒问他道："是不是就像以前皇帝收集露水来泡茶一样？那叫什么，无根水？"

凉师爷用自己的钢笔在那些沟壑里刮出一些黑色的积垢，经过几千年的岁月，也无法分辨这些是先人干涸的血液还是雨水中的沉淀物。他又看了看这些枝丫，说道："你看，这些枝丫下面也有像刺刀放血槽一样的东西，一直通到双身蛇路中，这枝丫在祭坛中必然也有功用。有可能，真是和血祭有关系。"

我不是很明白，就让凉师爷仔细说说，为什么说这些沟壑和当年的血祭有关，这种血祭又是怎么进行的。

凉师爷对我说，西周时代的祭祀虽然不如商代那么残暴，但是

人牲是难免的，所谓不同的祭祀方式，只不过是把人牲杀死的方法不同而已，比如祭祀土地，就把人活埋；祭祀火神，就把人烧死；祭祀河神，就丢河里去。

这里这么一棵通天一样的青铜巨树，祭祀的可能就是扶桑、若木之类的神树，也有可能是司木之神句芒，通常这一类神用的都是血祭。

刚才泰叔的血液顺着青铜枝丫，流进青铜树上的双身蛇中，一路往下，这样的一条线路，如果不是事先设计好的，根本无法运行得如此流畅。加上青铜枝丫上面的那些刺刀放血槽一样的痕迹，事情就很明白了，这青铜树必然是用来进行血祭的祭器。

所谓血祭，大多数时候是以血入地。受祭祀的时候，必然是将人牲钉死在这些青铜枝丫上，将尸体的血液引出，汇入树身上的双身蛇路中。如果血液不在半途凝结，必然会一直流到这棵青铜树深深埋藏在岩石底下的根部，象征着以血来奉献给神的意思。

说得形象一点，整棵树的纹路就像医院解剖室里的引血槽，几张尸床上的血，无论多少，最后都由这些沟壑汇进引血槽，然后流进下水管道。只不过这里的引血槽，被做成了看似用来装饰的纹路，这也正好可以说明，为什么这些双身蛇之间的沟壑，会深得如此离谱。

这样残忍而又大规模的祭祀，显然就算实力再强大的国家，也无法长期举行，所以古籍中也只是零星记载。至于具体的仪式过程，需要多少人牲，一切都无从得知了。

我听了凉师爷的话，一方面感叹古人的智慧，另一方面也感到一丝心寒，如此巨大的一个工程，竟然只是用来做一件杀人的工具，实在是愚蠢至极。想着无数奴隶给倒插在这些枝丫上面，血液顺着这些青铜的沟壑将整棵树变成一根血柱，我就感觉到似乎有刺骨的寒气从那些沟壑里渗透出来。

想着有点心虚，我对老痒说："我们还是走快一点，不然等一下泰叔的血流下去，说不定那司木之神以为又有人来献祭了，老人家出来遛遛，说不准能把我们当祭品。"

老痒根本没把凉师爷的话放在心上，对我说道："你也别尽相信他，中国那时候哪里会有这么多人给你杀着玩儿？我看这里插着放血的说不定都是猪头、羊头什么的，咱们再爬上去点，说不定还能看见几只千年猪肉干插着。况且就算是人又如何？一个人死了之后，血很快就会凝结，你放心吧，这里这么高，血流不到底就干了。再说了，就你那血，人家也看不上啊。以前人家多天然啊，吃的是无农药的食物，喝的是无污染的水，那整个就是农夫的血——有点甜。你现在可好，你那血流出来，人家老人家喝了肯定得食物中毒，所以说这就是一糊弄人的东西。"

我听了脑门上筋都暴了出来，不由分说开口大骂："我操！什么归什么？我的血怎么就有毒了？你他妈嘴巴能不能消停点……"

凉师爷看我真火了，忙打圆场道："两位，这个审时度势啊，现在这情况，就别说俏皮话了。你们不觉得，这些枝丫，怎么就越来越密了？再这样下去，再往上就不好爬了。"

老痒说道："这里本来就是有疏有密的，密了才好爬啊，难不成你还想越疏越好，最好每一根都相距两米以上，我们在这几十米高空叠罗汉？"

我对老痒说道："你先别下结论，我看是有点不对劲，你把手电打起来。"

我们上来的时候，照明仍旧用的是火把，因为泰叔包里的那支手电，电源并不是很充足，我们不想浪费，但是我现在想要看清楚远处的东西，用火把是做不到的。

老痒打起手电，将光束集中起来，往上照去，只见我们头顶上，青铜枝丫有一个逐渐密集的趋势，往上七八米处，已经密集得犹如荆棘一样，要继续上去，只有倒挂出去，然后踩着这些枝丫的尖头爬上去，而这样做比起我们贴着铜树攀爬，要危险很多。

事到如今，就算前面是龙潭虎穴我们也要闯一闯了。老痒让我们待在原地别动，自己先爬到枝丫外面，然后从上面将泰叔那里找到的绳子丢了下来，我和凉师爷一手抓着绳子，跟着爬了上去。

再往上望去，这里的情形已经不像我们在下面看到的那样子，青铜枝丫几乎密集到了无处插手的地步。我爬了一段，心说难怪泰叔会掉下来，看这趋势，再上去恐怕连踩脚的地方都很难找了，只要一个不留神，或者给上面的那种过堂风一吹，指不定就下去陪泰叔了。

老痒在这个时候却爬得很快，我已经没有力气去叫住他，只能收敛精神，一方面不让自己掉队，一方面又要时刻提醒自己小心失足。同时火把也无法在这个时候使用，因为根本没有多余的手去拿它，我只能将其熄灭，插到自己的腰间。

这一段因为过于险要，几乎没人说话。很快，在手电的照射下，我发现青铜树四周的岩壁也开始有了变化，出现了天然的钟乳石和一些溶解的岩帘。显然这里已经出了人工开凿的范围，上面这一段已经是天然形成的岩洞。

通过这一段的时候，岩壁开始收缩。我还发现两边的岩壁上，开始出现一些大小不同的岩洞，都不深，能看到底，有几个岩洞里似乎还有什么东西，给手电照射会发生一定的反应。这些现象，让我逐渐感到不安，但是岩壁离我们到底有几十米的距离，我就不信有什么变数，能够从对面直接影响到我们。

我给边上的岩洞吸引了注意力，没有发现前面攀爬的老痒与凉师爷已经停了下来，直到撞到凉师爷的屁股才反应过来，抬头一看，只见在上方，出现了很多那种戴着面具的猴子，就和我们刚才在下面遇到的一模一样。

再仔细一看，却发现这些猴子已经死了，尸体给上面吹下来的热风吹成了尸干，怪异地扭曲着，手脚卡在密集的枝丫里面，才没有掉落到下面。这样的干尸有几十具，那种诡异的面具没有随着尸体的干瘪而脱落，仍然默默地盯着我们，似乎随时会复活一样。

我们放慢脚步，仔细地观察这些奇怪的东西。

猴子的身体似乎得了一种皮肤病，毛发大部分已经脱落了，呈现灰白的颜色，看起来与人类的皮肤有几分相似，但是仔细去看，会发现有非常明显的病斑。从体形来看，这些猴子足有一个十五六岁孩子（当然不是姚明）那么高，也许还略高一点。在这种情况下，我对于身高的感觉几乎失灵。

猴子脸上的面具，看上去是石头质地，打磨得非常完美，我甚至怀疑有可能是瓷质。从面具与猴子头部的接合处来看，这面具似乎是被烙进肉里，或者用什么血腥的手段，直接和脸长在一起了。

大部分的干尸很完整，只有少数只剩下一个肢体，大概是因为年代太过久远，尸体干化过于厉害而导致的自然碎裂。

凉师爷让我们先别爬，指着一具干尸说道："等一下，我觉得这些猴子的姿势有点古怪，我好像在哪里看过，等我仔细看一下。"

老痒对他说道："就你麻烦，什么都要看，小心点，等一下该下面的猴子觉得你姿势古怪了。"

凉师爷没有理会老痒，小心翼翼地爬近最近的一具干尸，拿住它的面具，干燥的脸部皮肤随即开裂。凉师爷轻松地将面具撕了下来。他凑近那干尸的脸看了看，转头对我们说："两……位，这……好像不是猴子，这是张……人脸啊。"

第二十六章 螭蛊

干尸的眼睛已经完全干缩，只剩下两个黑洞洞的眼眶，嘴巴不可思议地张大着，露出残缺的牙齿，整个脸部因为脱水变形，呈现出相当狰狞的表情，让人不敢正视。而从他的牙齿可以看出来，这具干尸并不是猴子，而是如假包换的人！

老痒呆了一下，说道："这是怎么回事？老吴，你刚才不是说是只猴子吗？这……这……摆明了是人啊。"

我结巴道："我……我也不知道，刚才我打裂那面具，看到那的确是只猴子，还是只黄毛的大猴子，这……这……真把我搞糊涂了。"我说着就想探头过去，看看是不是因为光线的关系看走眼了。

凉师爷忽然摆了摆手，让我别碰尸体，自己小心地站直身子，将他手里的面具翻转过来。我看到面具后面嘴巴的位置，竟然有一个拳头大小犹如蜗牛壳一样的螺旋凸起，上面有一个小洞。凉师爷把面具对着自己的脸比画了一下，转头对我们道："这面具好像得张着嘴巴才能戴。"

老痒奇怪道：“张着嘴巴？那不是嘴里像塞了个呼吸器一样？多难受啊。”

我看到干尸的样子，嘴巴张得很大，对凉师爷说：“难不成这块蜗牛壳里有什么蹊跷？你砸碎了看看，这些面具都是长到这些猴子的肉里的，嘴巴、眼睛都遮住了，它们肯定有其他方式来进食和看东西。”

凉师爷用自己的钢笔插入那个洞里，用力一撬，“蜗牛壳”就碎裂开来，露出了里面一段类似于螃蟹脚的东西。凉师爷将这东西扯出来，发现是一条从来没见过的虫子，已经变成化石状，如果稍微一用力，就会断成几段。

“看来这面具不是自愿戴上去的。”凉师爷皱着眉头说道，“不过这东西的确是人造的，你们看面具里面的纹路，和树上的双身蛇大致相同，肯定和铸造这棵铜树的人有关系。”

老痒将面具接过来，饶有兴趣地看了半天，说道：“这条应该就是西周时候的老虫子，说不定现在已经绝迹了，难怪我们不认识。哎，你们看，这虫子好像只有半截。”

说完，他看了看我们，问道：“另外半截到什么地方去了？”

这条虫子蜷缩在面具嘴巴位置的突出空腔里，照这么说，这条虫子另一半所在的地方只有一个，我想到这一点，下意识地往干尸的嘴巴里看去。果然看见在黑洞洞的大嘴里，另有半条虫子附在舌头的位置上，干枯的虫体一直插进尸体的喉管里，不知道进入了什么器官。因为干尸萎缩的肌肉和化石般的虫体很像，所以不仔细看，会以为这条虫子是干枯的舌头。

凉师爷看到这副情形，脸色一变，叫道：“快扔掉，快扔掉！我的老天，快扔掉！这面具可能是活的！”说完，他就一掌拍了过去，将老痒手里的面具打落。面具飞速坠入黑暗之中，撞在枝丫上面，“啪”的一声，摔得粉碎。

老痒给他吓了一跳，差点抓不稳摔下去，忙问他发什么神经，什么叫面具是活的。

凉师爷咳了一声，似乎很懊悔的样子，又是挠头又是皱眉头，说道：“在下真是惭愧，怎么就这么笨呢？早先怎么就没想到，这……铜树，这祭祀方法，摆明了就不是咱们汉人的东西。唉，我真是蠢货，蠢到家了！”

“你他妈的瞎掰什么啊？”老痒火了，“什么蠢货？和面具有什么关系？有什么话直说好不好？”

凉师爷摆了摆手，说道：“不是，你耐心听在下说，这事情我还得从头说起，不过，怎么说好呢？那还得从刚才咱们说的血祭的事情开始……”

原来，血祭这种祭祀方式，在西周时，主要是用在少数民族的祭祀活动中，当然，那个时候的少数民族和我们现在的完全不同，这些民族现在大部分已经消失或者融入汉族中来了。大规模的血祭，在汉族正史中并没有记载，但是在一些少数民族遗址中有零星发现，可惜由于语言文字的失传，没有更为详细的资料。

而少数民族的祭祀圣地，都是非常神圣的，不仅有人把守，并且还会由祭师施下某种异术，以保护自己的神不受骚扰。在少数民族传说中，施法的过程非常神秘，这种异术流传到现在，给神化成了小说里无所不能的蛊术。

凉师爷又说，蛊术自魏晋南北朝那时候起分了一分，到宋代又是一分，秦之前的蛊术非常厉害，简直和现在的超能力差不多，但是所有的蛊都是由虫而起，蛊术在那个时候就叫皿虫术。这些戴着面具的猴子和干尸，诡秘莫名，可能就是这种远古蛊术的产物。

他曾经听说过一种蛊术，叫螭蛊，可以将人变得非常有攻击

性，而现在藏在面具背后嘴巴位置空腔里的那种深入喉咙的虫子，可能就是古老的螭蛊原型。这种虫子也许可以影响动物或者人的神经系统，攻击外来的陌生人。所以当我将它的面具击碎之后，那只猴子就恢复了本性，开始本能地远离我们。

螭蛊能够在宿主的体内繁殖，等到宿主死亡之后，会依附在某个地方，比如说这种面具的空腔里，等待着下一个宿主的靠近，然后通过某种方式寄生过去。

这具干尸，说不定就是当时在这里狩猎的猎人，不走运碰到了休眠状态的螭蛊，结果中了招，被这种古老邪术给害了。

当然，这种东西完全没有记录可循，也不知道是不是真的，不过面具之中藏有虫子，且深入人喉，是不争的事实，这绝对不是一件平常的事情，要小心防备。

听到凉师爷这么说，我起了一身的鸡皮疙瘩。其实在来之前，老爷子给我的资料里面，也提到过相似的事情。但是当时我只是草草看了看，心说这不是和美国电影的桥段一样嘛，没想到还是真的，想不到老美的科幻片还得借鉴我们老祖宗的技术，真不知道该说光荣好还是惭愧好。

我转头看去，诡异的干尸仍旧一动不动地挂在那里，惨白的面具似笑非笑，似乎正在等待我们靠近。

老痒脸色有点难看，犯了嘀咕，问凉师爷："你说得也太恐怖了，那如果给这螭蛊附上了，马上扯下来总没事吧，不会有啥隐患吧？"

凉师爷说："我也没中过，不清楚。螭蛊很难解，我想要是给附上了，绝没办法简单地扯下来了事。这种事情，咱们还是预防为主，这些干尸，我们尽量别靠近了。泰叔也是从这里掉下去的，他这样的老江湖，估计总不会是失足，要小心一点。"

老痒皱了皱眉，想说什么，又没说出口。我就说，照着现在这样，不知道还要爬多长时间，如果上面全是这样密集的枝丫，估计累死也到不了顶。老痒对我说，他也不知道我们爬到什么地方了，不过反正自古华山一根柱，往上爬总不会爬到其他地方去。

我感觉此地不宜久留，就招呼他们先过了这一段再说。和凉师爷一起的还有一个胖老板，此人大有可能在我们上面，要是让他先到了顶上，就麻烦了。要是埋伏起来，我们三个说不定就会死得不明不白。

老痒说："说得有道理，你等一下，我打一发信号弹，看看上面有什么埋伏没有。"说着拿出信号枪，对着上方，笔直地开了一枪。

信号弹飞到顶端，并没有撞到头，我心里咯噔了一下，这种子弹最起码能打到二百米的高度，难不成还有二百多米要爬？呵呵，那真是要命了。

信号弹烧了起来，向上看去，果然再往上不远的地方，枝丫又稀松了起来，想不通为什么要这么设计，而且从下面看上去，二百米的范围也不是无法目及，我还是可以看到一些东西的，虽然无法说出那是什么。

信号弹落下来，老痒注视了一段时间，说道："看样子那胖广东老板没埋伏在上面，说不定就泰叔一个人活着进到这里来了，毕竟外面那尸骨阵不是那么好……哎，那些是啥东西？"

信号弹落到离我们还有六十几米的时候，我们看到那一段的青铜树干上，有不少凸起的东西，仔细一看，我就觉得后脑一麻，冷汗直冒到了脚底——整个足有十米的一段距离，青铜树干上，附满了一张又一张的脸，不！应该说是那种诡异的面具。

第二十七章 凌空

信号弹坠落下来，划过这一片区域，这些脸动了起来，纷纷避开灼热的光球，看上去，就像一只又一只长着人脸的甲虫。

这些应该就是凉师爷口中所说的螭蛊的正身，古人将它们养在特殊的面具里，它们竟然繁衍了下来，刚才我还半信半疑，想不到这么快就碰上了，还是这么一大群。

脸依附在沟壑横生的青铜树上，给流动的光线一照射，呈现出不同的表情，或痛苦，或忧郁，或狰狞，或阴笑。我从来没见过如此诡异的景象，看得我汗毛直竖。

凉师爷说起来侃侃而谈，一见到真东西也不行了，颤抖着对我说道："两……两位小哥，这些都是活的，螭蛊在面具底下附着呢，怎么办？我们怎么过去？"

"别慌，"老痒说道，"你看它们对信号弹的反应，这些东西肯定怕光怕热，我们把火把点起来，慢慢走上去，它们不敢碰我们。"

我摇了摇头："别绝对化，信号弹的温度和亮度非常高，它们

当然怕，火把就不一样，你别忘了刚才那些猴子，碰到信号弹都逃了，但是你用火把吓它们，它们只不过是后退一下而已。我估计你打着火把上去，不但通不过，还会给包围起来，到时候要脱身就难了。”

“那你说怎么办？”老痒问我道，“你是不是有啥主意了？”

我说道：“现成的主意我没有，只是一个初步的想法，不知道成不成。”

老痒不耐烦道：“我知道你鬼主意多，那你快说。”

我指了指几十米开外的岩壁，说道：“直接这么上去太危险了，如果真的像凉师爷说的，这些活面具肯定有什么法子能爬到我们脸上来。硬闯肯定会有牺牲，我们不如绕过去，你有没有什么办法可以让我们荡到对面的岩壁上去？上面这么多窟窿，也不难爬，我们也可以好好休息一下。”

老痒看了看我指的方向，叫道：“这……么远？荡过去？”

我点点头，比画了一下：“我脑子里就这么一个想法，我们不是还有绳子吗？你拿出来看看够不够长，如果这招不行，我看只有下去，下次带支喷火器过来。”

老痒拿下盘在腰间的绳子，这是从泰叔身上扒下来的装备之一，上面有 UIAA 认证标志。这是世界上最好的登山绳，特种部队都用这个，看样子他们也挺舍得花钱买装备。

我早在去鲁王宫之前，曾经帮三叔采购过装备，查了大量的资料，所以我知道这种绳子。如果直径在十毫米以上，几乎可以承受三吨的冲击力（就是突然坠下），支持我们三个人的重量，绰绰有余……

强度足够，只是不知道长度够不够，老痒将它垂下树去，目测了一下，不由得叫了一声“糟糕”，绳子总长只有十几米，要到达对面，还差很长一截。

“怎么办？”他问我，“就算把我们的皮带接起来也不够。”

我捏了捏绳子，发现这是十六毫米的双股绳，不由得灵机一动，说道：“没事，咱们把这绳子的两股拆了，连成一条，就够了。”

“小吴哥，行不行啊？这绳子这么细，不会断吧？”凉师爷问道，“你看，这简直比米粒还细，您可别乱来啊。”

“国外登山杂志上是这么说的，总不会骗我们。”

我将绳子外面的单织外网层撸起来，抽出一条非常细的尼龙绳，自己也咽了口唾沫，真他娘的太细了，按照常识来说，这么细的绳子肯定没办法承受我们的重量，不过国外的资料上确实是这么说的，八毫米直径的这种加强尼龙纤维，已经可以用来做登山的副绳，只要不发生大强度的坠落，是不会轻易断的。当然，使用这种绳子有一定的危险性，所以一般都是两条一起用，我们只有一条，还要请上帝多保佑。

还是相信高科技吧，我想道，总不会这么倒霉。

我将接好的绳子递给老痒，他从背包里拿出一只水壶，用一种水手结绑好，用来当作重物体，用力甩向对面，失败了好几次后，终于绕住了对面的一根石笋，一拉，绳子绷紧，固定得非常结实。

“行了，”老痒说道，“他妈的总算搞定了。老吴，这绳子不去说它，对面这些石头靠不靠得住？”

“我不知道。”我说道，想着如果石头靠不住会怎么样？我大概会给荡回到青铜树这一边，运气好一点撞到树干上，撞个半死，运气不好就直接给树上的枝丫插成筛子。

绳子的这一边也给绑在一根青铜枝丫上，老痒打了个比较特殊的结，好让我们过去的时候，可以在对面将这个结解开。这个结非

常复杂，看得我眼花缭乱，我问他从哪里学来的这种本事，他说是牢里。

一切准备就绪，我最后扯了扯绳子，确认两边都已经结实了，就招呼他们开爬，结果他们两个人都没动。我看了他们一眼，发现他们正用一种打死也不第一个爬的眼神看着我，显然第一个上这么细的绳子，需要非常大的勇气。我又叫了两声，两个人都摇了摇头。我只好暗骂一声，硬着头皮自己先上去。

上去之前，我将身上的拍子撩和背包分别转交给老痒和凉师爷，尽量减少自己的重量，这些东西可以绑在绳子的那一头，等一下老痒隔空解绳子的时候，将它们一起荡到下头，再拉上来就行了。老痒对对面的那些山洞也不太放心，就将他的手枪塞给我，如果碰到什么突发情况，也好挡一挡。

我感叹一声，大有烈士赴死的感觉，拍了拍二人的肩膀，就转头向绳子爬去。

脚离开绳子的一刹那，我的神经几乎和这根绳子绷得一样紧，眼一闭，牙一咬，就准备听绳子断掉的那一声脆响，结果这绳子竟然支持住了，只是发出了一声让人非常不舒服的“咯吱”声，那是两边的结突然收紧发出的声音。

我心里念着别往下看，可是眼睛还是不由自主地向下瞟了一眼。我的天！我呻吟了一声，马上转过头，闭上眼睛，念阿弥陀佛。

老痒叫道：“喂，老吴，你磨蹭什么？快爬啊，你待在上面更危险。”

我问候了老痒的祖宗一声，深吸了一口气，移动手脚，开始向对面爬去。这种绳子有一定的弹性，每走一步，都会发生非常剧烈的抖动，我爬得万分惊险，加上绳子实在太细，非常抠手，不一会儿，就感觉到有点力不从心。爬到后来，我的脑子里一片空白，连自己都不知道怎么踩到了实地。我的脚马上一软，抱住那石笋就瘫成一团，在那里大喘。

火把在我这里，我点起来插到一边，看了看老痒他们，看见凉师爷正哆哆嗦嗦地爬到绳子上去。老痒拉住他，让他先别爬，叫我先看看这边的情况如何，如果不适合攀爬，或者有别的危险，可以省点力气。

我看了看四周几个岩洞，都只有半人高，是人工开凿出来的，不过经过千年雨水渗透，上面也出现了不少刚成形的钟乳，里面很潮湿。这些岩洞开在这里，可能和当年铸造这根庞然大树的工程有关系。

往上看去，这些岩洞之间的距离只有三四尺，虽然爬起来不会太连贯，但是也不至于很困难。岩洞里面空无一物，没有什么危险，刚才在树上看到洞里有什么东西，大概是光影变化造成的错觉，在这样幽暗的地方，神经难免会有点过敏。

我一边安慰自己，一边再次确认，然后抬手给老痒打招呼。

老痒拍了拍凉师爷，让他先走，后者用手揉了揉自己的脸，爬上了绳子，向我移动过来。

看凉师爷爬绳子简直是对神经的考验，其间过程我就不说了，十分钟后，我总算把一摊烂泥一样的师爷拉到了我这一边。

最后就是老痒。他深吸了口气，将手电绑在自己手上，又把那边的结检查了一遍，才小心翼翼地爬上了绳子。他爬得很快，不一会儿就到了绳子的中段，这个时候，我这边缚绳子的石笋突然发出了一声怪声。三个人同时不动。老痒一脸惊恐地看了我一眼。我回过头一看，心里咯噔一下——石笋上面出现了一道裂痕。

要倒霉了！我转头大叫："快爬！这里顶不住了！"

我叫了几声，老痒却一动不动，直勾勾地看着我，然后竟然开始后退，一边退还一边打手势，好像让我也回去。

干什么？我心里想，突然涌起了一股不祥的预感。

老痒一边拼命地指着我们头顶，一边小声叫道："快跑……"

凉师爷和我奇怪地抬头一看，我一下子就惊呆了。

刚才还空无一物的岩壁上，竟然已经爬满了那种人脸面具，相互攒动着，一边发出窸窣的声音，一边潮水一样向我们缓慢地围了过来，乍一看下去，就像无数的人贴着墙壁俯视我们。

我这时候真想抽自己一个巴掌，真他娘的笨，树上有螭蛊，怎么就没想到岩壁上也会有？这下子完蛋了，难不成我的下场就是变成像那些猴子一样的东西，在这里干死？那还不如一头跳下去痛快。

老痒看我们发呆，大叫："别发呆了！回来！把绳子割了！"

我一听反应了过来，几步跳回到石笋边上，用力一纵身，跳上绳子，冲击力将绳子猛地往下一扯，石笋发出一连串令人毛骨悚然的开裂声，没等我抓稳，凉师爷也跳了上来，绳子一下子给拉长了十几厘米，绷到了极限。我马上听到一种非常不吉祥的声音，然后"啪"的一声脆响，世界上最结实的绳子，也终于晚节不保，断成两段。

八毫米粗的绳子果然无法承受三个人的重量，随着一声脆响，铜树那一边的打结处拉断，我们像荡秋千一样划过一道大弧线，重重地撞到了一边的崖壁上，给撞得七荤八素的，几乎吐血。

最下面的老痒撞得最厉害，一时抓不住绳子，向下滑去。他慌忙扒住了边上的石头缝隙，才停住身子，我和凉师爷也好不到哪里去，我的脑袋划过一道岩棱，给磨出一道口子，鲜血直流。凉师爷垂直吊在那里吃不住力气，绳子在手心里打滑，一下子就哧溜到底，幸亏下面还有一个老痒，才没掉下去。

上面石笋继续发出开裂的声音，随时有可能断裂，我赶紧伸手，抓住边上的钟乳柱，跳了过去，然后把凉师爷也拉了过来。凉师爷吓得够呛，抬头就直说谢谢，才说了一句，突然一张面具就从上面蹿了下来，一下子抓在了他的脸上。

那一瞬间，我似乎看到面具底下，几只螃蟹腿一样的爪子伸了出来。凉师爷发出“呜”的一声惨叫，想用手掩脸，但是已经晚了，面具已经盖了上去。他拼命想扯掉面具，可是那面具好像贴在他脸上一样，几次扯出来又吸了回去。我想去帮他，可是他发了狂一样乱撞，还没靠近，就被他一下子顶翻了出去。我一手重新扯住绳子，滑到老痒边上才勉强定住。

我看了看脚下面的万丈深渊，心里暗骂，刚想再上去帮凉师爷，一抬头，一只大手一样的黑影从天而降，一下子抓在了我的脸上。我眼前一黑，什么都看不见，只觉得几只毛茸茸的东西直往我嘴巴里钻。

慌乱间，我只有一只手抓住岩石缝隙，一只手去掰那个面具，同时咬紧牙关，不让那东西进来，才掰了一下，那面具竟然自己掉了下来。我赶紧把它扔了出去，结果不巧正扔到老痒屁股上。老痒大骂一声，忙不迭地一枪柄将它砸了下去。

我舒了口气，一转头，又是四五只螭蛊跳到了我的头边，吓得我一个哆嗦，抬手就是四枪，可是根本不管用，一下子又是十几只拥了过来。我和老痒向下退去，这时候就听到“呜呜”的惨叫，抬头再看，凉师爷已经遭了殃，身上爬满了螭蛊。他大叫挣扎，想将螭蛊拍下身去，可是他拍掉一只，就有更多的蹿了上来。

我一边后退，一边开枪，一直把子弹打完，形势一点改善都没有，潮水一样的螭蛊从我们两边直围过来。我转头一看，四周岩壁

上面已经爬满了这种东西，互相触动，一时间满耳都是诡异莫名的声响，简直让人头痛欲裂，一个分神，就有几只蹿起来，直往人脸上扑，一个不小心就有可能中招。

我们一直向下退去，可是不可能快得过这些东西，很快就给围了个结实。几乎要绝望的时候，老痒开枪了，拍子撩一声巨响，将我们头顶上的螭蛊扫飞了一片，最近的几只面具马上给打得粉碎，碎片像下雪一样从我头顶上落下来。

可是不到一秒钟，给拍子撩轰开的一段空白岩壁马上又给后面的螭蛊覆盖了。老痒一看没用，赶紧用衣服包住自己的头，对我大叫："老吴！我掩护你，你快把嘴巴包住，然后去拿火把！"

我抬头一看，火把还卡在当时我顺手找的一处突起上，周围一圈没有螭蛊，显然这些东西的确怕火，可是我和火把之间的这段距离，密密麻麻全是螭蛊，根本没可能爬上去。我对老痒大叫："还是你去吧，我来掩护你！"

"我没招了！你搏一下吧！"老痒一边大叫，一边用拍子撩乱砸，"真他妈的倒霉！"

我看着这些东西，心里直发颤，这些螭蛊，并没有多大的攻击力，只是数量实在太多了，又有坚硬的面具保护，很难完全杀死，而且这些还只是几千年繁衍后幸存剩下来的，当年为了保护这棵铜树，古人到底制造了多少这种东西，就无法想象了。

老痒又一次甩开身上的螭蛊，想爬到我的身边来，可是在抬头看我的时候，他突然呆住了，叫道："老吴，你怎么回事？"

我看他呆在那里，几只面具落在他肩膀上，直往他脸上的衣服里爬去，大叫道："什么怎么回事？小心！"

老痒这才反应过来，慌忙把肩膀上的螭蛊拍掉，然后对我道："老吴，我说你——没发现？这不对啊！"

“什么不对？”我将他拉过来，不耐烦地大叫，“什么时候了，有屁快放！”

“你看看你，身上一只面具都没有啊！它们怎么不爬你身上去？不可能啊！”

我低头一看，自己也“啊”了一声，又看了看凉师爷和老痒，他们身上都爬满了螭蛊，怎么甩都甩不掉，可是我身上，的确一只也没有。

我心里咯噔了一下，马上回忆起，从刚才到现在，除了飞到我脸上的那只外，身上的确也没有爬上来过螭蛊。刚才一路混乱，我一直没有发现，还觉得自己运气不错，现在看来，有点不对劲。我急忙往四周看去，发现那些螭蛊虽然同样也向我爬来，但是一靠近我，突然就改变方向，向其他地方爬去，似乎像忌讳火把一样忌讳着我。

“怎么回事？”我心里奇怪道，赶紧试探性地一抬手，去抓最近的一只面具，手还没碰到，那一片的螭蛊已经稀里哗啦地向后退去。

我看了看老痒，老痒也看了看我，两个人都觉得莫名其妙。老痒叫道：“我的爷爷，这一招真酷，你是不是手上不当心沾了什么东西？快看看！”

我马上一看，手上除了我撞伤后留下的血迹和污垢之外，并没有其他的特别之处。

这可怪了，它们怕我什么呢？难道它们的寄生还有选择性？

我看到这些螭蛊退却的样子，想起了闷油瓶震退尸鳖的那一幕，心里冒出了个问号。

等等，难道是……血？

怎么可能？这些穷凶极恶的东西怎么可能怕我这个普通人的

血呢？

我疑惑地看了看手，脑子里一团糨糊，怎么都想不清楚。

这一边老痒已经抵挡不住，我反射一样，试探性地朝老痒一伸手，让我瞠目结舌的事情发生了，附在他身上的螭蛊，像蟑螂见了杀虫水一样飞也似的退了开去，情形和尸鳖见了闷油瓶的血一模一样。

“不是吧！”我下巴都要掉到地上，心说不用这么给我面子吧。

老痒还不明白怎么回事，大叫着要爬上去拿火把。我拍了拍他，对他说：“等等，你看，好像有点不对劲。”

说完，我将手向上扬起，向已经在抽搐的凉师爷爬了几步，几步而已，那些地方的螭蛊潮水一样地退了出去，刚才那些整齐的面具触动声，突然间乱成一团，被一种惊恐的吱吱声压了过去。

老痒目瞪口呆地看着我，好像在看着什么怪物一样。我不去理会他，爬到上面，把手往凉师爷脸上一放，那只面具突然就拱了起来。我马上抓住它，用力一扯，将面具扯了下来，还顺带扯出了一条满是黏液的“舌头”一样的东西。凉师爷本来已经在半昏迷状态了，那“舌头”一被拔出他的喉咙，他立马就呕吐了出来，喷了自己一身。

手里的螭蛊剧烈地挣扎，我几乎抓不住，那舌头一样的东西又太恶心，我只好用力往石头上一砸，砸了一手的绿汁。

身边的螭蛊退了开去，但是不走远，在我们身边形成了一个巨大的包围圈，不停地收缩。老痒赶紧把火把拔了回来，扫了一圈，将它们逼得稍微远一点。这时候凉师爷咳嗽了两声，似乎恢复了知觉。老痒又去拿了水壶，收回了剩余的绳子。可惜我们其他的装备和食物都还在树上面，不知道有没有办法能拿回来。

我把水倒在手里，给凉师爷润了润嘴唇。他总算缓了过来，看见我，竟然两行眼泪流了下来。我一看傻眼了，赶紧将他扔到一边。老痒神经绷紧太久，有点神经质，我对他说有火把在，它们肯定靠不过来，让他放松，不然会疯掉。他看螭蛊果然不再靠近，这才松了一口气，将火把插到我们中间的一个地方，马上问我道："老吴，怎么回事？啥时候你变这么牛了？也不早点使出来，弄得我们这么狼狈。"

我看着自己的手，摇了摇头，说道："我他妈的自己也不知道，还以为做梦呢。"

老痒看了看我手上的血，蘸了点闻了闻，也不相信我这么厉害，问我道："你刚才过来的时候，一路上有没有沾上什么特别的东西？你仔细想想……说不定给你碰上了什么这些破面具的克星，你自己不知道。"

我想了想，我碰过的东西，他们都碰过了的，要说没碰过的，只有我的血，可是这不可能，要是我的血这么强劲，在鲁王宫我就发威了，哪会那么浪费？那……难道是那时候沾上了他的血，现在还有用？不是吧——我摇了摇头，自言自语地否定了。

凉师爷听我们说了刚才的事情，就问我们是怎么一回事，他给面具遮了眼睛，什么都没有看到。老痒又存心挤对我，对他说道："你不知道，刚才咱老吴，可是威风了一把，那是这么一回事……"

凉师爷听他一说，"啧"了一声，说道："小吴哥，你有没有吃过一种东西，是黑色的，这么大——"

第二十八章 麒麟竭

我正在惊讶当中，他这样问我，我脑子里没什么概念，摇了摇头道："这么大？好像没吃过，怎么说？凉师爷，你想到啥了？"

凉师爷蘸了我一点血，闻了闻，对我说道："听你刚才说的情况，我倒想起一件事。我早先时候听一个老先生说过，有一种东西，人吃了之后，血能驱邪的，邪虫不近，是一种非常罕见的中药，你想想，有没有吃过类似的东西？"

我"啊"了一声，黑色的甲片状？中药？这真把我难倒了，最近事情发生得太多，吃东西的时候大部分很仓促，也没有生过什么病，吃了什么东西，我一向也不太在意，现在突然问起来真的一点儿也记不起来。

老痒嘲笑我道："老子只听说过黑狗血、公鸡血能驱邪，想不到啊，咱们家老吴也有这本事，这事情你可别说出去，不然人人都找你借血，几天就给你榨成人干了。"说完大笑起来。

我骂道："你他妈的能不能积点口德？什么狗、鸡！我告诉你，人血自古都是最能驱邪的东西，特别是死囚的血，刑场上面还有人托法医蘸白布，拿回来挂在门梁上呢，不懂别乱说。”

老痒看我急了，得意地大笑起来，笑了两声突然“哎哟”起来，摸着后背，咧了咧嘴巴，大概是早先那里受了伤，现在给笑得牵疼起来了。

我心说活该，不去理他，对凉师爷道：“你要不再给我形容得具体一点，光黑色的、甲片，满足条件的东西太多了，这东西有啥明显特征没有？”

凉师爷想了想，不好意思道：“我自己没亲眼见过，只听过别人形容，时间也挺久了，特意去想，真想不起来。”

我听了不由得失望，叹了口气。

凉师爷一笑，说道：“小哥，你也别太在意，这也不是什么坏事情，刚才要不是你，我们就完蛋了。我看着，这是命数，冥冥中自有注定，你想啊，以后您倒斗的时候，有了这资本，什么斗都不在话下啊。”

我听了心里挺不是滋味，这一路走成这样，说明我这人命寒，以后还倒斗，估计是找死。我抬头看了看上面，对他们说：“话说回来，现在没经过化验，也不知道是不是真是我的血在起作用，要不是倒也麻烦，趁着这个机会，咱们最好快点上去，过了这一段再说。”

凉师爷本想再休息，可看到潜伏在四周蠢蠢欲动的蛊虫，还是同意了我的想法。我们再次动身爬了几步，老痒突然抓住我的手，让我停下来，哑声道：“等……等一下！”

我回头一看，发现他脸色惨白，一头冷汗，表情大大地不妥当，心里咯噔了一下，问他怎么回事。

老痒一手抓着岩石，一手摸着后背，龇着牙道：“我也不知道怎么回事，刚才一笑，背上就疼得要命，可能是刚才绳子断的时候给撞得有点伤筋了，你给我看看，怎么疼得这么厉害？力气都用不上。”

刚才绳子断裂之后的那一下撞击着实不轻，我早就感到浑身疼痛，不过刚才情况危急，没时间考虑这些，现在气氛一缓和下来，这些伤口就开始发作，老痒在绳子的最下端，撞得比我们厉害得多，该不会是什么地方骨折了吧？

我让他别动，撩开他的衣服，只见后背第三条肋骨的地方一片淤青，竟然有一点凹陷。我顺手按了一下，他突然就像杀猪一样地叫了起来，背一弓，几乎要把我撞下去。

我心说不好，这伤看样子不简单，碰一下就疼成这样，难道真的骨折了？

老痒艰难地回过头，脸都扭了起来，问我怎么样。我皱着眉头，也不知道怎么对他说才好，只好说道：“光这样看也看不出来，不过你疼成这样，我们不能爬了，搞不好骨头已经断了，再做剧烈运动，可不是开玩笑的，要找个平坦的地方仔细检查一下。”

老痒一心想早点上去，此时已经挣扎着起来，咬着牙说：“仔细检查就免了，咱们的火把和手电都没办法坚持太长时间，不能停在这个地方，到了上面再说吧。”凉师爷看了看他的后背，摇了摇头，说道：“不，痒哥，小吴哥说得对，你这背都变形了，一定得看看，要是真骨折了，得马上处理才行，不然骨头很容易刺进胸腔里去，那时候就完蛋了，这方面我还懂点，咱们现在也离顶上不远了，没什么不好耽搁的。”

老痒还想和他犟两句，可能实在太疼了，话到嘴边变成了呻吟。我看到边上那些矮小的岩洞，里面似乎比较平坦，就给凉师爷使了个眼色，两个人不由分说，将老痒架起来，扶进边上一个相对

较好的岩洞里。我拿回火把，插在洞口，防止蛊虫进来。

这个洞有七八米深，一米高不到，因为长年照不到阳光，空气又非常潮湿，岩壁上有一层给霉菌腐蚀的斑点，似乎有一些人类活动过的迹象，不过并不明显。进到五六米的地方，就可以看到洞穴的底部，是一块粗糙的岩面，其他再无东西。

我查看了一下，看没有什么危险，才把枪收起来。凉师爷用拍子撩做了一个固定器，用绳子绑在老痒的背上，老痒脸色稍微缓和了一点。我心说这做师爷的就是不一样，什么都会，看来要是下次倒斗，咱们也要找个这样的人才。

凉师爷弄妥之后，我问他情况怎么样。他压低声音对我说道："骨头应该没断，不过肯定开裂了，我给他暂时固定了一下，应该不会那么疼了。不过小吴哥，你最好劝劝你这位朋友，他这样子，绝对不能再往上爬了。"

我看了凉师爷一眼，知道他是话中有话，意思大概是劝我下去，一路上他暗示我也不是一次两次了。话说回来，这样的冒险对他来说真的非常勉强，我看得出他早就萌生了退意，可惜碍于老痒的坚持，没办法提出来，现在给他找到一个借口，自然会借题发挥。

不过这样一来，关于老痒的伤势，我就不知道该不该信他的话了。

凉师爷看我怀疑，马上又说："小吴哥，虽然我不是跟你们一路的，不过大家都是江湖上混的，有些事情我不会打马虎眼，你自己有个数。说实在话，你看看我们现在的样子，如果坚持上去，恐怕这一次真的会死在这里。"

我看了一眼老痒，他正忍受着疼痛，并没有注意我们说话，于是拍了拍凉师爷的肩膀，轻声对他说："这事还要看看情况，你也去休息，现在讲这个不是时候，就算要下去，也得休息够了才行。”

凉师爷嘟囔了一声，靠到一边，揉起自己的大腿，不吱声了。我检查了一下剩下的东西，也坐下来，揉了揉太阳穴，开始考虑凉师爷说的话。

本来我对李琵琶所说的事没有多少兴趣，早先要我放弃，我不会有什么意见，但是现在既然已经千辛万苦爬到这里，到这个时候才放弃，心里倒也有点不舍，有点临阵退缩的感觉。但是我心里知道，凉师爷说的话是有道理的，现在我们一个人骨折，一个人身体状况非常不稳定，而我自己也到了体力的极限，如果还要莽撞地爬上去，实在是不明智的行为。

不过这样一来，老痒那一关就很难过，毕竟我和他才是一路的，现在联合外人来对付他，这朋友可能就做不下去了，而且凉师爷这人看上去挺窝囊的，可是到底是老江湖，这说不定就是他分化我们的一招，要是顺着他的思路走，可能会进到他的圈套里，这真是个两难的决定。

想来想去，我也想不出个所以然，干脆不想了，走一步是一步。

我转头去看他们时，凉师爷已经睡着了，他累得够呛，现在呼噜都打了起来，老痒也眯了过去，不过睡得不深，大概是背上伤口的问题。这个小洞虽然潮湿阴冷，但是比起吊在外面要舒适很多，我一看他们睡得这么香，无尽的倦意袭来，虽然心里逼着自己不睡，但是还是不知不觉地睡了过去。

这一觉睡得极其香甜，醒来的时候，浑身酥软，一种舒适的刺痛感传遍全身，这时候火把已经非常微弱，显然我睡了比较久的时间，探出头去一看，外面的蛊虫已经不见了，只有零星几只还趴在那里。

我松了口气，打起手电向上照了照。从这里看上去，我们离铜树的顶部只有三到四个小时的路程，上面的东西，几乎是唾手可得，现在下去，真的有点可惜。

老痒还没有醒过来，不过神态安详，似乎好了很多。我转头去看凉师爷，想叫醒他，商量下一步怎么办，一看，却发现刚才他躺着的那个地方空了，他并不在那里。

“嗯？”我下意识地愣了一下，用手电往山洞深处一照，也不见他的踪影，心说，人哪里去了？这个时候，我忽然看到原本给老痒固定伤口的拍子撩没了，马上冒了一身冷汗，一股不祥的预感袭来，一摸自己的腰间，果然，我的手枪也没了！

“王八蛋！”我大骂一声，真是没想到，看上去这么没种的一个人，竟然会在我睡觉的时候偷走我的枪跑掉！可是，为什么他不把手电也一起拿走？没有照明工具，他怎么行动啊？我这时候急火攻心，也没有仔细考虑，抄起火把就想出去追他，这家伙脚程慢，如果走了不久，绝对追得上。

刚一踩出洞穴，我还没来得及分辨他是向上去了还是向下去了，眼前就突然一晃，一团黑影子从上面荡了下来，一脚踢在我的胸口。我只觉得一股气上来，结实地倒摔回了洞里。倒地之后，我咬牙想站起来，可是下巴又给打了一下，这一下打得非常狠，我几乎给打晕过去。迷糊间，我看到一个叼着香烟的胖子正猫进洞里，手里拿着一杆短步枪，凉师爷一脸铁青地跟在他的后面。

我只看了一眼，就认出那胖子是两个广东老板中的一个，姓王的那个。他拿枪对着我，让我靠边去，转头对凉师爷道：“老凉，边（哪）个后生吃过麒麟竭嘛？”

第二十九章 逼近

凉师爷用下巴指了指我，一脸轻蔑之色。我心里暗骂，你个吃里爬外的，老子一路过来也算照顾你，想不到你竟然这样对我，早知道这样，当初就把你给做掉，免留后患。

胖老板从背包里拿出了固体燃料风灯，点燃了放在地上，这东西是登高海拔雪山时候用的装备，既可以照明，又可以取暖，一下子整个山洞便亮了起来。接着，他又掏出几块压缩饼干丢给我，做这些事情的时候，手里的短步枪枪口始终对着我。

我接过他丢过来的饼干，觉得莫名其妙，心说，这是唱的哪出啊？当下把饼干丢回给他，说道："哥们儿两个撂你们手上，要杀就杀，哪这么多废话！"

凉师爷咧嘴笑了一下，转向胖老板，说道："我说吧，青头就是青头，还搞不清楚状况。"王老板摇了摇头，又把饼干丢给我，说道："后生仔，出来跑江湖，脑门要放亮嘛，给你东西吃，就是没打算动你们，你这个样子，碰上脾气差的，那是讨死嘛。"

这人和那老泰比起来，气质完全不同，那老泰一眼看上去，就是那种杀人不眨眼的亡命徒，这胖老板倒是一团和气，看上去让人放松不少。只不过他刚才踹我的那一脚，很有力道，不是那种古董老板能踹出来的，到底是什么身份，我一点也摸不透。

王老板瞥了一眼，似乎是读出了我眉宇间的疑惑，狠狠吸了一口烟，继续说道："我和老泰他们不一样的，我是个生意人。生意场上，没有永远的朋友，也没有永远的敌人。"

凉师爷说道："王老板，你不如和他们直说了吧，这俩小子脑子都拐不过弯来，姓吴的小子还比较好说话，等那睡觉的小子醒过来，恐怕还要折腾一番。"

王老板笑了一声，又对我说道："好吧，当着真人不说假话，我就说得直白点。我呢，是个做生意的，不喜欢动刀动枪的。现在这种情况，你们自己也看见了，就算不落在我手里，你们也很难出得去，老泰已经死了，要对付你们也没什么意思，你考虑考虑，要不要和我合作。我保管你们不吃亏，还有的赚。"

我一听，这不是当初我对凉师爷说的话吗？他娘的隔几个钟头又转我这里来了，真是风水轮流转啊。

看我没任何表示，他又递了支烟过来，说道："你就算不答应也没关系，我会给你们点装备，让你们自己下去，不过你一个人带着一个病号，这路怎么走，你自己想过没有？"

他说的倒是实在话，我竟然听得有点心动，可转念一想，他有装备有武器，干吗还要找我合作？这不等于铺好摊子让人家来赚钱吗？一定有阴谋。他们这些跑江湖的心机太深了，你看凉师爷一路跟着我们过来都是一副献媚的嘴脸，一找到机会马上就给他反客为主了，我们一点都没防备。与他们相比起来，我们真的太嫩了。他们找我合作，必然有什么针对性的目的。

我的思绪一刹那闪过，心里已经有了计划，他们的这个条件，我必须要先答应下来，就像当初凉师爷跟着我们一样，以后再想办法逃脱。况且正如他所说，要想把老痒平安地带下去，至少还需要一个人的帮助，我一个人，实在太勉强。这两个人明显轻视我，这与我当时犯的错误一样，我肯定可以找到一个机会反客为主，至少弄到一把枪。

想到这里，我的脸色缓和了下来，装出犹豫的样子，道："好，就算你说得有道理，我可以和你们合作，但是你必须先让我知道，你们到底需要我干什么。"

王老板松了口气，给凉师爷打了个眼色，后者拍了拍我，说道："识时务者为俊杰，小吴哥，既然你点头了，咱们就还是自己人，在下也就不瞒你什么，自然会把知道的告诉你们，不过这可是说来话长，我们边吃边讲如何？"

我看他靠过来，真想一把掐死他，不过眼角一扫，就看到王老板手里的枪口，仍旧指着我的方向，心里压住内火，勉强一笑，说道："请说。"

凉师爷看了看外面的铜树，说道："说起这个东西，可是了不得，根据《河木集》上的记载，最初发现这棵铜树，还是在北魏高祖孝文皇帝太和十三年——"

李琵琶死了以后，在很短的时间里，凉师爷已经将《河木集》中关于这个墓穴的章节，仔细研究过一遍。《河木集》是一种便条，写得非常随意，有时候用的是哑文，有时候用汉文，还有一小部分是用一种谁也不认识的文字写的，而关于这里的这一段，大部分是用哑文所写，现在能读得懂哑文的已经不超过二十个人，凉师爷正是其中之一。

哑文记录的事情，一共有三件：

第一件事情是北魏高祖孝文皇帝太和十三年，大致是太白山一带一处官矿的矿监上报，有寻矿人发现一根青铜古柱，其根部似乎一直没入山底，未见到底的迹象，不知道入地其深。

这事情在当地闹得沸沸扬扬的，一说这柱子是有灵性的，你越挖它就越往下长，永远也挖不到头，又说这是盘古开天的时候用的斧头柄子，再挖就能把斧头给挖出来。甚至有风水师傅说，那是玉皇大帝打下的钉子，用来将秦岭的龙脉钉住，不然这条地龙就要飞到天上去了。这根铜柱，入地有八百里，不能再挖，一挖全中国就要倒霉了。

不久，一骑哑巴军就接到密令，开赴太白山确认传说的真伪，可是这一队哑巴军最后离奇失踪了（估计可能给守陵的厍人杀光了）。四个月后，另一营的哑巴军又接到密令，这一次他们找到了青铜树，领着三千死囚，让他们接管这座太白山，封山扎营继续挖掘。

第二件事情是北魏高祖孝文皇帝太和十八年春，说这一挖就挖了四年零三个月。三千死囚向上一直挖通了我们现在所在的溶洞，向下一直挖到山底，没有挖出铜树的根部，却挖出了一只龙纹石头盒子，内是空心，藏有一物，却没有缝隙，怎么也打不开，他们不敢妄动，将这盒子送进宫里。

第三件事情很简短，是在北魏高祖孝文皇帝太和十八年的年末，《河木集》上记道，皇帝赐赏，加封二等爵位，每人赏百两金，犒赏全营，众人酒醉，《河木集》的主人和几个熟络的兵卒喝得神志不清，打赌去爬那青铜古树。

（文章到了这一段，下面全都是不知名的文字，不知道是否有特别的用意，凉师爷无法看懂，实在遗憾。）

凉师爷告诉我们，另一个老板李琵琶能够看懂这些东西，但是问他下面写的是什么，他决计不说，神秘得要命，这一点，不知道是什么缘故。

《河木集》最后，有一段汉字记录着攀爬过程，我们这个位置再往上，会有绕着岩壁的栈道，是当初他们为了最后让皇帝来看的时候准备的。可惜修到近顶的时候就修不上去了，而且修栈道的时候，经常有人无端地坠崖，后来就不了了之了。

我们爬出矮洞，王老板递给我一只望远镜，自己打着强光手电给我照明，调整了焦距之后，果然看到上面不远处，似乎有几段木头的栈道卡在崖壁之上，几个盘旋一直向上。我们的手电电源微弱，照不到这么远，所以当时没有发现。

王老板的意思是，如果能到达那条栈道，沿着它攀爬可以省不少力气，只不过栈道之上必然会有蹊跷，凉师爷是文人，让他研究东西行，打仗就不行，所以这路还得我们两个去走。

我没他这么乐观，拿着望远镜看了半天，也没看清楚这些栈道到底是个什么样子，这里光线太昏暗了，加上栈道的边缘似乎给一些植物根须一样的东西裹住，与在旅游区爬过的那种钢结构栈道有很大的不同。《河木集》写于南北朝时代，传到今日时隔千年，这些栈道是否完整还不清楚，更不要说结实不结实了。

王老板说，当年修这东西，是用来给皇帝游览的，不是采掘的临时栈道，所以在用料和做工上一定非常讲究，现在很多汉代的古建筑非常牢固，所以他认为问题不大，实在不行，我们还有大量的绳索，有了这些栈道，爬起来自然也方便得多。

他说得非常决绝，一点也不跟人商量的语气。我暗骂一声，只好不再发表意见。他和凉师爷又稍做商议，决定再让我休息十五分钟，然后胖老板带我上去，凉师爷和老痒留在这里。

刚才睡了一觉，精力恢复了很多，又吃了点东西。王老板也

坐了下来，用广东话和凉师爷聊起了天，我并不是很能听懂，不过大概也知道他们聊的事情，跟那胖老板说的麒麟竭有关系。我对这事情，心里一直有个疙瘩，心想反正现在和他们的关系表面上缓和了，正好乘机问个清楚，就问凉师爷，这麒麟竭到底是什么，会不会有什么危害。

凉师爷说道："关于这方面完全不用担心，我刚才没把事情全告诉你们，是给自己留一手，以防你们跑路的时候，给自己留下换命的资本，现在既然咱们已经正式结盟了，我也说出来，免得你心里不舒服。"

麒麟竭就是麒麟血凝结成的血块，是一味非常名贵的中药，不过并不是真正的麒麟的血，而是一种植物的汁液，这种植物叫作麒麟血藤，又名血蛇藤，一般在比较靠南边的地方才有。

麒麟竭放置的年代越久，功效越好，初期它只有一些普通的功用，一般用来入药，但是在中医里面，还有一种罕见的用法，就是用来熏尸。古时候有些少数民族和一些山村里的习俗，会将一块麒麟竭压在尸体的肚脐之上一起入殓，可以剔除尸体的阴气，尸体虽会腐烂，但是不会招来蛆虫。

麒麟竭随着年代的逐渐长远，会逐渐由暗红变黑，年代越久黑得越沉。到了一定的时候，性质就会改变，变得入口即化，人吃了以后，邪虫不近，夏天连蚊子都不敢找你。

当然这只是传说，凉师爷也只是听别人说过，今天第一次看到这种情况，才开始相信有这么一回事，至于会不会有什么副作用，没有相关的记录。不过中药一般毒性很低，他让我不用担心："与其想这些，我觉得最麻烦的还是那些蛊虫。《河木集》记载开凿的时候，并没有挖到任何这种面具，到底是古人布下的疑阵，还是杀光外面千条人命的人动的手脚，我还不能肯定。你们上去的时候，还是要多加小心，不可大意。”

我们休息了片刻，老痒还是没有清醒。胖老板取下装备给我，我带上战术头灯，背上绳子，继续向上方栈道的边缘进发。

按常理那条栈道并不远，但是现实中总有一丝无奈，目测的距离总是要比实际距离近很多，我们预计一小时就能登顶，结果半小时后才勉强爬到栈道下方。

我这才发现，胖老板的说法是对的，栈道保存得非常好，倒不是因为是皇帝要走的栈道所以修得坚固点，而是栈道一直在修葺当中，所以外面还有一层油竹竿搭成的脚架，这种东西非常防潮，经过一千多年的腐蚀，仍然非常结实，走上去还能听到韧性的嘎吱声。

这里应该十分贴近地表，从边上的绝壁上垂下很多树木的根系，犹如缠绕植物一样缠绕着边上的扶栏。有些根须非常粗大，简直就像章鱼的触手一样挡在栈道上，越往上这些东西就越多，非常难以行走。有几段整个被根系包在里面，几乎找不到立足的地方，只好用砍刀开路，或者干脆爬过去。

因为树木根系的侵袭，这里的岩石开裂，不时还有石头掉下来，我们一边抱着头，一边还要小心脚下，走得竟然感觉比爬的时候还累。

我们只顾着走，也不知道上去了几圈，前面的栈道出现了一道非常大的缺口，有将近十米的距离，因为边上的岩石迸裂，塌了下去。我比了一下距离，对王老板说：“没办法，跳不过去，要上绳子了。”

此时离我们出发已经快一个小时，但是从上往下看去，仿佛并没有上来多远，看来想在一个小时内到达树顶已经不可能了。我们之前爬得太急，体力消耗得非常厉害，只好暂时先休息一下。这个

垂直的溶洞里非常阴冷，又非常潮湿，我走了这一段，身上的衣服全都是汗水，粘在身上非常难受，一时半会儿又干不透彻，很容易生病，一定要想办法取个暖才行。

我们找了一个树根和栈道包在一起的树根洞里，王老板将固体风灯拿出来，用匕首挂在一截树根上。我脱掉衣服先将内衣烘干，然后胡乱吃了一点东西。王老板表情非常严肃，一边和我说着话，一边用强光战术手电去照对面的铜树。照了一会儿，他对我道："你来看，这里已经能看到顶上，上面是什么东西？"

我拿起望远镜观察，上面只有十几米的地方，已经是铜树的顶部，从洞的上面垂落下很多树根，将那一片区域全部挡住，勉强可以看到，那里被裹在一大团根系里，大量根须一直顺着铜树缠绕下来，里面有什么东西，实在是看不清楚。

环绕洞壁向上的栈道，还要比这铜树的顶部高出很多，这个和《河木集》记载的不同，有可能经过长年累月的挖掘，沉重的铜树有再次沉入岩层中的趋势，几百年下来，高度已经下降到栈道之下了。

这些从洞顶上垂下的根须，可能就是我们来的时候，从金鱼山顶上看到的那几棵十几人才能环抱的大榕树，现在看来，它们的根系比它们的枝叶还要壮观。这些犹如苍白的鬼爪一样的东西，如麻花一样拧在一起，就像一只巨手，抓住这一根铜柱，想将其从地狱里拉出来，又好像一根缠满了化石巨蟒的巨大图腾，让人浑身起鸡皮疙瘩。

我正看得入神，却听胖老板对我说道："你看树根长得如此茂密，说明这里的岩壳上面应该就是表土层。这里是一个天然的溶洞，古人来祭祀不可能是穿山进来的，上面一定有一个洞系可以通到外面，弄不好，我们不用原路回去。"

我听他话里有话，心里一喜，如果不用原路回去，那真是一件美事。可这天然的溶洞，必然也不是什么平和之地，到时候能不能走得出去，还要另外合计。王老板推了推我，说道："这铜树顶上是这么个情况，不过你看那几个根堆里，好像有一座铜像，这里太远，看也看不清楚，咱们换个地方去看个仔细。"

我顺着他手指的方向看去，看到柱顶的下方，根堆缠绕中似乎有两只青铜雕刻的手臂，与我们在夹子沟看到的那一座有一丝妖冶的雕像遗迹非常类似，只是当时它的脸被盗墓贼炸烂了，我当时有一种很奇特的第六感觉，总感到这张脸会有什么不妥当，如今正好看上一看，这家伙到底长什么样子。

第三十章 老套路

按道理，要看到那雕像的脸不难，可是我们是由下往上仰望，无论走到哪里，因为角度的问题，都看不清楚。我心中懊恼，对雕像的那种不祥的感觉也越来越浓了。

王老板大概也和我有同样的感觉，越是想看到，越看不清楚，急得他脸色铁青。我们换了几处地方，皆不满意，最后还是决定先爬过坍塌的栈道再说。这里的岩壁上全是树根，爬起来也不会有多大困难，加之下面还有几层栈道，如果失足也不会摔死，没什么好担心的。

我们再次回到那一段坍塌的栈道边上，王老板检查了一下那些垂下的根须的结实程度，用多功能镐挂住，敏捷地爬到峭壁上。我一边给他打着手电照明，一边诅咒他掉下去，可惜这王老板的身手和他的体型非常不相配，三下五除二，已经攀到了对岸，跳到栈道上。

他回头将多功能镐抛回给我，然后自顾自向前跑去，大概是心

急想看看那上面到底有什么。我打开头上的头灯，学着他的样子爬上峭壁，一手挂着多功能镐，另一只手摸着根须前进。这些东西不知道生长了多少年，摸上去竟然犹如石头一样，坚硬异常，不似有生命。上面的纹路也很似动物的鳞片，如果眼神差点，肯定以为是什么古生物的化石。

我爬得很小心，进度很慢，才爬到一半的距离就听到王老板叫道："快到我这里来！这里可以看得清楚点，那团树根里面好像还不止……一座雕像，不知道到底雕的是什么。"

我听到他的话，咬紧牙关，手脚并用，最后抓住一根根须荡到对岸，然后循着他的手电追去，看到他已经绕着栈道上了三层，正举着望远镜，查看铜树那里的情况。我向他望的地方看去，因为角度变化，的确可以看到有一些东西被裹在树根里面，但具体是什么，还是很模糊。

我气喘吁吁地跟上，接过他的望远镜之后，才看清楚，在蟒蛇一样的巨大树根团里面，露着很多生锈的青铜手臂。从数量看来，里面应该最起码有四座雕像，立于四个方向。凭借露出的部分，也无法准确地判断雕的是不是同一个造型，其他的部分给深深裹在树根里面，目测一下，尺寸很大，大概和我们在山崖上看到的那座石头差不多大小。

李老板所说的"大好处"，不会是这些恐怖的树根，那肯定是这树根里包的东西。但这些雕像就算真的是有什么莫大的价值，我们也带不走啊，对面应该还有什么蹊跷是我们所不知道的，待在这里绝对发现不了，一定要过去才行。

我们继续顺着栈道上前，因为靠近溶洞的上段尽头，崖壁与铜树之间的距离也逐渐接近，我们看得也越来越清楚。铜树之顶原来有一个圆形的祭祀台，朝四个方向有青铜的四座雕像。本来我们以为换几个方向就能看到雕像的真面目，可是越往上越失望，它们的身体和面孔都牢牢地裹在了树根里面，想要看清楚，不砍掉这些树根恐怕是不太可能了。

我们来到栈道上与那祭祀台基本平行的地方，王老板停了下来，看了一会儿，对我说道："这四座雕像放在四角，说明中心肯定还放着什么东西，本来如果我们的装备都在，可以再往上一段距离，用聚光灯照个清楚，可惜这些东西都掉进瀑布里了，没办法，后生仔，我们得过去再说了。"说着，他已经将多功能镐有刃口的一端折了回去，折成钩子形状，绑到绳子上，做成一只飞爪，像西部牛仔一样，甩了几个圈后扔了出去。

多功能镐甩了一个抛物线，钩在了对面祭祀台边上的一根树根上，绕了几圈，正好钩回到绳子上。王老板拉紧绳子，拉得树根抖动了一下，很多奇怪的灰色虫子从树根的缝隙里给惊了出来，四散而逃，速度很快。

王老板皱了皱眉头，说道："后生仔，这次该你先上了嘛！"

我知道他是忌讳这些虫子，心里暗骂了一声，目测了一下距离，这里比我们刚才爬的时候近了很多，应该问题不大，于是点了点头，爬上绳子。

才爬了几步，我也不由得佩服起王老板，这绳子甩得真好，两端成一个大概六十度向下倾斜的角，只要双腿夹住绳子，自然就会滑向对面，不用花一点力气，我凌空滑过，一下子便到了祭祀台上的树根上，立即抓牢上面的根须站稳。

王老板在对面做了个手势，让我先探查一下形势。我回头一看，那些灰色的虫子并不是螨蛊，而是一种类似蝉的幼虫的昆虫，数量颇多，但是应该不会有什么危害。我赶走它们，对对面的王老板做了个手势。他用手电照了照我的四周，确定真没虫子了，才爬

上绳子。

这里的树根几乎都有我的两三条大腿粗细，纠结在一起，碰到的地方已经融成一体，没碰到一起的地方就镂空为一个个窟窿，时间长了，融到一起的地方多起来，里面镂空的窟窿就四通八达的。这在榕树林里面很常见，有大片榕树的地方，甚至整片林子都粘在一起，里面一个树洞连着一个树洞，进去就出不来，比鬼林子还邪。

我们抓着树根转了一圈，发现这里年代实在太久，包得非常彻底，看不到下面是什么。这些树根又砍不动，不知道如何是好。呆了片刻，王老板说可能从这些树根之间的镂空里看下去才能看到，咱们分头找，一个洞一个洞照过来，肯定能看到。

我心说盖得这么厚，这也不太可能。不过他没准备和我讨论，只是抬了抬手让我去做。

我隐约地感觉这人十分暴戾，和以前我认识的那个王胖子有点像，心说他们俩该不是亲戚吧？不过那个王胖子可爱多了，而且很爽快，这个人太阴了。

这些树根盘在这里，像一个坟墩一样，用手电照到那些镂空的窟窿里，也照不到底，我们搞了半天，累得满头是汗，还是什么都看不到。我还把腰给闪了，酸得我直冒冷汗。

两个人这下没办法了，王老板看了看我，忽然骂了声："王八蛋，难道李琵琶这衰人算计我？"

我心里也嘀咕，这里既然什么都没有，为什么老痒要这么强调？他应该不会开这种无聊的玩笑，问题还是在我们身上，到底出在哪里？哪里疏忽了？

两个人都不说话，静静地在那里想事情。我想着老痒一路过来和我说的话，这些话不管是出于什么心态，无非是想把我引到这个地方来，可到了这里之后，什么都没有看到。而那个所谓的不能告诉我的，而且就算我知道了也是不会去做的好处，到底是什么？现在还是一点也看不出来。

正想得出神，王老板突然推了我一下，我转头刚想说话，他做了个别出声的手势。

我心说干什么，他摆了摆手，小心翼翼地拉我蹲下来，仔细去听那树根里面……我立刻凝神静气，侧耳去听。这里没有风声，在这寂静无比的榕洞里，贴着那树根，清楚地听到树根里面传来一声一声的轻微的“嘚……嘚……嘚”声，好像有人被冻得磨牙。

那声音不大，不注意必然听不见，很有语音规律，和血尸的声音完全不同，也不会是那些虫子在树干里爬行发出的声音。

王老板轻声说道：“这声音每一声的间隔都一样长，好像和尚敲木鱼一样，有可能是什么机关动作的声音，这里面的确有东西在，只是不知道是活物还是死的。”

我开始冒出白毛汗，这几千年的老树根里竟然有人磨牙，难道是遇到了树妖不成？我刚想说话，王老板抿着嘴巴摇了摇头，举起短步枪，拉上枪栓，让我跟上，蹑手蹑脚地循着声音走去。我们走到一个榕树根洞边上，发现声音就是从这里传出来的，王老板打开手电往洞里一照，声音戛然而止。

他瞄了我一眼，轻声说道：“没错，应该就是这里，《河木集》说的东西就在这里面，可能得从这里进去才行。”

我皱了皱眉头，说道：“这里面的根系洞非常复杂，比那些溶洞地形的洞系要复杂得多，而且不知道这铜柱是不是空心的，贸然进去，可能会有危险。”

他点了点头，说道：“我知道，所以我们两个不能同时进去，先下去一个探探路。”

我心里咯噔一下，心说：你该不会想让我进去吧？

王老板看我犹豫了一下，把短步枪举了起来，轻声说：“我太胖了，你先下去，我跟在你后面，给你殿后，你放心，不会出事情的。”说着推了我一把，将我往那个洞里推去。

我低头看了看下面，一片漆黑，回头一看，他正面目严峻地看着我，脸上透出一股子阴冷的表情。我咬了咬牙，只好又戴上头灯，再次充当蹚雷的角色。刚想进去，胖老板又把我叫住，递给我一只小型的对讲机，说道：“如果里面很深，就用这个，去吧，后生仔有前途。”

我心里暗骂，接过来，先熟悉了一下使用方法，然后放进兜里，说道：“王老板，咱们明人不说暗话，我这是给你去拼命，你怎么样也要给我点武器，万一我挂在里面你也就没戏了，对吧？你不给我枪，冷兵器总要给我一把吧？”

王老板戒备地看了我一眼，大概觉得我说得也有道理，不情愿地从自己的靴子里掏出一把小匕首，丢给我，同时枪口马上就指向我，笑道：“你看，我这人糊涂，就给忘了嘛。”

我接过匕首，发现是那种长柄猎刀，专门用来剥皮的，我心说有总比没有强，“操”了一声，头一低钻进洞里，闻到了一股霉味。我戴上防毒面具，才继续向里爬去。

里面非常潮湿，树根的表皮与外面完全不同，非常松软，还有很多不知名字的蘑菇长在里面，很多蝉的幼虫受到我的惊吓，开始逃窜。我往里爬了一段，一下子呆住了，前面出现了几个岔口，该走哪一个？

我仔细一看，其中一个岔口上有一个标记，应该是前人画上去的。不管了，我爬向那个有标记的岔口，又前进了几米，突然前面一空，上半身已经探了出去。

我上半身挂在洞口，打开头上的探灯四处一照，发现这里是一个矮小的空洞，里面盘根错节，全是树根。说得实在一点，这里不过是整个根包里根须比较稀疏的地方，我正觉得奇怪为什么会出现这种情况，忽然看见树根的里面，有一块石板露出一角。

我仔细一看，那竟然是一只巨大的石头棺椁。棺椁下面有一个棺床，现在也给裹了个结实。从我刚才爬的距离来判断，这里应该就是祭祀台的中央没错，这就是我们要找的东西。

我手脚并用，来到露出一角的石棺椁边上，这才看清楚，这东西还不是一般地大，几乎像一只袖珍的集装箱了，椁盖的边缘和铜树上一样，阴刻着一圈双身蛇，其他部分几乎和树根长在一起，上面有什么浮雕无法知晓。

王老板在外面大叫了两声，我正给看得蒙了，也没回他，他以为我下到铜树里面去了，从对讲机里问道："后生仔，里面有什么？"

"有一只棺材！"我一边说道，一边尽量找一个地方至少能让我坐起来，趴着太难受了。

"棺材？能不能看出是谁的？"

我骂了一声："我怎么知道！不过这棺椁给运到这里也不容易，如此兴师动众的，里面躺的可能就是这青铜树的修铸者。"把自己的棺材放在这里，大概是想着升天的时候，离天宫近一点。不知道这到底是什么人物，竟然有这么大的手笔。

这个时候我看到棺椁的盖子和椁身并没有密合在一起，有一段树根已经顺着缝隙长进了棺椁里，将盖子抬起了一点。我感到很奇怪，"咦"了一声。

王老板听了很紧张，忙问："怎么回事？"

"这棺材……盖子没盖好。"我说道，向那缝隙爬了过去。难道

入殓的时候棺椁没盖好，让树根长了进去？

我想了想，觉得也不会，可能是细小的树根长入棺椁盖之下后，不断长粗，将盖子抬了起来。这些树根四通八达的，说不定已经撑满了这只棺椁，表质层这么硬，我们手里的这些家伙就算能砍得动，也不知道猴年马月才能挖出来。

我爬到缝隙边上，用探灯往里面照了照，里面似乎是全空的，灰蒙蒙一片，光线好像给什么吸收了一样，什么都照不出来。

历来考古中，从椁中将棺材起出来是最麻烦的。正规的棺椁，都是棺壁贴着椁壁，最多给你留一厘米的空隙就很不错了，这一具却反潮流，里面有着相当大的空间，十分怪异，不知道又是什么讲究。西周时期的墓葬习俗已经比较成熟，就算是王公贵族也不会使用如此离谱的墓葬方法，看样子凉师爷说得没错，这里应该是当时少数民族的一处王墓，并且这一个国家国力似乎也不弱，至少应该与当时的西周王朝不相伯仲。

我拿起对讲机，说道："这棺椁是空的，里面不知道有什么，我的探灯没你手电那么厉害，太暗，你可以进来了，这里很安全。"说着，我已经向我刚才探出来的那个洞爬去，心说，只要你一探出头来，老子就卡住你，看你怎么办。

对讲机发出几声静电干扰的声音，里面传来几声声音，我听不清楚。

"什么？"我问道。

随着几声静电干扰，从对讲机里传来了一些奇怪的声音，非常嘈杂，一点也听不清楚。

"什么？"我不耐烦地又叫了一声。

第三十一章 鬼雾

在这狭窄黑暗的空间里，一只棺椁边上，突然从对讲机里传来类似鬼魅一样的呼号声，既像有人在哭泣，又像有人在发抖念着什么东西，让我着实吓了一跳。我赶紧将声音关小，拍了拍看看是怎么一回事。

这是 Motorola 生产的军用对讲机，使用塑料外壳，非常适合在恶劣条件下使用，照道理不会这么容易出故障。我开关了几次，开始的那种怪声倒是没了，扬声器里却断断续续地发出嗞嗞的静电声，似乎是有人呼叫，又无法听到清晰的语句。我连喊了几声也不见好转，调动频率，也没有作用。

我摆弄过这些电子东西，知道这种动静并不是物理上的故障，而是电波干扰，产生的原因很多，大到太阳黑子爆发，小到家用电器运转，都会产生相同的效果。我们现在身处地下，给太阳黑子影响到的机会不大；这种深山老林的榕洞里，也不会有什么家用电器，这种干扰到底是哪里来的？

我将对讲机四处移动，寻找干扰的源头，很快我便发现，只要将它靠近巨大的棺椁，嘈杂声就会严重；如果离得远一点，嘈杂声就会减轻，非常奇怪。难道干扰源竟然在棺椁里面？我将对讲机小心翼翼地伸进椁盖和椁身的缝隙，刹那间，那种嘈杂声音突然爆发到了离奇的程度，就好像有人突然间惨叫了起来一样。吓得我手一松，几乎把对讲机掉进棺椁里。

糟糕，我心里想，看样子没错，棺椁里面有什么东西正在发射不规则的电磁波。这太不可思议了，是自然现象，还是有什么古怪？

我知道植物是可以发射微弱的电波信号的，而且在不同的外界条件下，植物发出的电波信号也不相同，比如说你给它播放舒适的音乐的时候，或者用刀割它的时候，它发出的是两种完全相反的信号，这被称为植物的语言。可是这些信号都是极其微弱的，就算你用专门的仪器都不一定能探测到，不用说给普通的对讲机接收了。

还有一些特别的情况，也能够在自然条件下产生强烈的电磁波影响通信，比如说地震前夕，或者火山爆发的时候，但是这种干扰是带有破坏性的，绝对不会像现在这样温和。

我看着这巨大的棺椁，想到了一个不太可能的可能，那就是在大规模的屠杀或者大型的土葬墓地附近，经常会有奇怪的电磁波干扰，持续不断，一说那是尸体腐烂发出的能量产生的，一说那是大量鬼魂发出的信息。这强烈的电磁波，会不会是棺椁中的尸体发出的呢？

这里的光线极其晦暗，老榕树苍白的根部在探灯的照射下，看上去就像一根根畸形的蛇骨，加上这让人头皮发麻的嘈杂声，就像有什么东西正在棺椁的内部，狂叫着催促我进去。我感到起了一身鸡皮疙瘩，无比烦躁，赶紧将对讲机拿出来关掉。

四周安静了下来，我一下子感到头晕，大概是这里潮湿的空气和古怪的味道让我开始缺氧。看着周围的环境，我心里感到一阵发寒，这是我一路上都没有感觉到的。

王老板一直在外面大叫，想必是听不到我的回答，正急得直跳，他的喊声经过树根里三层外三层的过滤，到我这里已经变得十分微弱，就像人在十几层被子里面听外面的人说话，很难听得清晰。

刚才我还考虑着把王老板骗过来，在这里制伏他，现在却已经改变了主意，想着是否还是暂时先退出去好，这地方邪得慌，待得久了真让人全身不舒服。这主要还是一个人的原因，如果有两个或三个人在我身边，应该能镇定很多。

考虑再三，我犹豫不决的老毛病又犯了，就是拿不定主意。外面的王老板叫了一会儿也就不叫了，我听到他在外面大声地骂了几句，就静了下来，大概也不知道怎么办好，谅他的胆量，应该不敢钻进来查看。他们这种跑江湖的人，虽然在社会上万般地强横，但是在这种诡异的地方，又听到有棺材，还是有着本能的畏惧。棺材代表着钱和权力不能控制的死亡，是非人力所能撼动的权威，这一点倒斗的人反而很能体会。

正出神地想着，忽然，我又听到了那磨牙一般的“嘚……嘚……嘚”的声音，不知道从什么地方响了起来，比刚才在外面的时候要清晰得多。

现在听得真切，这种声音，像是有人穿着木屐走在石头地板上的脚步声，但是这声音没有起伏，不像是在来回走动，倒像是在……不停地跳。

声音非常有规律，一下一下的，在这寂静的环境里，分外让人觉得心惊肉跳。我刚刚已经给吓了一跳，现在听起来，简直像催命符一样，我的心脏也跟着这个节奏颤抖起来。

一时间我感到有点奇怪，我怎么会这么害怕？我应该已经克服这种恐惧了。我镇定了一下，拿下了我的防毒面具，闻了闻四周真实的味道。一般来说，防毒面具能将一些对人体有害的异味清除掉，所以戴着防毒面具，闻到的味道是加工过的。有时候一些有毒物的标志性气味会给过滤掉，但是在特殊情况下，有毒物却还是能够穿过面具，也会造成中毒。

四周的味道对鼻黏膜非常刺激，我刚吸了一口就打了个喷嚏，浑身冒冷汗，赶紧又把面具戴上。

我听了一会儿，声音并不是来自其他地方，按照方位来看，好像是从石头棺椁的内部传出来的。

我开始冒汗，一手拔出了长柄猎刀，匍匐着向那缝隙靠近，想听个清楚。可是自己的心跳反而越来越响，等爬到那棺椁的缝隙边上的时候，心跳得简直就要从我的嗓子里跳出来了。

我知道自己是给这里的环境感染了，有一段时间我以为自己已经克服了这毛病，现在看来还没有。想象力丰富是做这一行的大忌，我一边提醒自己，一边凝神静气，脑子里想象着四周的光线明亮起来，并没有这么黑暗，又深呼吸了几口，总算压下了躁动的心脏。我叹了口气，转过耳朵，想好好分辨这到底是什么声音。

可就在这个时候，那声音突然停止了，一下子就是鬼一样的寂静。我被这突然的变化吓得浑身一紧，同时，我忽然感到，好像有一只什么东西搭到了我的肩膀上！

我头皮一奓，眼前几乎一黑，人疯了一样地回手就是一刀，一下子探灯就撞到了一根树根上，立即熄灭，四周变得一团漆黑。紧接着，我的手被什么给缠住，拼命向后扭去。我吓得完全失去了思考能力，号叫了一声，用尽了全身力气想翻过身来，一挣扎，身子下面的一根还未完全角质化的树根“咔嚓”一下，我整个人一沉，和我身后的东西一起掉进了一个浅坑里。

我掉下去的同时，忽然听到有人骂了一声：“你个衰鬼！”然后手电就亮了，王老板一边紧紧压着我，一边用手电照着我的眼睛，照得我几乎要瞎了。我刚想用手去遮，突然就被他甩了一个巴掌，完全没有留力，我鼻子马上就是一凉，开始流鼻血。

他打完我之后，又狠狠骂了我几声，说道：“你个仆街仔，给你脸你不要，跟我肥佬玩儿花样，你去死吧！”

我马上就意识到是怎么一回事，他娘的这广东来的死胖子竟然有胆子偷偷摸进来，这人大概是看我没反应，以为我在跟他玩儿花样，又忌讳我在里面，怕进来之后着了我的道，竟然没开手电，偷偷爬了进来，正碰上我在听那鬼跳声，结果差点就给我回手一刀给做了，现在大概是以为我想杀了他。

我想解释，但是他卡着我的脖子，我说不出话来。他好像气得够呛，又是一巴掌，打得我耳朵嗡的一声。我一下子心头火起，心说我操你奶奶的，敢这样打人，说明根本就没把我当人看，当即一头就撞了过去，将他撞了个结实。两个人又滚在一起，你一拳我一脚，一下子滚到棺椁缝隙的边上。他力气比我大，一下子又占得上风，把我压在身上，抬头就想掐我，结果这里太矮，他头一抬，撞在一根树根上，把他撞得一愣。我乘机猛地一脚顶在他的胯下，将他顶翻了出去，然后扑上去抢过他的手电，对着他的脑袋就是一下，将他砸晕了过去。

我压在他的身上，看他暂时无法动弹，就用手电去照四周，发现这鸟人的装备和枪都没带进来，想必是觉得里面太狭窄，怕走火伤到自己。我又去摸他身上，想去拿他的匕首，突然他将我向上一顶，我也和他一样，一头撞在顶上，撞得眼冒金星，急忙翻到一

边，免得再给他顶一下，我脑浆都要从鼻子里出来了。

王老板爬起来，身上全是根系的细须和被碾碎的菌类植物，脸已经气得扭曲了起来，喘着粗气，眼睛都红了。我知道他动了杀心，像他这种混混起家、一步一步爬上来的人，杀心肯定很重，动不动就想置对方于死地。看来这一次，真的要拼个你死我活了。

王老板顺了顺气，从皮带中拔出匕首，反手握住，气势汹汹地向我逼近。我的长柄猎刀比他那把匕首短了整整一半，就算能捅到他也伤不到要害，此时只好拿手电做武器，追着他的眼睛照。不过这死胖子非常凶悍，根本不来看我，一边转头避过强光，一边就闪电一样冲了过来，一刀就划向我的脖子。我低头躲过，左手抓住他的手，右手突然熄灭了手电。

他的眼睛已经习惯了强光，突然间熄灭，下意识地就停了一下。我记住了他脑袋的方位，飞起手电，抡圆了胳臂就是一击。黑暗中我听到一声闷哼，手电竟然给砸得亮了起来。我对着他的位置一照，看到他已经给我打出一嘴巴的血，正倒在那里，似乎快没意识了。

我不知道他是装的还是真给抽晕了，用力一脚将他踹向那条缝隙。如果他没昏，肯定得反抗，不然他就要掉进棺椁里去了。我一连踹了好几脚，他的双脚先滑了进去，可惜到胸口的时候，给卡住了。我上去又补了一脚，用力将他往里面顶。

王老板像死鱼一样卡了很久，一下子滑进了缝隙。在那一刹那，我总算松了口气，心说果然是昏过去了。就在这时候，突然一只胖手从缝隙伸了出来，一下子抓住我踹他的那只脚，猛地就往下拉去。

这一下真是猝不及防，我已经全身放松了，只觉得眼前一花，已经整个儿给拖进了棺椁里。我心里直叫完蛋了，竟然掉进去了，这真是前无古人、后无来者的事情，慌乱间去抓四周的东西，却什么都没抓住，直掉进无穷的黑暗里！

王老板拉着我一路下滑，我原本判断这棺椁也就一人多高，现在一进去才发现不对，这里面有一个凹陷，看样子的确是凹进了铜树的里面。我一连滑了三四米，才一屁股坐在什么上面，疼得我一龇牙，同时王老板也松了手，似乎想要再次扑上来。

我马上用手电照射四周，想看看王老板在不在我边上，一扫之下，看见满眼的雾气，灰蒙蒙一片，半米外就什么都看不到了。

我站起来，用手电大力地甩了几下四周，什么都没有打到。这里雾气这么浓，王老板掉下来之后，肯定也是什么也看不清楚，大概躲藏到雾气里面去了。

我感到很奇怪，怎么会有这么大的雾气在这棺椁里面？要说是熏香，千年还不散也不太可能啊。我用手拨了拨，雾气之浓，简直像水一样，一拨之下竟然出现了肉眼看得见的气流旋涡。

棺椁中间的东西一点也看不清楚，我也不敢走进去，只能先看看我滑下来的那一边能不能爬上去，向上看去，也看不到什么，只发现树根从缝隙中生进来，似乎并没有非常肆意地生长充满里面，只是像爬山虎一样贴着棺椁的内壁和底部，树根上面长满了类似于绒毛的真菌，一摸就掉，有点像霉菌丝。

棺椁内壁没有给树根覆盖的地方，有一些浮雕，我一眼就看出，里面的一些图案，应该就是与外面立着的那四座雕像一样的风格，不过这些图案也大部分给遮住了。长柄刀的刀刃太薄了，用来切上面的树根还是有点吃力。我将一些发散的新生根须切下之后，那些已经角质化、和椁壁粘在一起的主根却毫无办法，一刀下去就像切在石头上，只能切出一条白线。

虽然如此，我还是能分辨清楚一些内容，那应该是修铸青铜古树时候的情景，上面的人穿着左衽的衣服。出乎我意料的是，我发现上面的青铜树是分节的。看来这根巨型铸器并不是一次性修铸成的，可能历经了好几代人，一节一节地铸接，最后才成为这么壮观的艺术品。

浮雕很多，但是我不敢随意走动，看完了背后这一块后，我回头看了一眼雾气，只觉得一股莫名的恐惧传来，于是踩着边上的树根，想顺原路爬回去。

可奇怪的是，看似非常利于攀爬的树根，我上去了两次，都很快滑了下来，简直和踩在冰上一样。我一摸上面，发现这些真菌给压扁之后，非常滑腻，像润滑油一样，要爬上去，一个人似乎挺困难的。

我定了定神，心里想着该怎么办，看样子得把上面的真菌先刮了，才能上去，或者把刀当成登山镐，也不知道行不行。

正思考的时候，“嘚……嘚……”一阵异常清晰的怪声，突然又出现了，这一次，是在我的背后，似乎十分地近。

第三十二章 偷袭

将我们引入的这诡异怪声突然出现在我的背后，虽然声音不大，但在寂静无比的棺椁内则犹如炸雷一样，无比清晰，听得我浑身一颤，脑门上的肌肉一紧，又是一头的冷汗。

这个棺椁有六七米长短，说长不长，说短不短，由着声音判断，声源应该离我不超过一米，那几乎就是贴着我的后背，可以拍拍我肩膀的距离。“嘚……嘚……”有规律的一声一声，简直就是靠着门板听敲门的感觉。一股凉气由我的后脖子一溜到底，直下到我的脚后跟。

一时间我全身的肌肉都僵硬得无法动弹，考虑着要不要回头去看，还是装作没有听见这声音，不去理会它。不过，马上我就反应了过来，自己也哭笑不得，咬了咬舌头提醒自己：要镇定下来，这个时候其实根本没有选择，只有去面对，害怕和找借口本是等死的表现。

僵持了片刻，那鬼魅一般的声音不急不缓，既没有再度靠近，也没有远去。我深吸了一口气，咬牙握紧短刀，缓缓地回头，去看后面到底是什么。

随着我回身的动作，那怪声突然停止了，我定睛一看，在我背后的灰色雾气中，却什么都没有。刚才怪声传来的方向，仍旧是一片灰蒙蒙的，只是被我的动作所扰动，出现了一些诡异的气流，但很快就平复下来，变得和刚才一样均匀。

我咽了口唾沫，觉得有点意外，用手电照了照四周，没有任何的异常，那声音好像从来没出现过一样。

刚才声音离我如此之近，我听得无比清晰，绝对不是错觉，我转身的动作也就一秒钟左右，如果是由什么移动的物体发出的，它也不可能以这么快的速度消失掉，难道，声音来自别的地方，是我判断错误?

我下意识地往前跨了一步，想去寻找声音的来源。突然间，一个人影猛地从我边上的雾气中扑了过来。我眼睛很贼，正好瞄到出现状况，急忙矮身，那人影没有抓住我，但还是将我撞倒在地。我就地一滚，回头一看，撞我的那人体型肥胖，正是将我拉进这里的王老板。

我骂了一声，亮出长柄猎刀，想与他做个了断，没想到他一闪之间，又躲进了雾气里，不见了影子。

我不由得鄙夷地吐了口口水，刚才搏斗中他的匕首应该掉在了外面，现在忌讳我手里的短刀，不敢和我正面冲突，而躲在雾气里，等着我靠近，然后实施突袭，和刚才的那种嚣张劲完全不一样。他娘的肯定是个小人。

不过话说回来，这里的情况这么诡异，这家伙的胆子还不是一般地大，要是我，既没有手电，也没有武器，哪里还敢偷袭别人，早就缩在角落里发抖了。好在这里的雾气浓得像水一样，一有什么东西运动，就会出现非常明显的轨迹，他想偷袭我也没有那么容易得手，否则刚才那一下，我已经被他按倒了。

我想到这里，又觉得奇怪，如此说来，那怪声的主人，如果是在这棺椁中移动，必然会产生移动的轨迹，可是我刚才看去的时候，雾气平滑，不像有什么东西移动过的样子，难道它没有形体吗？是只鬼？

我一边防备着王老板再次偷袭过来，一边站起身子。这棺椁里面的空间并不大，刚才一滚，不知道滚到了哪个位置，要赶快退到边上，想办法爬上去。

这里面积总体不大，现在向四周一看，发现自己已经贴近了棺椁的中心。透过雾气，我看到中心部分有一些东西，看影子，似乎是从棺椁的顶上挂下了很多的绳子，一直连到棺椁的底部。我以为那些是贴在顶部的树枝垂下的气生根，再往前一步，用手电一照，才发现不是，那些东西，都是手腕粗细的青铜链条，上面缠满了真菌和榕树的须根，一直由顶上缠绕到底，但是铁链好像只是给固定在了棺椁顶和棺椁底之间，下方并没有拴着什么东西。

这具石头棺椁说是巨大，其实这样的尺寸，西汉和五代的几个给大掀顶的贵族墓里都有发现。这东西说起来叫棺椁，其实应该叫作椁室才比较恰当。如果按照土葬墓的规律，正式的内棺椁应该放在这个椁室的中央，财力雄厚的，石椁室内还要紧贴着十几层木椁，一直贴到最里面的椁边上。

现在我走了几步，按照棺椁的大小，至少也应该看到内棺椁的大致形状了，可是现在只看到几根链条，地上不见放着东西。难道这椁里面竟然是空空如也的？那刚才的声音又是从哪里来的呢？那诡异的无线电干扰又是来自什么地方？

我愣了半天，又往前走了一步，想走到青铜链的中间去，看看

它拴着的棺椁底下是不是有什么活门，才踏出去一步，忽然脚下一空，整个人向下掉去。我赶紧拉住面前的青铜链，滑下数米才定住身子，吓得出了一身冷汗。

怎么回事？他妈的怎么好像踩空了一样？我心有余悸，用手电向下照去，也看不到地面，下面雾气特别浓重，脚向下踩去，踩进雾里，竟然踩不到任何东西，似乎有一个很深的凹陷。

果然有蹊跷，我想，这椁室内嵌入青铜树顶上的祭祀台两米，中间什么都没有，可能是像战国时期那样的多层内嵌式椁法。这椁室中间也许还有一处凹陷，叫作棺井，下面才是真的棺位。不知道这棺井有多深，真是好险，要是刚才一脚踩空掉下去，说不定会摔死。

这里的几根青铜链条，也许是将棺材放下棺井时用的起重装置的一部分，装尸体的内棺椁应该就在我的正下面。

正想着，突然边上的雾又是一阵扰动，王老板又冲了过来，这一次他手里拿着什么兵器，猛地就扑向我。这里雾气这么浓，大概是冲着我手电光点来判断我的位置的。我一看不对，下意识地大叫了一声：“不要！停下！”

但是已经晚了，王老板“哎呀”一声，一脚踩空，一下子就掉了下去。我感觉到下面的铁链猛地一震，大概是给他抓住了，同时我的手里发出了“咕唧”一声，身体竟然开始向下滑去。

我转头一看，原来是上面蘑菇一样的真菌给我的手挤压，压出很多滑腻的像油蜡一样的汁液，使得青铜链条犹如涂了一层油一样。我心里大叫不好，急忙将短刀往链条的孔里一插，结果该死的还插不进去，三下五除二，刀卡在了树根里面。我用力一绞，才把身体停下来。此时我已经滑下去不下十米，进入了棺井的内部，青铜树的树干里面了。

王老板一头是血，吊在我下方的青铜链上，离我大约一只脚的距离。他也拉不住链条，用他的皮带穿过了一个链条孔，才勉强停住。我用手电照他，他骂着转头避开刺眼的光线。

我看他暂时对我构不成威胁，就去看棺井的情况。青铜树的树干内部与外部一样，刻着深入沟壑的双身蛇纹路，树根从上面蜿蜒下来，顺着纹路一路向下。里面的雾气比上面要稀薄很多，我环视一周，迫切想知道这在椁室中心的棺井有多大，如果太大，我爬出去恐怕又是个大问题。

棺井是一个长方形，四米长，两米宽，正好可以容纳一只棺椁宽松地放入。我用手可以摸到棺井的井壁。不知道是不是因为雾气的问题，这里的树根上并没有寄生大量的真菌，可以看见树根的本色。棺井里的空气飘浮着一股异味，可能是外面雾太多。防毒面具里面的隔离介质开始受潮，效果开始下降，我可以感觉到异味越来越浓，直呛我的鼻子。由此看来，王老板一定也不好受。

向下看去，我吃了一惊，可以看到铁链一直垂到下面的黑暗中——我手电照不到的地方，非常长。从这里看下去，整个棺井深不见底，看上去竟然好像一直通了下去，没有底一样。

不会吧？我想，心里竟然有了一种感觉，难道整棵青铜树都是空心的？我们爬上来的高度已经不下三百米，这根铜树深入地下多深还不知道，如果是空心的，那它的底部到底会是什么地方？地心吗？地狱吗？这根巨形空心的圆柱体，插在这里又有什么意义呢？

王老板也看得非常惊讶，我们两个人都不说话，直勾勾地看着下面。忽然，“嘚……嘚……”两声作响，那种阴森的敲击声，突然又出现在了我们四周！

我和王老板对看了一眼，目光全部投向身下的一片幽黑中。那声音，竟然是从这下面的深渊传上来的。

第三十三章 和解

从这里听上去，这声音又有点不同，带着一点的回声，似乎是从很深的地方传来的。随着声音的节奏，我还可以清晰地感觉到，青铜链正在轻微地短幅振动，好像另一头正顶在一个巨人的动脉上一样。

这种现象让我心里生出一丝无法抵抗的寒意，因为我没有感到一丝风从下面吹上来，而我们两个人也没有办法使得如此沉重的青铜链产生这么高频率的振动，那下面的黑暗中，牵动着这几根青铜链的又是什么呢?

王老板若有所思地静静听着。按道理他没有经历过这种事情，应该比我还害怕才对，但是看他的表情，却出奇地镇定，似乎正在判断着什么。

僵持了一会儿，那声音终于沉寂了下来，青铜锁链也停止了振动。我没来由地松了口气，人几乎要从锁链上软了下去。

王老板仍旧没有反应，他静静地想了一会儿，拿出一支香烟点

上，狠狠吸了一口，然后从口袋里掏出了一支小型的荧光棒，摇了两下，将里面的荧光摇亮。

我不知道他想干什么，冷冷地看着他。等到荧光棒反应到最亮，他突然顺着青铜链往下一抛，绿色的光柱便打着圈儿坠了下去。

光圈儿越来越小，迅速地消失在了我的视野里。我以为它会一直掉下去，直到消失在黑暗里，忽然，在看到和看不到的视觉极限处，荧光棒打在了什么东西上，“嘣”的一声弹了一下，飞到了一边的青铜壁上，又坠了下去，瞬间便消失了踪影。

这青铜链下面五六十米处的确挂了个东西，可惜荧火棒的光线太弱了，刚才那一下，我只看到一个大概的轮廓，似乎是一口水晶棺材，带一丝黄色，也可能是比较常见的商石棺（一种半透明的黄色石料）。

王老板抬头挑衅似的看了看我，忽然松开自己手里的皮带，一边打起打火机，一边开始向下滑去。很快，他便进入了黑暗里，我只能看到一点不断缩小的火光。

我考虑片刻，不知道为何觉得不妙，王老板似乎是胸有成竹，此人熟知各种奇异物品，难不成他已经知道下面是什么东西，而要去取？我想起老痒对我说的事情，不由得也不甘心就这样落入他的手中，忙一扯手上的长柄猎刀，跟着他滑了下去。

下落的速度开始很快，上面缠绕下来的树根到下面就没了，到了后段，我们的速度都慢了下来，只用十几秒，已经下到了刚才估计的高度。我看到下面的火光停了下来，忙双腿一紧，夹住锁链也停住身躯。

低头一看，王老板已经到了锁链的尽头，身下几米就是刚才荧光棒撞击的地方，他正俯下身子，用自己的打火机去照，但是因为光线太过微弱，看不到这东西整体的形状，只看到一块黄色的水晶状物体悬挂在半空。

我打亮手电的光圈，在强光手电的照射下，这东西的全貌一下子便显现了出来。

出乎我的意料，青铜锁链下面悬挂的并不是商石棺，甚至不是一口棺材，而是一块棺材形的巨大琥珀状巨石，似乎是天然的，非常通透，在手电光芒下，反射出犹如黄金一般的琉璃之光，只要稍微转动一下手电的角度，整个空间就呈现出流光异彩、瑰丽非凡的景象。

从顶上垂下来的四根青铜锁链，一直铸入了琥珀的内部，顺着锁链向里面看去，还可以看到琥珀里面有一个人形的黑色影子，非常模糊，能勉强分辨出头和肩膀，影子的肩膀高高地耸起，好像两个驼峰一样，整个人蜷缩着，好像胎儿在母体内的样子。

我从来没见过这东西，一刹那间目瞪口呆，说不出话来。王老板却出奇地冷静，只是观察了一下，就滑了下去，试探着想踩到琥珀上面。我赶紧叫停："不要！"

王老板回头，莫名其妙地看着我。

我对他说道："我从来没有见过这么大的琥珀，说不定是松香石，你踩上去，可能会碎。"

王老板很轻蔑地一笑，说道："你懂个屁，什么琥珀，这是尸茧。"说着已经踩了上去。那尸茧倒也真的结实，晃了一晃，一点动静也没有。

我一看他没事，不甘落后，双脚一松，也滑到琥珀尸茧上，同时操起长柄猎刀，就想插回腰上去，免得一手手电、一手匕首的，在这滑不溜丢的琥珀尸茧上，也不好行走。

没想到王老板会错了意思，看我下来，戒备地一猫腰，抽起皮

带架在胸口，就准备干架。我给吓了一跳，原本要插回腰上的短刀也架了起来。

一时间，气氛紧张到了极点，但是谁也没动，因为两个人都知道，在这个地方，稍有闪失，那不是给人踢一脚就能了事的，下面就是万丈深渊，你力气再大，脾气再凶悍，掉下去完蛋也就是一两秒钟的时间。

王老板到底是江湖中人，拿得起，放得下，僵持片刻，先是摆了摆手，对我说道："后生仔，到这份儿上了，大家退一步，犯不着同归于尽。随便谁死，对谁都没好处，这地方不是一个人能上得去的。"

我看了看头顶，发现他说得没错。在这个地方，要爬上去，至少要两个人，只要还在这下面，他应该不敢动我，不然他可能死得比我还惨，但是这人非常狡猾，不可太过相信他。

我先是缓缓地放下了猎刀，做了个和解的手势，将刚才无线电干扰的事情简短地说了一遍，好让双方都有个台阶下，毕竟刚才我也是下了杀心的，他没可能这么容易放下戒备。

王老板拿出自己的对讲机，半信半疑地打开，里面突然炸出一连串高分贝的静电嘈杂声，声音极其刺耳，好像一个人撕破嗓子撕心裂肺地大叫一样。王老板听得心惊肉跳，赶紧将对讲机关掉，骂道："我操！"

我也给吓得半死，这里一定已经非常靠近干扰的源头，声音才会刺耳到如此地步。我真想不到世界上还有这么可怕的声音，再多听几秒，说不定我就要失去神志跳下去了。

王老板将皮带拴回自己腰上，说道："这次算老子的错，你也知道，我们跑江湖的，不多几个心眼不成。"他指了指自己脸上给我打肿的那一块，"后生仔，你下手也不轻。我们这次扯平，私人恩怨出去再算，怎么样？”

我心里冷笑，他刚才本性已露，我已经断定他必然早就打算出去之后要将我们灭口，现在说这些不过是缓兵之计，不过这个时候，的确还是需要互相利用，于是我点头，将手电抛给他，以示平衡。

我们暂时和解，但是我仍旧不敢和他靠得太近，免得突然就给他推下去。他显然也有这样的顾虑，两个人心照不宣，一边戒备着对方，一边小心地蹲下身子，仔细去看脚下的尸茧。

尸茧的表面上有很多自然形成的纹路，里面的透明度不高，要想从外面看到尸体是不太可能的，可能要通过 X 光扫描，或者把尸茧打破才行。最奇特的还是里面的人形影子，这应该就是裹在里面的尸体，不过，这尸体的形状太怪了，怎么看怎么不像人。

第三十四章 大胆假设，小心求证

尸茧这种东西，早几年在川南和内蒙古都挖出来过，但都是脸盆那么大，有些像玉，有些像琥珀，里面裹有干瘪的小动物或者小孩子的尸体，少有成年人的。这些东西一般都是作为陪葬品出土的，没人知道是怎么做出来的。

根据古籍记载，这东西有可能是先秦的时候方士用来炼丹的药引子，是把不足月的孕妇浸入药液里弄死，装在缸里，埋十七年再挖上来，肚子里的孩子就会变成尸茧。外面这一层东西，是孕妇的胎盘石化后的物质，你看到的琥珀色，其实是里面的羊水凝固而成。也有人说，这是一种尸体防腐技术，用特殊的混合中药的树脂将尸体裹住，让尸体不丧失水分。

我听说过这东西的存在，但是因为这东西价值太大，从来没经手过，如今看到了，也不知道门道，加上为了缓和一下我和王老板之间的气氛，我就试探着问了他几个问题。

王老板告诉我，早年他的曾祖父在香港做大朝奉的时候，见

过一些因为日本战乱跑去移民的有钱人当出的宝物，其中就有琥珀尸茧。

尸茧有大有小，其中的东西也各不一样，有的就如普通的昆虫琥珀，有的里面却裹着人的尸体。

他曾祖父曾经看到过一只尸茧，里面有一个穿红衣裳的小女娃子，十六七岁，闭着眼睛就像睡着了一样，栩栩如生。

他看着这小女孩儿，觉得可怜，就乘老板不注意，把这东西烧了。那时候兵荒马乱的，老板也没有察觉。结果当天晚上他做了个梦，梦见那红衣裳小女娃子来找他，给他磕头说谢谢。

后来王老板自己做古玩生意，也接触过这种东西，但是这么大、里面看不清楚有什么的，他倒还是第一次见。

我觉得有点意外，难不成李琵琶说的“比秦始皇陵还好的好处”就是指这个？不可能啊。虽然说这东西也是十分罕见的，但是绝对称不上“比秦始皇陵还好”这样的档次。

王老板自己也觉得奇怪，但是他相信《河木集》里的信息不会有错，就蹲了下去，小心地贴在琥珀的表面，想看清楚里面是不是有什么不得了的明器，给熔在琥珀里了。

这里由青铜链条固定，我和他不能同时走到一端，不然会失去平衡，所以我待在了原地，扶住青铜链，看他有什么收获。

王老板上上下下看了好几眼，仍旧什么都没有发现，只说琥珀的里面似乎有一层液体在流动，影响透明度，里面除了那黑色的影子，再无其他的东西。

再看四周，下面是一个黑漆漆的深渊，没有任何迹象显示可以爬下去，这青铜树的顶部，神秘的棺椁里的东西，就是这么一块琥珀。

我们两个都沉默了下来，一句话也说不出来，这琥珀虽然值钱，但是这么重，靠我们两个人也抬不上去。这里的一切，对我们来说毫无意义，我就算了，但是王老板一路过来，死了这么多人，当然非常郁闷。

沉默了一会儿，我觉得问题还是在李琵琶的话上，就问王老板，李琵琶在来的路上，或多或少有没有透露过什么。看李琵琶这个人的性格，也不是什么能保守秘密的人，应该会不当心说出点东西来。

王老板的表情变了变，说道："你看人倒也是挺准的，李琵琶的确不是个嘴巴紧的人，不过奇怪的是，这次过来，他的口风特别地紧。我记得他只是一直对我们说，到这里来，我们要什么都有，叫我们不要担心，其他的什么都没说。他这个人喜欢玩儿神秘主义，经常这样搪塞我们。"

只要到这里来，想要什么都有。

我重复了一下，心里觉得奇怪，这一句话很怪，似乎有什么内在的意思。

转念一想，我忽然有了一个念头，"哎呀"了一声，心道："难道，竟然是这样？"

王老板看我的表情瞬间变得古怪，莫名其妙地看着我，不知道我想到了什么。

我兴奋地挠着头，脑子里飞快地转着：李琵琶说的是到这里来，这句话有歧义，也许他们都误解了他的意思，关键的是那个"到"字，就是说，关键不是你们能拿到什么，而是要先到那个地方去，到了那个地方，你们想要什么就有什么！

而在齐老爷子给我的资料上，我看到过这样一张照片，上面是洞穴壁画，有一棵青铜树，很多人形状的物体在树下跪拜。很多人认为，那是古人祈求丰收的意思，但是，从照片里拍到的边上一些

象形文字来看，他们却是在许愿，上面记录说，古人向这棵青铜树许愿并奉献鲜血，那愿望就会实现。

这看上去是一种迷信，但是我一想到李琵琶说的那句话，又不得不把两件事情连起来。

难道说，这李琵琶来这里的目的，是相信这棵青铜树真的有帮人达成愿望的能力？

我突然想笑，又笑不出来。如果真是这样，这的确是当之无愧的天大的好处。天下任何的利益，都没有这好处的亿万分之一值钱。可是，这是根本不可能的，这人如果真是这个目的，好像也太不可思议了，而且，他自然不能言明，不然谁会跟他来啊。

我将我的想法讲给王老板听，让我出乎意料的是，王老板听了之后，非但没有觉得好笑，而且好像突然想起了什么，说道："不对，也不是这么说，好像真的有这个可能。"

我"啊"了一声，心说：不会吧？我就问他怎么可能呢。

他道："就是刚才，我们两个从上面掉下来的时候，我一落地，怕你偷袭我，马上就往雾气的中心跑去，那个时候，我也看到了这几条青铜链条，但是，我从青铜链条中间穿过的时候，却没掉下去，地下是实的。可是第二次我偷袭你的时候，却一脚踩空了，这下面已经有了个洞，我以为是我在雾气里看走眼了，当时也没有在意，现在想起来，好像这洞是凭空就出来了一样。"

"你是什么意思？"我问道。

他道："我的意思是，我第一次踩过那块地方的时候，当时我在想，这下面应该有一个棺井，但是我踩的时候没有，而当我第二次去踩的时候，那个棺井便产生了，这，算不算我的愿望实现了？"

我怀疑地看着他，心说：怎么可能会有这种事情？是不是他当时被我打蒙了，糊涂了？

王老板看我不相信，道："是真的，我一直在奇怪，《河木集》从来没有错误，如果李琵琶说的好处是这个，那他肯定有非常的自信，说不定真的有这个可能。"

我皱着眉头，还是不信。用心理学的话来说，李琵琶那句话的意思就是——只要到了这个地方，你们的潜意识就可以影响周围的环境，使得你们潜意识里的想象变成实在的物体。

如果这样的话，青铜树真的有这样的能力，那我们现在所看到的一切，都有可能是我们自己制造出来的。这青铜树原来不是这样的，这山洞原来也不是这样的，这里的尸体原来也不是这样的。

如果那《河木集》的主人，在当时攀爬，或者拷问库国先民的时候，已经知道了这棵青铜树拥有神仙一样的"物质化"力量，那李琵琶肯定也是想得到这种力量，才煽动这帮人来这个地方的。

以这个为前提的话，李琵琶的话倒是可以解释了，但是其他就乱套了，那这里现在是一个潜在意识和真实交织的世界，实际上青铜树的原形到底是什么样子的？这里又是如何一个景象呢？

这样的事情，是不是太过于古怪了？有没有可能会发生呢？

我们爬上来的时候，很多东西，比如戴着螭蛊面具的猴子、岩壁上的空洞，说不定都是我们自己实体化出来的东西。

这种力量初看上去很好，但是我仔细一想，却觉得莫名地恐怖，人的思想是不受控制的，比如说你拥有这种力量，你去看一部恐怖片，看完之后，说不定会发现恐怖片里的尸体正吊在你身后的吊扇上往下淌血，比如说你走过墓地，说不定……

也许受过心理学训练的人，能够在一定程度上控制这种力量，那岂不是可以控制世界？等等——不对，我忽然想到了什么。

老痒他们挖出的青铜枝丫，应该也是一棵这种许愿树的图腾，

他老表偷偷把那青铜枝丫带出去，难不成是知道了这树有这样的力量？但是他老表怎么会疯了？现在枝丫在老痒手里，会不会老痒也知道这件事情的内情？

我看着边上的树，突然想到，如果是真的的话，那我现在岂不是可以对这棵树许一个愿望，让我知道这一切是怎么一回事？随即我就笑了，怎么可能？我竟然还相信了，面前只不过是一块大一点的青铜而已——

想到这里，我忽然感觉一股异样，一连串的思维突然从我的大脑里穿了过去。我心里一个咯噔，猛转过头，盯着王老板看。

第三十五章 失控

来的时候，凉师爷和我们说过，王老板是一个粗人，从小在道上混的，文化水平很低，他唯一可以炫耀的，就是他祖传的那本《古毓斋奇劫余录》。这样一个人，我刚才给他解释潜意识的时候，他竟然一下子就明白了，还能举出例子来，这说明他或多或少对心理学有一点了解。

刚才我就感觉有一些奇怪，但是并没有太过在意，以为这只是凑巧的事情。

也许王老板有着高尚的情操，在坑蒙拐骗的同时，还一直抽出时间自修心理学，想做一个有文化的黑社会成员。但是看他那种暴戾劲，又不太可能。

一想到这些，我不由自主地看向王老板，一种很奇怪的预感笼罩着我，心里感觉非常奇怪——眼前的这个人，会不会不是王老板呢？

他正在考虑我提出的那个想法，想得出神，一时间也没有注意到我正用异样的眼神看着他。我乘机打量着他的表情、他的衣服，还有他身上很多细节的地方。

一直以来我对王老板都没什么印象，一来他不太说话，二来他的动作也不突出，我在爬上青铜树前，只见过他一两次，此时也没有多少记忆来判断眼前的人的真伪。

但是一看之下，我还是感觉自己好像发现了一个问题，但是又不敢肯定。

为了验证我的想法，我突然装出看到了什么的样子，在他面前挥了挥手，轻声叫道："王老板！"

王老板一下子转过头来，问道："什么？"

"千万不要动！"我做了个手势，让他不要动，自己小心地一点一点走了过去。

他很紧张地看着我，以为自己肩膀上沾了什么东西，用眼睛直往边上瞟。我走到他身边，按了按他的胸口，心里"哎呀"了一声，什么都没做，就退了回来。

他给我弄得莫名其妙，也轻声问："干什么？出了什么事？"

我此时心里已经有了几分把握，看了他一眼，说道："我觉得你的衣服很奇怪，你在哪里买的？"

王老板用一种看到神经病的表情看着我，失笑道："有没有搞错啊？突然问我这个问题。"

我说道："一点也没有搞错，王老板，几个月前，我第一次去倒斗，我的叔叔让我去采购东西，那个时候我也想买你身上这个牌子的登山服，但是我后来没买，你知道为什么吗？因为这种衣服胸口的两只口袋，看上去很大，其实是假的，是用来做装饰的。我当时觉得探险用的衣服，当然是口袋越多越好，所以就买了另一个款式。"

王老板摸了摸那两只口袋，表情变了一下。

我拍了拍手，轻声说道："所以我感觉有点奇怪，你刚才那根荧光棒，还有你的香烟，到底是从哪里掏出来的？嗯，王老板？"一道闪光在我的头脑中闪过，我几乎脱口而出，"或者——还是叫你老痒比较好？"

王老板呆呆地看着我，隔了好久，才"扑哧"一声笑了出来。忽然，他肥胖的身体开始收缩，就好像一只泄了气的气球一样，一下子瘪了下去。

我看着王老板的脸一点一点地变化，慢慢地，变成了老痒的脸孔，就知道自己猜对了。

最后他舒展了一下身子，叹了口气，说道："吴邪不愧是吴邪，他娘的从小就只有你骗我的份儿，我难得想骗你一次，还是给你拆穿了。"

我冷冷地看着他，问道："少废话，你在玩儿什么花样？"

他苦笑了一下，摆了摆手："听我解释，听我解释，哎呀！我就知道嘛，这事情没这么容易蒙混过去。"

看我不说话，他才说道："我的目的不是骗你，但是这件事情一定要这么做才有用，等一下你听我解释完了，你就知道，我这样做是有苦衷的。"

我看到他自如地控制自己的外表，已经意识到他对这种能力的运用超出了我的想象，那他必然对所有的事情都有所了解了，他到这个地方来的目的，就肯定不是钱了，因为有了这种能力，钱根本就不是问题。

但是有着这种能力，几乎可说是无敌的，他还有什么目的达不到的，非要来这种鬼地方？难道这种能力，有什么不足的地方？

不管怎么样，我现在已经肯定，从他来找我的那一刻起，我

就掉进了一个他处心积虑设下的圈套里，也就是说他一开始就在撒谎，亏我还那么相信他，这该死的龟儿子，要是我能控制这种力量，我就把他变成一头猪。

老痒看到我的表情变化，知道我虽然表面上冷静，但是心里已经火到了极点，一时间也不知道如何来平息我的怒火，不知所措地看着我。

呆了半晌，他突然叹了口气，好像想通了什么一样，从口袋里掏出一张照片，说道："你看看这个，我再解释给你听。"

我接过来用手电一照，照片上是他的妈妈，头发已经斑白了，可能是太过操劳的原因。看来老痒坐牢的那几年，她受的打击很大。他妈妈年轻时很漂亮，对我们都很好，我们都叫她漂亮阿姨，我老爸和我每年都会去看她几次。

我不知道他把这照片拿出来干什么，对他道："你什么意思？"

他叹了口气，黯然地一笑："我不是说我需要钱吗？其实我是骗你的，我来这里是为了我妈，我妈在我坐牢的时候，已经走了。"

我"啊"了一声，用一种极度怀疑的眼神看着他，皱起了眉头，问道："你妈……去世了？"

他默默地点了点头，看了看自己的手，说道："我出狱的第二天，急不可待地回到家里，想给我妈一个惊喜，可是等我推开房门的时候，却闻到了一股恶臭，我妈趴在缝纫机上，一动不动。我以为我妈犯心脏病了，马上去扶她，等我把她扶起来的时候，你知道他妈的我看到了什么吗？"

老痒闭上眼睛，痛苦地呻吟起来："她的脸，已经粘在了缝纫机上，一拉就全部撕了下来，我的天——"

我不知道他妈已经去世了，一下子也不知道该怎么反应好，呆在那里看着他。老痒这个人非常孝顺，绝对不会用他妈妈来开这种玩笑。

他摸了摸额头，又说道："我把我妈收殓了之后，一个人待在空房子里，一下子不知道怎么办好。我也不敢睡觉，一躺下，就看到我妈粘在缝纫机上的脸。就这样一直待了九天，我肚子饿得要命，心想要不就饿死算了，可是这个时候，突然，我就闻到了香味，从厨房里飘出来，好像有人在炒菜。我过去一看，看到我妈竟然又出现了，看到我过来，还说，'等一下，马上就好了'。"

我听到这里，已经意识到这是怎么回事了。

老痒继续说道："我一开始还以为我想我妈想得疯了，出现幻觉了。后来，我逐渐发觉了不对劲，这不是幻觉，不仅是我，连卖菜的都看到了我妈。我才知道我妈真的回来了，她真的和以前一模一样，连烧出的菜的味道都一样。

"如果是别人，可能会以为见鬼了，但是我没有，我开始思考这是怎么一回事。逐渐地，我开始发觉，我四周的环境有一种说不出的不对劲，但是还没有找到关键。直到有一次，我看电视看了一个通宵，结果你猜怎么的，那天晚上竟然断电了，整个小区只有我家照样有电，所有的电器，没电照样开，连插头都不用插。

"我不知道这是怎么一回事，这个时候，我的老表给我写了一封信，信里他告诉我，他也出现了这样的情况，当时我一下子就明白了，这和那棵青铜树有关系。

"我看了很多的书，知道了那棵树可能就是古人说的许愿蛇神树，我这种能力可能就是从那青铜树上来的。一开始我很开心，以为自己发财了，可等我研究了这种能力，并且开始逐渐可以控制它的时候，出了问题。

"你一旦用你的思维去控制这种能力，如果你无法摒除杂念，很多东西就会混合起来，变得非常糟糕。所以，有一天，我起来的

时候，看见我妈妈背对着我在缝纫，我一看到她坐在缝纫机上，我吓坏了，蹑手蹑脚地走过去，你知道我看到了什么？我的天，我妈她的脸……”

老痒做了好几个动作，但是实在说不下去了，在那里长叹了好几声。

我听得心里感觉到一股寒意，实在无法想象那时的情景有多可怕。

老痒凭空就从手里变出了一支香烟，放进嘴巴里，没用打火机，烟就着了。他猛吸了一口，接着说道：“自那个时候开始，我意识到了这种力量的恐怖，但是我不甘心，我很想我妈回来，所以我必须找一个人过来，找一个认识我妈又有很干净的潜意识的人，就是你，老吴。同时，我还得把我自己的能力消除掉。”

我没有想到老痒的目的竟然是这个，说道：“但是，老痒，这事情听起来，好像是在逆天而行的感觉，人死是不能复生的。”

他说道：“老吴，我也不是很贪心，我只要三年，只要和我妈再相处三年我就满足了，你到我家里来的时候也不少，你也不舍得我妈就这样孤零零地死去吧？”

我叹了口气，想着如果他妈真的复活了，我还敢不敢到他家里去。这棵青铜树不知道到底是谁立在这里的，竟然有这么妖邪的力量，用那种力量物化出来的人，到底算不算是人呢？

想了半天，我还是摇了摇头：“这事我做不到，老痒，你妈妈已经死了，她已经归土了，你就……你就让她去吧，不要拽着她不放了。”

老痒笑了笑：“已经晚了，老吴，你不明白，这件事情和你想不想帮我是没关系的，这也是我不能告诉你我的目的的原因，现在，我想我的目的已经达成了。”

我没听懂他在说什么，问道：“什么意思？”

他举了举自己的手，说：“你先试验一下，你能不能物化出什么东西来。”

我不知道他想干什么，看了看自己的手，心里想着石头的形象，试图也将我的意念实体化，但是使劲了半天，手上还是空空如也。毫无疑问，这种能力很难使用，普通人是无法控制自己的潜意识的。

老痒有点得意地对我说道：“你看，这种力量，你有意而为之的时候，肯定是没有用处的，不然我刚才肚子饿的时候，应该会有烤鸭自己飞过来。只有在特定的情况下，它才会出现，这非常难，老吴，只能引导，无法使用，就算受过训练也非常困难。你想要在这里变台电视机出来，这么复杂的东西，是无论如何也变不出来的。”

我看着他：“你是说，这种能力是被动的？需要一个心理引导？”

他点点头：“对，比如我刚才和你说的那些话，已经可以在你大脑里引导你的思维，而使得在几百里外的我的家里，物化出一个人。”

我一下子呆住了，看着他，说道：“胡扯，你他妈的以为我真的什么都信啊？”

老痒摇摇头。就在这个时候，突然，青铜树连带着整个琥珀震动了一下，我们两个脚下一滑，差点都摔下去，赶紧抓住边上的青铜链条，低头一看，只见我们身下的深渊里，好像有什么东西在蠕动一样，每蠕动一次，青铜树就震动一下，一下子地动山摇，连站都站不稳。

我拉住青铜链条，一边觉得奇怪，一边想起一件事情，回头问

老痒：“对了，刚才那‘嘚……嘚……嘚’的怪声音，是不是也是你弄出来的？”

老痒也疑惑地看了看下面，点头说道：“是啊，我用这个声音把你引到根盘里面去，然后我把守在外面的那王老板打晕了。那个无线电干扰，只不过是不想让你听到王老板和我打斗的声音。”

我皱起眉头，叫道：“那这个震动是怎么回事？”

老痒脸色也变了，说道：“我也不知道。不过，老吴，对这棵青铜树，你的第一印象是什么？”

我一听他这么说，突然打了个哆嗦：“我想……它是通到地狱里去的……”说着看着下面，“不会吧？你该不是说，下面的东西，是……”

老痒猛踢了我一脚，大叫：“白痴，不要乱想！”

话音刚落，一只巨大的眼睛出现在了下面的黑暗深处，紫色的瞳孔，像猫一样变成了一条诡异的窄线。

第三十六章 坍塌

下面的巨眼迅速地逼近，情况混乱，加上整棵青铜树都震得厉害，我也看不清楚它是靠什么来攀爬的，只知道按这样的速度，不出十分钟我们就要打遭遇战了。

老痒看得脸都绿了，直埋怨我："你脑子里装的到底是些什么东西？"

我大叫冤枉："老子对天发誓，我也是第一次见这东西，要是有半句假话，天打雷劈。"

他看我说得这么决绝，愣了愣："不可能，不是你是谁？"

此时也无法考虑那么多了，我对他说："别废话了，快想个办法，给这么瞪着也难受。"

他说道："也不用太担心，就是一只眼睛而已，难不成它用眼皮夹死我们？等一下它上来，老子一脚把它给踢瞎了。"

话音未落，突然有一只章鱼一样巨大的触手卷了上来，一下子打到琥珀上。我们像空中飞人一样荡了一圈，撞到青铜壁上，琥珀

撞了个粉碎，里面的尸体直接给分了尸，随着琥珀的碎片天女散花一样掉了下去。

我们两个在最后关头死死抓住青铜锁链，才幸免掉下去，但是也给转得头昏脑涨。我对老痒叫道：“这下子玩笑开大了，你不是能变吗？快变门大炮出来，把这玩意儿给轰了！”

老痒大骂：“你他娘的胡说什么！有那么容易吗？快跑！”

我们二话不说就顺着青铜锁链往上爬，才爬了几步，突然手上一滑，开始使不上力气。我想起树根上面的那种滑腻的植物，心中恐惧，这下完蛋了，难道要死在这里？

这时候老痒将手一抬，我突然就感觉那种滑腻的感觉消失了，他像猴子一样几下便爬了上去，然后将我拉了过去。我一下子没抓稳，差点脱手，埋怨道：“有这本事，直接变把梯子多好？”

他骂道：“拜托你不要这么多意见！”

我们两个咬着牙爬进棺室，上面的雾气已经消散去，我想乘着这个机会看一下其他几幅浮雕。老痒说：“你别看了，这都什么时候了。”拉着我就往椁壁上爬。突然，那只触手闪电一般从棺井中卷了上来，一下子把椁室的巨大石头盖子顶得飞上了天。这一下力量极其霸道，连铁条一样的树根都给撞得粉碎，一时间整棵青铜树狂震，满眼是树根的根须、腐朽的树皮和灰尘。大片的树根短枝因为突然破裂，像子弹一样飞了出去，打在栈道上，扫塌了一大片。我们两个正趴在一根滑溜溜的树根上，这一下直接把我们甩出了椁室，摔倒在祭祀台上。

那只触手冲出青铜树后就不想进去了，四处乱卷，连打了两下，将四周的几座青铜雕像拍得都变了形。我和老痒狼狈地低头连躲了几下，老痒指了指栈道，说：“快下去，在上面死定了。”我想起被老痒在外面打晕的王老板，心说虽然是个王八蛋，但是这人也不是十恶不赦，也不能放着不管，忙转头去找，然而一眼看不到，难不成刚才给那些炸开的树根带下去了？

四周的树根已经给连根拔了，只剩下延伸到祭祀台下面的那些。老痒看我在那里左顾右盼，踢了我一脚，让我看天。我抬头一看，给撞到天上去的巨大石板正打着转儿地摔下来，赶紧逃命。老痒一个打滚，背起挂在一根残枝上的背包，两个人鱼跃跳上了那根用来做绳桥的登山绳。

我们刚抓住绳子，后面的石板就重重地摔在了祭祀台上，给摔了个粉碎，发出震耳欲聋的声音。我们抓着的绳子也给牵连着好像钢琴的琴弦一样颤抖，几乎不堪重负。

回头一看，刚才我们登山镐钩住的树根，上端已经随着包裹着棺椁的榕树根盘给扯飞了，现在只剩下可怜的一点点，被我们的体重拉着，登山镐直往外脱，好像坚持不了多久。

我越来越觉得不妙，回头让老痒快爬，说："要不然咱们就要步老泰的后尘了！"老痒一听猛打了我一个巴掌，打得我耳朵"嗡"一声。

我大骂："我操，他妈的打上瘾了你？"

老痒大叫："不打你行吗？管住脑子，千万别乱想啊——"

我大叫："我乱想什么了？"

话还没说完，"嘣"的一声巨响，我们回头一看，整个椁室突然鼓了起来，裂开了好几条缝，一条黑色的巨蛇探出头来，那条触手就是蛇的尾巴，但是这条独眼巨蛇，鳞片非常细小，看上去更像一条巨大的虫子。

独眼巨蛇爬出来之后，巨大的眼睛马上转向我们。老痒一看不妙，猛地从我腰上拔出长柄猎刀，用力一挥，将登山绳砍断，我们像人猿泰山一样划过一道摆线，撞上一边的栈道。这一次我有了经

验，就地一滚，缓冲了很大撞击力。

老痒落地之后，抽出背包边上挎着的短步枪，对着那巨蛇的眼睛就是一枪。子弹打进去一个大洞，那巨蛇疼得猛地蜷成一团，尾巴一扫，将我们头上那一排栈道全部扫飞。

老痒避过砸下来的木头碎片，站起来对着那蛇，一边开枪，一边拉着我往下跑。我知道这种枪能装五发子弹，但是老痒拿在手里，子弹如流水一样打了出去，根本不需要装弹。

可惜这枪的口径还是太小，这蛇刚才中了一弹，现在学乖了，缠绕起来，用身体护住自己的眼睛，子弹全部打在它的尾巴上。它身上的鳞片犹如铁甲一般，子弹对它毫无用处。

我一看枪对它没用，就招呼老痒快跑，一路跑到了栈道的断口。我刚想爬上悬壁，老痒一把拉住我，说："什么时候了，还爬？"说着，拉着我往下一跃，我们从断口直接落到了下一层的栈道，就听底下的木板"咔嚓"一声，哪里禁得起这样的撞击，立即裂成几十块。我们透板而下，又撞破一层，摔在栈道地上的平台上。

这一次摔得十分严重，我起来的时候，嘴里、鼻子里全是鲜血。老痒一把拉起我，说道："好像估计得太乐观了，你没事吧？"

我只觉得天旋地转，也不知道回答了他些什么，黑色巨蛇已经闪电一般顺着青铜树爬了下来。老痒说道："打是打不过，逃也逃不掉了，我们到下面找个岩洞躲一下。"

我往下一看，再往下走已经没有栈道，只剩下我们刚才休息过的那种小岩洞，密密麻麻的有很多。那蛇体积很大，我们随便找一个进去，应该可以暂时避一下，再想对策。

当下被老痒拉着就往下爬去，就着最近一个直径一米都不到的岩洞爬了进去，还没爬到底，突然巨蛇的眼睛就出现在了洞口，朝我们看了看，然后猛地一冲，试图钻进来。

老痒打了好几枪，想将它逼退，但是子弹打在蛇头上，只崩飞了几片鳞片，一点效果也没有。

黑蛇的巨头有解放卡车那么大，钻了几次钻不进来，突然甩脑袋往洞口一撞，一时间乱石纷飞。我们赶紧往后退去，免得给塌下来的石头压住。

黑蛇见我们退到洞的内部，大为恼怒，又是一撞，整个岩洞一阵震动，只听到岩石开裂的声音，从洞口一直传到我们头顶上。

这里的玄武岩，因为里面的地下河道过度地开挖，已经十分不稳固，给这么一撞，岩石内部的细微平衡被破坏，里面的缝隙发生连锁反应，一条裂缝突然出现在我们头顶上。老痒一看不好，拉着我就往洞的底部退。我惊魂未定，才往里爬了几步，就听到一连串轰鸣，一时间沙尘满目，碎石四溅，不知道哪里塌了。

出于本能，我反射性地蜷成一团，护住脑袋，石头下雨一样从上面掉下来，身上和背上连中了十几下。慌乱间，老痒一把拉住我，将我拖到他的那一边，同时一声巨响，一块写字台一样的石头塌了下来，将洞口完全塞住了。

这下子黑蛇不但进不来，连我们也看不到了，然而它似乎并不死心，又连着撞了十几下，石头不停地塌下来，四周的岩壁也开始出现裂缝。

老痒说："这样下去不是办法，这家伙不弄死我们恐怕不会罢休，再撞几下，山都要塌了。"

我转头一看，我们已经退到洞的最里面，退无可退，再塌进来一点，大罗神仙也救不了我们了。

此时已然到了绝境，就算有炸药，在这么小的空间也不能使用。看着四周的裂缝一点一点地延伸开去，我心急如焚。

就在这时候，忽然一条裂缝碎了开来，一段岩壁不堪重负，整个塌了下去。我们往边上一贴，勉强留得全身，却看见岩壁塌了以后，后面竟然出现了一个岩洞。

我心中大喜，心说天不亡我，肯定是两个岩洞之间的岩石碎裂，使得中间出现了一条石道，忙转头招呼老痒，就要往里爬。

老痒却一下子拦在我的面前，说道："不能进去！"

第三十七章 日记

岩洞坍塌在即，大石头、小石头不管三七二十一就往我脑袋上砸，再多待一秒，都有葬身乱石之下的危险。这种情况下，眼前有路已经不错，还怎么能管其他？我一把将他拉住，一边对他大叫："什么不能进去，不进去难道在外面等死？"

老痒说道："里面情况未明，你先看看再说！"

我对他说道："管不了那么多，你看这种情况，里面是龙潭虎穴也得闯了。"说着，拉着他就往洞里猫去。

老痒硬扯住自己的手，不让我拉他进去，说道："拜托你也听我一次，这洞真不能进去！"

说着还要将我往外拉。我大怒，刚想问他是想寻死还是怎么的，忽然一块石头猛地塌了下来。我赶紧松手，两个人都往后一跌。石头"轰隆"一声横在了我们中间，塌出的洞口一下子被堵住了。

我吓得够呛，忙大叫着问他有没有事，过了好久，才听到他呻

吟一声，回道：“没事，他娘的头上给砸了一下，这里已经不塌了，你怎么样？”

我告诉他我也没事，随手推了推石头，纹丝不动，知道来路已断，于是观察四周，本来我以为这是岩壁上的另一个岩洞，一边必然有一个出口，然而现在一看，却是一个封闭的空间，非常狭窄，似乎是一处自然的山体缝隙，看情形总觉得眼熟。

垫着碎石头爬了几步，我忽然醒悟，这里原来也是一处坍塌后的洞穴，不过这里的坍塌有些年头，该塌的都已经塌了，地上全是碎石。

我刚才还在奇怪，为何这巨蛇如此有力，几次撞击就把坚硬的岩石撞成这样，现在想来，原来这里早已有过一次坍塌，那上一次事故必然对周围的岩层损害很大，表面看上去坚固的岩石，其实里面早已经开裂，给巨蛇一撞，终于彻底裂开，塌出了这一条通道。

我看了看头顶，发现这里是两块塌下的巨石中间的缝隙，看契合的程度应该十分坚固，纵使外面还在不断撞击，这里也只有灰尘撒落下来。

那巨蛇看来力气也用得差不多了，撞得一下比一下轻，最后终于安静下来。

我惊魂未定，想起老痒刚才扯着我，要不是我放手得及时，现在已经成肉饼了，气不打一处来，在石头后面怒道：“你刚才他娘的吃错什么药了？差点给你害死！”

老痒被石头堵在外面，想进也进不来，也说道：“什么我吃错药了？你怎么不说自己别扭？你看现在可好，怎么办？”

我扒了几块石头，看到老痒的手电光从石头的缝隙里透进来，然而最大的那块石头最起码有一张八仙桌那么大，石头之间的缝隙有限，我能把手伸出去，但是人决计钻不出去。

我拿石头敲了几下，砸出几道白碴子，两种石头硬度相同，砸起来很费劲。老痒见我砸得上头的碎石头又开始松动，忙让我别弄了，说：“你悠着点，再敲这里又得塌了。”

我说道：“伸头一刀，缩头也是一刀，反正不是压死就是饿死，少顾虑这么多。”

老痒说道：“你还是别，咱们没到山穷水尽的时候，你先四处看看，有没有什么特别的东西，发现马上就叫我。”

我环视一周，这里黑咕隆咚，能看见的只有碎石，就对他说里面什么都没有。

他听了沉默了一下，问道：“真的什么都没有？你再仔细看看。”

我说道：“骗你干什么，这就屁大点地方，有什么肯定看见了。”

老痒说道：“那好，你再看仔细点，我也先到前面去看看，是不是堵得这么结实，说不定还有缝隙能爬出去。”

说着，他的手电光就移开了。我靠在石头上休息了一下，爬进缝隙里面，四处一看，就知道这里不会有出口，架在头上的石头又重达数吨，困在这里，恐怕一年半载是出不去了。

再往里面走了走，就没路了，正想返身，忽然看到石壁上好像画了点什么东西，我赶紧凑过去看。

第一眼看时，我以为那是一些涂鸦一样的洞穴壁画，非常原始，可能是铸造青铜树的先民留下的，再仔细一看，却发现不是，这些涂鸦上的图案是一架飞机和几个英文字母，这是现代人的作品。

什么人会在这种地方搞这些东西？我感到十分疑惑。

涂鸦的一半压在我脚下的碎石头堆里，我搬开那些石头，想看看到底画了些什么，移开一块大石头后，出现了一团黑乎乎的破布，好像是一件衣服的碎片。

我扯开这团破布，一只干瘪并已经腐烂得露出骨头的人手赫然露了出来。手呈爪状，似乎想从这些碎石中爬出来，而终于力竭而死。

我吓了一跳，几乎要叫出来，心说：这里怎么会埋着一个死人？该不会是这洞坍塌的时候，给活埋在这里的，那这人又是谁呢？

我继续搬开那些石头，很快，一具尸体便呈现了出来。尸体已经完全腐烂，看来埋在这里也有些年头了，身上的衣服破成一团一团的，看质地也不知道原来是什么颜色，不过从他脖子上挂的护身符来看，这人可能和我们一样，也是来倒斗的。

想起在瀑布水底看到的那一具尸体，也腐烂得和他差不多，那这两个人也许是一伙的，真是人为财死，鸟为食亡，这两人也许就是我的下场。

我继续挖掘，把整具尸体挖了出来，又找到一只背包，烂得不能再烂了，里面几乎空了，只有一些黑色的残渣，不知道是什么东西腐烂成的，又翻了翻背面，从夹层里面掉出来一本笔记本。

笔记本也快散架了，好在纸质好，上面用蓝色圆珠笔写的字还算清楚。我捡起来看了看，前面记的是一些地理位置和电话号码。我翻到后面，忽然愣了一下，这里有一些日记，看第一篇的时间，好像是三年前开始记录的。

这个人的字体比较幼稚，应该不是很擅长写字，每一篇日记只有百来字。我快速翻了几页，直看得背脊发凉。

从日记上的记载来看，这人应该是三年前来到这里的。日记上没有写他来的过程，而是从他困在这个岩洞起开始记录的，不过在后面的内容中，偶尔提到了一下他进来之前的经历。

他们一伙人应该总共有十八个，因为在其中一篇里面提到：

"十八个人只剩下我一个了。"里面还提到，他们并不是由我们一样的路线进入的，而是自山顶的榕树林子中，一个给气生根裹住的巨大的树洞里面进来的。

这应该是老痒提过的那一片榕树林子，我们没有机会进去，没想到里面竟然还有这么大的蹊跷，早知道如此，就不用费那么多周折了。

但是看下去，我又不由得庆幸没有走那一条路，因为里面记着，他们下来的路极度凶险，十八人进去，从底下出来的时候只剩下了六个，其他的全死在路上了。

估计那一个树洞应该开在林子中间、老痒说的那几棵十几个人环抱不住的榕树老祖宗的一棵上，但是榕树独木成林，那一片林子到底是几棵还是一棵，现在也说不清楚。这些人下来之后，应该和我们正好相反，我们是从青铜树底向上直接爬了上去，而他们应该是直接落到了青铜树顶上。

出乎我意料的是，他还说道，他们在祭祀台上没有发现什么后，顺着四周的栈道而下，栈道的底部，却全是水，犹如一个极深的水潭，水是碧绿的，根本看不到底。

他们跳入水潭中，发现深度极深，没有设备无法潜下去，他们带的潜水设备太小，尝试了一下后，只好放弃，六个人浮上水面一看，却傻了眼。

原来在他们潜水那一当口，水位急速下降，等他们出来，他们放着装备的栈道竟然离开他们六七米远。他们没想到这一茬，绳子全在包里，没带在身上，一下子全慌了。

水位迅速下降，他们有一批人爬到了青铜树上，有一批人跑进了岩壁上露出的洞里。这一本日记的主人，就在那个时候进入了我所在的岩洞。但是不巧的是，他还没进入岩洞多久，从水里突然盘

出一条黑龙一样的巨蟒，顺着青铜树直追上去，他只听到同伴的惨号声和枪声，吓得躲在洞里不敢出去。

这次灾难猝不及防，他的同伴全是亡命之徒，其中一个在和巨蟒搏斗中，临死时启动了炸药，他们预备着开山炸墓，所以炸药分量很多，一下子炸得天崩地裂，连他藏身的洞穴也给冲击波轰塌了。

日记的主人给炸得暂时晕了过去，醒过来的时候发现自己已经给困住了。他料想如此剧烈的爆炸，外面肯定无人生还，自己来盗墓本来就无目标性，指望有人救援也不可能，一时间心灰意冷。

接下来的内容就开始有点无聊起来。

他在缝隙里困了七天，身上带的食物不多，一下子就吃完了，他又渴又饿，电池又电能耗尽，在一片黑暗中，他知道自己大限将到，想起自己的老娘无人照顾，不由得痛不欲生。

后来几天，他因为饥饿，神志恍惚，一天，他醒了过来，也不知道当时是什么时候，只觉得口渴到了极限，恍惚间，他拿起早就干涸的水壶猛灌了几口，这个时候奇迹发生了，水壶里面突然涌出了甘甜的清水。他也不知道怎么回事，贪婪地连喝了十几分钟，水却丝毫不见少。

他以为自己是在做梦，心说自己肯定是快死了，出现幻觉了，那索性就这样死好了，又想到既然是做梦的话，包里也许还有吃的，一掏，果然，原来放食物的那些袋子全满了，他大喜，拼命地吃着，结果吃得几乎噎死。

逐渐地，他发现这一切不是梦，刚开始他以为上帝显灵了，来搭救他了，后来越来越觉得不对。终于，他发现了，这一切的产生和他的思想有一定的联系，但又不是万试万灵。比如说，他一心想吃一样东西的时候，那东西却不会出现，但是他随手去摸包里的吃的时，却往往会摸到自己喜欢吃的东西，虽然包里什么都没有。

他开始有意识地去分析，做思维的试验，逐渐地，他发现了自己的物质化能力。这一段他写了很多，实验的过程非常复杂，最后他并没有得出物质化能力的结论，而是认为，自己成了“恍惚的上帝”。

石头上的那些涂鸦，就是在这段时间里画上去的，恐怕是他穷极无聊的时候画着玩的。

日记的最后，他写到他要用这种能力尝试着从这里出去，如果成功了，他就可以出去做一个超人，如果失败了，他就会死在这里。我不知道他最后做了一个什么试验，反正现在看来最后是失败了。

不过一个有这样能力的人来到现实社会，也不知道是一件好事还是坏事。

看到这具尸体，想到我自己的处境，我不由得感觉心寒起来。我身边根本没有食物，恐怕连七天都撑不到，再说就算有食物，无休止地在这里困下去，还不如死了痛快。

我放下日记，又翻找尸体身上的口袋，找出一只手机，早已经没电了，我扔到一边，又翻出一只钱包，里面有一些钱，心说什么都烂，就是人民币不会烂，这叫什么事儿。

钱包里还有这人的身份证，我扯出来，想看看这倒霉鬼叫什么，打着手电一看，只见人的照片已经模糊掉了，名字倒还清楚，叫作“解子扬”。

这个姓还真少见，死在海底墓中的解连环也是这个姓。我看了看这人的生日，还颇年轻，直叫可惜。

忽然间，后面手电光一闪，老痒已经爬了回来，在石头后面问我道：“老吴！你在看什么？”

第三十八章 真相

我正在看尸体的身份证件，老痒突然问了我一句，吓了我一跳，当下含糊地应了他一声，继续看手里的东西。

从这简短的日记来看，这人是三年前到这里来的，老痒他们第一次进这里也是三年前，这人会不会就是和老痒一伙的？我想了想，又觉得不对，他的日记写的和老痒说的虽然有一点吻合，但是大部分还是不同，应该是两批人。

只是不知道为什么，总觉得“解子扬”这个名字很熟悉，解这个姓比较少见，同名的应该很少，在哪里听过呢？

我仔细地回忆，但是最近奇怪的事情发生得太多了，脑子不太好使，想来想去也想不清楚。

继续翻他的东西，就没什么发现了，我将他的日记本收起来，以便等一下仔细看看。

老痒看我蹲在那里不说话，以为我出了什么事，又叫了我一声。我回头一看，他的半张脸正往缝里挤，眼睛直往我手里瞟，但

是石头和我的位置有一个死角，他看不见我，我能看得见他，只觉得他样子古怪，好像恨不得钻进来一样。

我暗骂了一声，心说你小子刚才死也不进来，现在后悔了吧？对他说：“别吵吵，我找到有趣的东西，正在看。”

老痒皱了皱眉头，忙问：“找到什么了？”

我把刚才发现尸体的经过和他说了一遍，叹了口气，对他说：“这家伙可能就是我们的下场，要找不到路，我们恐怕比他死得还快，不过我觉得这个人的名字有些耳熟啊，你记不记得我们小时候有没有什么同学叫这个名字的？”

说着，我退到那块巨石边上，想把身份证从缝隙里递出去给他看看。可是我抬头一看，突然看到老痒的脸上一点血色也没有，惨白惨白，正直勾勾地盯着我的脸看。

我心里陡然出现了一种异样的感觉，心说：怎么了？怎么一下子变成这样的表情？难不成我们小时候还真有个同学叫解子扬？

我又闭上眼睛想了想，实在想不起来了。现在人情淡薄，大学的同学有些都已经不认识了，小时候的更是没有记忆。我看老痒不说话，又低头看了看手里的身份证号码，说道：“我是真的想不起来，不过这人年纪和我们差——”

刚说到这里，突然一道闪电掠过我的大脑，一下子我整个人愣在那里。

解子扬，解子扬，解子扬，解子扬！

不过啊，这名字好像不是什么陌生的名字——这是老痒的本名啊！

我的头皮猛地一奓，几乎打了个寒战，忙仔细地去看身份证上的生日，一看不由得一阵晕眩。我的天，真的是老痒的生日，可这……这是不可能的啊。这张身份证，竟然是老痒的！

难道，这具已经腐烂成骨头的尸体，是老痒……

可是这不对啊，如果老痒三年前就死在这里了，那在石头外面看着我的，是谁？

我的脖子都硬了，几乎是机械地转过头去，看着石头缝隙里透出的那半张脸，忽然感觉到一股莫名的恐惧。老痒的脸在手电光的闪烁下，显得鬼气森森，看上去竟然和外面看到的那条黑色巨蛇有几分相似了。

我不由自主地向洞的内部退去，不敢再靠近那块石头。老痒却一动不动，还是直勾勾地看着我。我也不说话，好像一座石刻的雕像一样。

以他的脾气，看到我这个样子，肯定将我骂得像孙子一样了，如今这个样子，难道真的是因为身份败露，不知道如何反应？

此时我心里越发怀疑，外面的这个人，虽然长相、脾气和老痒一样，却不是老痒。我从杭州来到这里，之间的经过犹如放电影一样在我脑海中闪过，那一个个谎言，闪烁其词，他在青铜树顶和我说的话，都历历在目，那在其中一点点积累起来的怀疑，也在这个时候逐渐清晰起来。

我一向认为，老痒的城府不可能会有这么深，一来我和他的关系，他根本不需要骗我；二来，他说那些谎言的时候，无不真切到了极点，如果不是我这个人过于谨慎，根本发现不了。可是，看其他方面，这个人和老痒太像了，我找不出一丝的破绽。虽然我心里已经百般怀疑，还是只认为他的性格改变了，没有想到他根本不是老痒。

这个时候，“老痒”终于开口说话了，他的脸缩回后面，对我说道：“老吴，我刚才不让你进去，你就是不听，只能怪你自己太固执。你没听别人说过？有些事情，知道了并不一定是好事。”

我心里咯噔了一下，心说果然有问题，一边努力让自己的声音不要发抖，一边说道："你不是老痒……你到底是谁？"

"老痒"很古怪地笑了几声："我是谁？我就是老痒，解子扬，从小和你一起长大、坐了三年牢的解子扬啊，你要不信，可以去查我的案底啊！"

我冷笑一声："胡说，老痒的尸体就在我边上，他死了已经有三年了，他根本没出去坐牢，你他娘的到底是谁？"

"老痒"的半张脸又无声息地出现在了岩石间的缝隙里，森然一笑："不错，他是死了三年，但是我活着，有什么区别吗？"

我看着他的表情，突然感觉到了什么，皱起眉头一想，顿时张大了嘴巴，结巴道："我操，你不是人！你……难道是他物质化出来的——"

"老痒"冷冷地哼了一声，说道："你怎么不说他是我物质化出来的呢？谁知道呢？我和他一模一样，谁知道是哪个先哪个后！"

我几乎失控，捡起一块石头就朝他扔去。他的脸往后一闪，又说道："老吴，其实我和他是一模一样的，你不用介意。"我大叫道："当然有区别，谁知道用那种力量物质化出来的，他娘的是什么东西！"

"老痒"突然沉默了，脸色变得很难看，盯了我一会儿，突然狰狞地说道："放你妈的狗屁！老子就是老痒，你和他是一路货色，那就怪不得我了。"

我心里顿感不妙。忽然，一支枪管就从缝隙里伸了进来。我赶紧翻身到死角里，"老痒"一枪打在石头上，削掉了一大片，接着枪头马上就瞄向我在的那个死角，又是一枪，子弹几乎是贴着我的脖子飞了过去。

这个缝隙空间实在太小，就算有死角也无法保护我所有的身体。我一看情况不对，忙一下子关掉自己的手电，让他看不到我。他慌乱间开了几枪，都没有打到我。我翻身冲到岩石边上，拿起石头就去砸伸进来的枪管子，几下，枪管便给我砸得变成了九十度。

“老痒”拔又拔不出去，气得大骂。我冷笑道：“什么一模一样，我不认为老痒会朝我开枪，你他娘的就是个劣质的仿冒品！”我自“老痒”和我提起物质化活人之后，心里就一直有一个疙瘩，总有一股感觉，这棵古老的青铜树在这里不会没什么目的，这种几乎恐怖的能力所带来的生物，会是正常的人吗？真的和我们一样吗？会不会是某种妖怪呢？

现在看来，这个“人”虽然不知道是不是和我们一样，但是他显然知道自己是被物质化出来的。不知道为什么，我总觉得事情大大不妙起来。

“老痒”和我对骂了一会儿，突然好像想到了什么，就不说话了。接着，他将手电关了，一下子整个空间一暗，无尽的黑暗压来，在这一点光源都没有的狭小空间里，显得格外沉重。

我提防着他有什么诡计，缩到死角里躲好，就听他道：“老吴，我记得你小时候最怕黑了，现在怕不怕？不过你可千万别乱想哦，记得我刚才和你说的话，在这个地方胡思乱想的话，小心你的灯一开，你面前出现一张死人的脸哦。”

我心里直骂该死，这家伙是想我因为对黑暗的恐惧，而自己实化出什么怪物。

我心里告诉自己绝对不能让他得逞，但是内心反而害怕起来。他刚才说的手电一开，眼前便出现一张死人脸，一下子使我的神经绷了起来。我马上就感到自己的面前，只有几厘米的距离，好像出现了什么东西。我呼出去的热气，撞在那东西上，反冲到我的脸上，带着一股腥臭的味道。

没这么灵吧？我想，从那“老痒”刚才的表现来看，物质化能力非常难以控制，否则我们刚才也不会给巨眼黑蛇撞得如此狼狈，按说不可能这么容易就弄出个怪物出来。

错觉，我对自己说，千万不要上他的当，在这么封闭的一个黑色窨里，恐惧是肯定有的。

我深吸了一口气，忽然，脸上一湿，好像有一条冰冷的东西一掠而过。我一下子浑身冒冷汗，几乎要尿裤子，小心翼翼地摸了摸胸口，心脏狂跳，只觉得全身发软。他娘的这下子没错了，妈的，黑暗里果然多了什么东西。

我不敢打开手电，人缓缓地往后靠，想紧贴住石壁，可是我的背一靠到后面，我马上发现那不是石头，而好像是一片一片的鳞片……我甚至能感觉到鳞片下面筋肉的蠕动。

天哪，我在胡思乱想什么，背后怎么会有鳞片？我赶紧闭了闭眼睛，紧紧抓着自己的手电，举到自己面前，刚想打开，突然听到“老痒”做作地惊叫了一声：“老吴，怎么不开手电啊？我帮你照照！”

接着他的手电就亮了，我猛地看见就贴着我的鼻子尖，一个巨大的蟒蛇头昂了起来，它犹如水桶一样的身体盘绕在洞穴里，我的头顶、背后的岩石全变成了鳞片的墙壁，黑得犹如宝石，被老痒的手电一惊扰，四周鳞片搐动，身体缓缓摩擦，发出令人胆寒的嗞嗞声。

第三十九章 烛九阴

贴着鼻子的巨大舌头，满眼蠕动的鳞片，我不知道怎么来和别人说这种震撼，一下子我的心脏好像停止了跳动，浑身僵硬得犹如石头一样。

第一次实际领略这种能力的巨大威力，让我仅有的一丝怀疑也一扫而光，可是这条巨大的黑色蟒蛇是如此真实，每一片鳞片、空气中的气味、那种无处不在的摩擦声都毫无破绽，我实在想象不出这东西是怎么突然产生的，如果刚才亮着灯，难道会“砰”一声凭空就变出来？

“老痒”还在外面叫着什么，我也没有心情理会他，只觉得那种爬行动物毫无感情的目光在我身上扫视。本来我所处的岩石缝隙就小，现在突然出现了这一条黑龙一样的巨蟒，连做广播体操的空间都没了，这个时候，只要那条蟒蛇随便一张嘴巴往边上一咧，我就马上嗝儿屁着凉，什么都完蛋了。

我心里闪电一般盘算了一下，蟒蛇的嗅觉和视觉都很灵敏，没

道理看不到我，现在只有一个希望，就是它对我这样的体形不感兴趣，蟒蛇是不会捕食体积太小的东西的，我只要坐着不动，不引起它的恐慌，它可能就会放任我不管，但是如果这一招不管用，那这一次就真的无计可施了。

我咽了口唾沫，尽量不让自己发抖。巨大的舌头在我耳边舔过，留下极其难闻的唾液，幸运的是，它只是抬起头注视了我一下，马上转头去看在石头后面的“老痒”的手电光源。

“老痒”躲在挡住洞口的巨石后面，看到蟒蛇没攻击我，反而转头向他探了过来，马上意识到不对劲。封住通道口的巨石，相对于巨蟒而言，只有它的脑袋一样大，根本挡不住它，我听到“老痒”骂了一声，忙缩回石头后面，“咔嚓”一声关了手电。

四周一下子黑了下来，巨蟒两只黄色的眼睛在黑暗中发出荧光。我仍旧大气也不敢出，隐约看见巨蟒轻轻顶了两下，见石头没动静，突然缩起了脖子，做了一个攻击的姿态。

我脑子里出现了电视里蟒蛇捕食的动作，马上知道接下来会发生什么事情。刹那间，蟒蛇缩起的脖子犹如子弹一样撞了出去，就听一声闷响，整个山洞一震，堵门的巨石像风筝一样给撞飞。我听到“老痒”一声惨叫，接着就是石头互相撞击的声音接连不断地传了过来。

虽然知道外面不是真正的老痒，但是这一声惨叫还是让我条件反射地心里一慌。巨蟒发现了石头后面的空洞，但是它的脑袋太大了，怎么也钻不出去，它的身体在缠绕中不停地弓起来。我左躲右闪不给它卷进去，不然给它两边的蛇鳞一夹，肯定骨头尽断。

几次尝试不行，蟒蛇开始烦躁起来，甩着脑袋开始撞向那洞口边上的石壁。蟒蛇的身体盘起来看上去已经非常吓人，如今龙一样舞动起来，更是壮观得离谱，几下子那洞口就给它撞裂了一个口子。巨蟒用力一转，脑袋便钻了出去，鳞片摩擦着石壁，把整块石头都挤出了裂缝。

巨蟒将前面挡路的石头尽数向外推去，我跟着蟒蛇出去，看到“老痒”躺在碎石头堆里，几乎全部身体给压在石头后面，气息微弱。看到我，他咳嗽了几声，似乎想说什么，可是嘴巴一张，血就从嘴角流了下来。

我检查了一下他的伤势，试着搬动了一下石头，可是一眼看下去，他的下半身已经全部给压烂了，实在连看都不能看。我叹了口气，问他道：“你……你还有什么话说？”

他看了我一眼，咬了咬牙，从岩石缝里扯出他从王老板那里弄来的背包，甩给我。

我接过包，心里也不知道是什么感觉。他咳嗽了几口，吐出很多血，然后也不再说话，闭上了眼睛。

我顿了顿，想问问他当天到底是怎么一个经过，突然“轰”的一阵巨响，整个山洞狂震，我几乎连坐也坐不稳，撞到岩壁上，顶上又是悠长的一连串石头开裂的声音。

我吓得够呛，心说，难不成外面那条巨眼蛇又开始撞了？忙猫着腰向洞外爬去。“老痒”这时候突然嘶哑地叫了一声：“老吴！”

我愣了一下，不知道他还想说什么，回头一看，只见他对我张了张嘴巴。突然，他所在的那块地方坍塌了下去，上面的石头瀑布一样翻落下来，一闪之间他就像陷入泥沼一样消失在碎石堆里。

我心中一悸，竟然有一种撕心的感觉，但是此时也没有时间调整情绪，几个翻滚避开落石冲到洞外，正赶上一团黑影又撞了过来。我赶紧往边上一翻，黑影子撞到山体上，整块山壁都给撞得震动起来。石块纷飞，山体裂出了一条裂缝，一直从我站的位置延伸下去。

我看到撞得如此厉害，不由得奇怪，这蛇难道不要命了？转头一看，原来不是这样，只见刚才爬出去的那条黑色巨蟒，已经和从青铜树中爬出的细鳞巨蛇缠绕在了一起，斗得难解难分。那细鳞巨蛇体形比蟒蛇大出不少，但是打斗起来则丝毫占不得一丝上风，加上两条都是黑色，一时间也看不出谁是谁，只见两团黑色的旋风在青铜树上不停地缠绕，尾巴乱扫，将四周的石笋、石乳拍得像炮弹一样乱飞。

我从没见过如此惊心动魄的场面，只看得呆了。突然，一条尾巴直扫在我的脚边，我站的整块石头给扫成了石粉。情急之下，我忙往四周一抓，却没料到边上的石头全部已经给撞得松动了，一下子没抓牢，整个人向下面的深渊栽了下去。

几分钟内几次经历大生大死，一下子我也反应不过来，大叫一声，忽然听到了隆隆的水声，接着浑身一凉，耳边一静，整个人竟然摔进了水里。

他娘的，哪来的水？

我一直刺进水里六七米才停了下来，入水的姿势根本无法调整，就听见脖子“咔嗒”了一声，不知道是不是断了，浑身用不上力气，人直往水里沉去。

正在无计可施的时候，一个人影从背后游了过来，将我托住，把我往上带去。

我回头一看，原来是一直躲在下面岩洞里的凉师爷，大概也是给不断上涨的水逼了出来，看到有人掉下来，过来拉了我一把。

冲出水面一看，只见我们刚才爬上来的深渊不知道何时变成了一个水潭，里面有水流涌动，不知道由哪个地方涌进来，水位还在迅速地上升。

我看着四周，心说难道他们三年前来这里的时候，这里会是一个水潭，但他娘的这样一来，岂不是回不去了？

我的水性比凉师爷好，他将我拉上来后自己没了力气，直往下沉去。我将他拉到青铜树边上，也不想和他计较以前的事情，问道："这是怎么回事？"

凉师爷咳嗽了几声，这才说道："外面肯定下过一场雨，这是山洪，这里这个季节经常有山洪。洪水泻进我们过来时的地下河里，那条河肯定和这里墙上的几个岩洞有连通，高海拔上的洪水冲下来，水位上升，水就倒灌进来了！山洪一过，水位马上就会降下去。"

我心里暗骂一声，这样一来上下不着边际，也不知道该从哪里出去好了，抬头一看，只见一团巨大的黑色影子还在上面缠斗，心说：乖乖，现在已经斗成这样了，待会儿要掉进水里，不真成龙潭虎穴了，我们还不给折腾死？

还没想完，耳边呼啸一声，黑色巨蟒已经摔了下来，直摔进水里，一时间水花四溅，不大的水潭像开水一样沸腾了起来。

紧接着细鳞巨蛇也顺着青铜树爬了下来，凉师爷看到那蛇巨大的紫色眼睛吓得整个人往水里沉。我把他拉起来，他哆嗦着说道："我的天！这东西是哪里来的？这……这条是烛九阴啊！"

我听这名字怎么觉得这么熟悉，拉着他直往青铜树后面躲，问他怎么回事。

凉师爷咬着舌头轻声说道："烛九阴是龙，古时候叫作烛龙，其实是一种远古时代的巨大毒蛇，帝舜时代用这种东西来炼油做烛照明，几千年前就灭绝了，怎么这里还有一条？"

我从来不知道这些事情，当下感觉奇怪，既然我不知道，那这不可能是我幻想出来的，那难道是真的？这青铜古树里真的有一条远古时候的巨大毒蛇？

凉师爷继续说道："这么大的烛九阴不知道活了多少年，你发现没有，从这里看只能看到它一只眼睛，烛九阴的眼睛是竖着长的，你现在看到的这一只应该是本眼，还有一只眼睛长在这只眼睛上面，叫作阴眼。传说千年的烛九阴阴眼连着地狱，给它看一眼就会被恶鬼附身，不久之后就会变成人头蛇身的怪物。"

我想起那个"老痒"那种毒蛇一样的表情，心里一阵发寒，回头偷偷看了一眼，所幸烛九阴的注意力完全不在我们身上。我感觉下面的水流变得极度混乱，知道黑色巨蟒还在水下，烛九阴盯着水里，恐怕是怕巨蟒突然袭击。

水位不停地上涨，我们越来越靠近烛九阴的身体，凉师爷紧张得要命。我看了看头上，这岩洞的顶上应该有一处出口，只要水位上升得够高，我们就能爬到那上面出去，只是不知道这水位能上到多少，毕竟这里非常靠近山顶，过千尸阵的时候，尸骨没有给水浸过的痕迹，水位不可能高过那一边，具体能到哪里我也不知道，只好浮一点是一点了。

我将自己的想法轻声告诉凉师爷，他完全听不进去。这个时候，几只白色的面具从水里浮了上来，那是螭蛊的壳。我心里突然感觉不妙，拿起一只一看，嘴巴部分的空腔是空的，里面的蛊虫不见了。

"妈的！"我骂了一声，突然意识到为什么那条蟒蛇在水里潜了这么久都不上来了，打起手电潜进水里一照，只见无数螃蟹腿一样的虫子，有些还戴着面具，有些只剩下身体，犹如蚂蟥一样附在那条黑色巨蟒的身上，白花花的一大片。黑色巨蟒肚皮朝天，还在不停地翻滚，但显然没办法甩掉这些虫子。它的身体撞在岩石上，蛊虫的面具给蹭掉，但是虫身还是牢牢地吸在蛇身上，看起来古怪异常。

一些蛊虫无法抢到位置，在蛇身的四周游荡，行动非常地敏捷，不妙的是，一看到我手里的手电，所有的蛊虫突然都顿了一下，然后迅速从蟒蛇身上弹开。我还没反应过来，眼前一花，所有的虫子犹如海里的巨型鱼群一样向我直围过来。

这些东西游得极快，我一看不好，已经来不及反应，情急之下，我往后一贴，狠狠地咬了自己的手心一口，这一口连我自己都不明白为什么咬得那么狠，一下子鲜血涌了出来。我把手在水里挥动，将血均匀散开来。

蛊虫忌讳我的血，一下子冲到我面前又游了开去，不敢靠近。成群的白色虫子在我面前形成一道虫墙，我甚至还隐约觉得这些虫子排列的起伏有点像人的脸。

凉师爷吓得要命，二话不说就往青铜树上爬去。我知道在水里待着也不是办法，就探头出水，回头一看，烛九阴已经发现了我们，巨大的蛇头对着我们的方向，那只紫色的眼睛已经闭上，取而代之的是一只血红色的眼睛，不知道什么时候张了开来，怨毒地注视着我们。

第四十章 脱出

这只红色的眼睛里布满了跳动的血丝，看上去诡异异常，我一和它对视，突然有一股灵魂被抽离的感觉，只觉得强烈的恶心和头晕，马上把脸转过去。

凉师爷却好像中了邪一样，眼睛直勾勾地盯着那只血眼，一动也不动。我朝他叫了两声，他没有反应。

凉师爷说过“烛九阴”的阴眼通着地狱，我知道肯定不对劲了，忙掬起一捧水就泼向他。

可不知道是烛九阴突然往前探了探还是如何，那捧水竟然没有泼到凉师爷的身上，而是泼到了烛九阴的脑袋上。

烛九阴被我泼起的水花吓了一跳，眼睛一闭，蛇头往后一缩，就想发动攻击。我赶紧贴到青铜树后面，蛇头撞在青铜树上，将那些枝丫全都撞弯了。这个时候，我想到了从“老痒”那里拿来的背包，里面可能有什么武器，急忙将背包翻到前面。

他的包里肯定没有枪了，但是我记得有几根他们原本用来炸墓

墙的雷管子，现在我手无寸铁，有点大威力的东西威慑一下也好。

烛九阴从青铜树的一边盘绕过来，我一边移动不让它看到我，一边连滚带爬地爬上去，抓住背包，就往里掏。

那背包里塞满了东西，我把那些食物全都拿出来丢进水里，终于摸出来我认为的雷管，一看，不由得一呆，他妈的刚才看的时候太马虎了，那一捆东西，竟然是黑色的蜡烛。

这时候蛇头已经探了过来，看见我又突然折起蛇脖，做出了攻击的姿势。

蛇的平均攻击速度只有四分之一秒，这条虽然大了一点，估计也慢不到哪里去。我一看再耽搁一秒就完蛋了，扯起背包就往水里跳。

但是我落下的速度还是太慢，突然黑影一闪，射出的蛇头一下子凌空将我咬住，然后蛇身一卷，就想把我缠绕进它的身体里。

我的手在包里乱摸，这个时候，突然摸到了他们用的那种信号枪，一下子手忙脚乱，下意识地就扣动了扳机，背包给轰出了一个大洞。混乱间也不知道是不是信号弹在蛇嘴巴里爆了开来，只觉得虎口一热，然后就是天旋地转。

我“啪”的一声又落到水里，等浮出水面，回头一看，烛九阴嘴巴里的信号弹正发出炽热的白光，空气中竟然弥漫着一股蜡的味道，而且不知道为什么，它的全身都开始冒出青烟来了。

这种蛇本身体内的油脂就非常容易燃烧，不然古人也不会捕猎它来做蜡烛了，但没想到竟然能够这样就烧起来，它体内流的到底是什么东西?

烛九阴极度痛苦，再也管不了我们，不停地扭动着身体，巨大的尾巴拍打着岩石，那一边本来就已经出现了一条巨大的裂缝，给它继续拍打着，一条裂缝扩散出好几条小裂缝，整块山面不停地开裂，似乎整个岩洞都要崩塌了。

我不知道烛九阴会不会这么容易就死，继续翻动那只背包，看再也没有有用的东西，就将背包往水里一扔。这个时候，突然水下激流溢滚，潭水竟然向烛九阴撞出来的裂缝涌了过去。

这里的山体里面洞系众多，看样子裂缝后面的山体已经给撞穿了，水不知道涌到哪里去了。我最后看了一眼青铜古树，四处去找凉师爷，他已然不见了踪迹，眼看着上面的石头开始给涌出的水冲得大块大块地塌下来，烛九阴更是发了狂一样地乱舞，我忙往后一仰，顺着水流就给卷进了缝隙里面。

缝隙极深，因为是坍塌出来的通道，里面漆黑一片。石头很不规则，水流撞出不少漩涡。我打着转儿东撞西擦，勉强感觉到自己应该是在往下游漂去。

转了有十几分钟，突然我感到自由落体，接着就一头栽进水里，忙挣扎出来看，发现已经给水流带到了来时的地下河里。这里的水流比我们刚才看到的还要湍急很多，应该是和凉师爷说的一样，外面下过一场大雨。

这里水流虽然非常快，但是没有岩缝里那么多的漩涡，而且水有一点温度，我得以控制了一下自己的肢体，心里开始盘算前面的情况。

这条地下河由上而下，不知道通到什么地方去，要是直冲入几十米深的地下，我真是无话可说。不过按照来时的方向，如果它中途没有变换大的方向，我估计应该会给冲到来时渡过的那条河里。

当然，前提是这一路上顺利。我紧张地看着前面，唯恐出现什么岔口，这个时候眼角的余光一闪，我看到地下河的河壁上刻着什么东西。

这里的地下河道，看岩石的冲刷情况，历史应该与这座山一样

古老，上面有什么东西，应该不会是近代刻上去的。我看准了一个机会，拉住从顶上垂下来的一根石柱，停住身体，用手电筒一照，惊呆了。

河壁的两边，全是和我们在青铜树顶上的棺椁内看到的一样的浮雕，连续成画，有些已经塌落，但是大部分还是保存得很好，线条明快流畅，衣纹飘逸，每幅各异，形象生动，极具动感。

我一眼看上去，就知道这些浮雕描绘的是古代少数民族祭奠青铜树的过程，其中的场景极其生动。有一幅浮雕上，是那棵巨大的青铜树上挂满了奴隶的尸体，奴隶的血流入青铜树内，顺着上面的沟壑一直汇流而下；有一幅则是他们将奴隶的尸体抛入青铜树的内部。

浮雕有很大一部分淹没在水里，最底下的一切已经给水冲平了，看来他们雕刻的时候这里还没有水。

从这里的浮雕来看，这种祭祀青铜树的祭奠规模很大，我一直看下去，却越看越觉得奇怪，有一些浮雕描绘的场景和祭祀又不相同，我无法理解。

其中有一幅浮雕，表现的是古时候的那些先民将一些液体倒进青铜树的情形。接着下一幅，就有一条和刚才看到的一模一样的“烛九阴”从青铜树里出来，很多穿着像战士一样的先民用弓箭和长矛围着它，显然是一种狩猎的场景。

按照我刚才的理解，这棵青铜树应该是古时候一种特殊的神权象征，那青铜树中的“烛九阴”在古代是一种龙，在一些笔记小说里，“烛九阴”甚至给抬到了盘古一样的高度，应该会给人当成神兽来顶礼膜拜，这里的人怎么会狩猎它呢？

我继续往下看去，希望能从后面看到答案。后面还有一些仪式的内容，我可以看到所有的先民都是戴着面具，面容呆滞，但是，每一幅浮雕中，总是有一个人雕刻得特别魁梧。看这人的服饰和神态，我可以基本肯定，这个人应该就是他们的首领，而且应该就是我在夹子沟的悬崖上看到的那一座雕像的原型。

那一座雕像的脑袋给炸弹炸没了，我那时候总觉得不太对劲，但是一路过来始终没看到他的脑袋，这一次正好可以看个仔细。

我拉住顶上的钟乳柱，贴近地上的岩石，抹掉上面的污渍，凑过去看。

浮雕里的首领图像，比其他人几乎大了一倍，就如一个巨人一样。如果按照我以前的设想，这里的雕刻都是按照正常比例，那这个首领可能真的有如此高大。

可离奇的是，所有浮雕上，这个首领的脖子上都长着一个蛇头，看上去也不像是戴着面具什么的。

我虽然有一定的考古知识，但这些是需要大量阅读而积累的东西，我还是没什么头绪，只知道从这些浮雕的表面意思来看。我感觉凉师爷当时的判断可能有一些偏差，这棵青铜树可能不是单纯用来祭祀，而是用来进行某种狩猎仪式的，那些牺牲的奴隶，可能就是将“烛九阴”从地底下引出来的诱饵。

青铜树深入地下不知道多深，这些“烛九阴”应该是生活在极其深的地底，怎么在那种地方生活也不是我能考虑的事情，我只是好奇，这些先民搞这么大的阵仗捕猎“烛九阴”是为了什么。

浮雕上面并没有给我答案，我看到最后只是一些庆典的场面，“烛九阴”被捕猎上来怎么处理，并没有雕刻出来。

基本的情况已经知道了，我看了看水位，有继续上涨的趋势，只好放开双手，继续随着水流向下漂去。

手电在经历了这么长时间后，光线已经变得非常暗淡，最后淡到完全没有照明的作用，我索性关掉，在黑暗中随流而动。

这一段时间非常难熬，我几次都给冲下一些小的瀑布，虽然不致命，但是难免给撞得鼻青脸肿。过了有好几个小时，我不知道周围是什么，不知道自己要到哪里去了。

我逐渐感到绝望起来，也不知道自己刚才有没有转弯或者进入岔口，如果自己判断错误，那我现在说不定正在被带入无尽的地下河深处，也不知道这条河通到什么地方去，难道会冲到“烛九阴”生活的底层去？

那到底是一个什么地方？话说回来，会不会有什么帝王的陵墓修建在地下河的深处？这倒是一个好创意。

就在我胡思乱想的时候，前面突然出现一丝光亮，看得我浑身一震，接着我就听到隆隆的水声。我心中大喜，知道前面肯定是出口了，十几个小时没见到自然光了，我扔掉手电就向前游去。

我的速度非常快，只是几分钟的工夫，我的眼前突然一闪，然后一片白光，什么都看不见了，那是太久没看到光线的视觉迟钝。我心中大叫，可是那一刹那，一种熟悉的感觉突然从我身下传来。

又是自由落体！又是一个瀑布！

而且从水冲出的劲道和底下传来的声音来看，这瀑布肯定不小，不知道下面是什么，如果水太浅，那我死得真是太冤枉了。

我的耳边一片呼啸，电光石火之间，没等视力恢复，我已经一头栽进水里。

那一刹那我手往下一伸，马上摸到了一块石头，糟糕，太浅了！我刚意识到这一点，脑袋已经磕到了什么上面，眼前一黑，就什么都不知道了。

第四十一章 新的消息

我昏迷了三天时间，醒过来的时候，已经被人送到了医院里面，刚睁开眼睛的那一刹那，什么都记不起来，只觉得天旋地转，止不住地恶心和头晕。

两天后，这种情况才一点一点好转起来，但是，我的语言能力全部丧失，无论想说什么，发出来的声音全都是怪叫。

我以为自己的脑子摔坏了，影响了支配语言的神经，非常害怕。不过医生告诉我，这只是剧烈脑震荡的后遗症，叫我不要担心。

我像哑巴一样用手势和别人交流，直到第四天，我才勉强开口去问医生，我现在在什么地方。他告诉我，这是西安市碑林区的红十字会医院，我是被几个武警带回来的，具体怎么发现我的，他也说不清楚，只说我全身大概断了二十根骨头，应该是从高处坠崖导致的。

我的胸口和左手打着石膏，但是不知道自己伤得多重，听他

一说，才知道自己命大。我又问他大概什么时候能出院，他对我笑笑，说没十天半个月，连床都下不了。

当天晚上，送我过来的武警听说我能说话了，带了水果篮过来看我。我又问了他和医生同样的话，他也不知道如何回答我，只说有几个村民在蓝田的一条溪边找到了我，我是被放在一个竹筏上的，身上的伤口已经简单处理过了。医生说道，要不是这些处理，我早就死了。

我觉得奇怪，我最后的记忆是落进水里的一刹那，按道理最多也是应该给水冲到河滩上，怎么给放到竹筏上去了？另外，蓝田离夹子沟那一带有七八十里路呢，难道，我们在地下河走过的路，不知不觉已经有这么长一段距离了？

我编了一个登山坠崖的谎话，千恩万谢地送走了武警，马上给王盟打了个电话，让他到西安来一趟，带一些钱和我的衣服来。第二天王盟就到了，我把医药费付清，然后重新买了手机和手提电脑。

我问王盟最近生意怎么样。他说没什么重要事情，就是我老爸找了我很多次。我心说，出来的时候没想到要这么长时间，可能他们担心了，于是给家里报了平安，不过我老爸不在，我和老妈说了几句，顺便问了问三叔的消息，还是没有音信。

看来一切还如来时一样，我感叹了一声。

接下来几天，我百无聊赖，忽然想到老痒，心里发酸，便躺在病床上，翻看我坠山时穿的那件已经完全破烂的登山服，寻找老痒的那本日记。日记倒还在，只是给水泡得什么都看不清楚了。我勉强辨认读了一会儿，再看不出什么，便又连上医院的电话，上网打发时间。

我查了许多资料，不过网上关于古董的信息到底是不多的，我只能将我脑子里青铜树的景象简略地描绘了出来，发给一些朋友去看。后来陆续收到回信，大部分也不知道这是什么东西，而且他们对我的描述也不相信，然而有几封信对我挺有启发。

其中有一封是从美国发来的，是我父亲的一个朋友，和我挺聊得来。他在 E-mail 里写道，这一种青铜树，叫作“柱”，1984 年的时候，攀枝花一座矿山里也发现过一棵，但是远没有我说的这么大，只有一截，深入地下的那一段已经完全锈化了。

到现在为止还没有任何文献资料能够解释这东西是用来干什么的，不过根据《山海经》和一些文字记录下来的少数民族叙事诗来分析，这东西的确和远古时期的捕“地龙（蛇）”活动有关。

“烛九阴”应该是生活在极深地脉里的一种蛇类，因为长期在陡峭的岩石缝隙中生存，几乎没有正视的机会，所以两只眼睛像比目鱼一样变异了。人用鲜血将其从极深的地脉中引出来，然后射杀，做成蜡烛。听起来很冤枉，但是那个时候，持久光源是极其珍贵的东西，特别是对一些晚上活动或生活在漆黑一片的岩洞里的人来说，更是如此。

我觉得他分析得有点道理，不过还是不能解释，为什么碰到所谓的“柱”，会产生那种奇妙又恐怖的能力。我回信过去，问他历史上还有没有类似的事情发生过。

他回信过来，还附上了一份残卷，是一本笔记体小说，里面记录了清朝乾隆年间发生的一件事情，里面提到了一只青白石龙纹盒，说有人把这盒子送到宫里，乾隆皇帝打开一看，当夜就密召几个大臣入宫，密谈到了后半夜，之后就有乾清宫失火的事情。那几个大臣，除了一人有名的之外，其他几个，全都没有善终，最后都被莫名其妙地杀了。

我看它的时间，大概就是李琵琶《河木集》写的那一只盒子，

也就是应该有关联，看样子，最后挖出那只青白石龙纹盒的人和了解这件事情的人，都没得到善终。皇帝下了这么大决心，要保守一个秘密，那这青白石龙纹盒里放的到底是什么东西？会不会就埋藏着这棵青铜古树的来历呢？

我再一次回信征求他的意见，他只回了一句话，要挖下去才知道。

我苦笑一声，知道这是不太可能了，谁知道下面还有多深，也许当初他们铸造这东西，花了几个世纪时间，就算有人愿意挖，我绝对是等不到挖出来的时候了。

还有几封信，是我二叔寄给我的，他说，那个时候的少数民族文化传承西周时期的装饰风格，但是那个时候异族交流有限，而且交通和通信极度不发达，所以应该有一个时滞，也就是说，我把时间估计得太早了，按照一般规律，那个时候，中原地区应该已经是秦后期。

那个时候，几乎所有的活动都和秦始皇修建陵墓有关，他们捕猎“烛九阴”，可能是为了提炼“龙油”，进贡给皇帝炼丹或者类似的活动。而且根据地质探测，秦始皇陵的底层，也有巨大的金属物体环绕整个陵墓，按照常理，当时的冶金技术应该无法完成如此浩大的工程。这一部分的修建者，应该是冶金技术特别发达的外来民族。

二叔是秦始皇的忠实Fans，凡事都能扯到那一段去，我对他的推测不以为然。

一个月后，我出院回到家里，开始收拾心情，重新投入生活。我整理了已经几乎撑爆的信箱，理出一些杂志和报纸后，找到了一封没有署名的快件。

老吴：

能猜到我是谁吗?

对，我没死，或者说，我又活了。

我很抱歉把你卷进这件事情来，不过毕竟你是我唯一能信任的人，我没有其他选择。

现在整件事情已经完成了，我们的关系，也必须到此结束了。我很高兴能和你做过朋友，但是现在这一切已经不重要了。

你是不是很想知道三年前到底发生了什么事情?

三年前，我和一个老表以及一群同伴到秦岭那一带踩盘子，我们根据当地人的传说，在榕树林子里找到了一个树洞，考虑再三准备冒险下去。过程你全都知道了，后来我就被困在了石洞里。

当时，我已经绝望，虽然我不会这么快死，但是活着对我来说更可怕，永远生活在狭窄的、一片漆黑的大山深处，永无出头之日，那种痛苦，你应该也体会过了。

我在黑暗中整整待了四个月，这四个月简直就是在地狱里煎熬。不过，在这段时间里，我不停地思考，我知道了，这种能力和潜意识有关，比如说，我想要在石头上开一扇门，我必须让自己相信石头上本身就有一个门，否则，就算你想破了头，门也不会出现。

人自己是无法欺骗潜意识的，所以使用这种能力，必须要引导，这非常难。我给你说过了，一旦引导失败或者出现偏差，你物质化出来的就不知道是什么东西，非常可怕。

我不停地做试验，逐渐掌握了一些窍门，但是，这个

时候我发现，这种能力会随着时间的流逝而逐渐消失。这种感觉非常明显，就好像人一点一点感觉到疲劳一样。我意识到，如果再不采取办法出去，我可能会饿死在这里。

我走投无路，尝试着用那种能力复制了一个自己，我没想到真的成功了，自己也吓了一跳，一下子，我突然发现我出现在了山洞的外面。

那时候我并没有意识到我是复制出来的，我和本我的所有记忆都完全一样，所以当他叫我的时候，我完全不认同我是复制品。他开始骂我，说我想代替他存在于这个世界，说要让我消失。我很害怕，我觉得洞里的那个是怪物，所以，我不管洞里的本我如何地呼号，我还是找来了炸药，将这个洞完全炸塌了。

事实上，我的确知道自己是被复制出来的，但是我的潜意识不愿意相信这件事情，所以我选择了一种受破坏的状态，我把本我杀了，然后告诉自己，我只是杀了一个替代品。

青铜树给人的能力时间很短，所以我取下了一根青铜枝丫，从青铜树底下的暗道出去，希望带上青铜树的一部分，能够使我的能力持久一点，这样我才有可能逃到外面去，后来证明我的想法没错。我回到外面，挖出我们到这里之前挖到的东西。我又怕青铜枝丫太碍眼，就将它埋了进去，然后回到西安，想找个地方把手里的东西卖了。

可惜的是，做买卖的时候，我在古董摊上给便衣抓了。后来，你也知道了，我回到家里，我妈已经走了，这些事情，我没有骗你。

还有一些事情，我也必须要告诉你，拥有这种能力，并不是没有代价的。我的记忆力非常差，很多事情必须预先写下来，才能够记得，那就是使用这种能力的后遗症。我一路上本可以很好地将你安顿好，让你不知不觉地就帮我完成这一次的探险，但是遗憾的是，这三年来，我忘记了很多东西，我怎么出来的，我都记不清楚了，所以破绽百出。我估计，再有两三年的工夫，我可能会完全失去记忆的能力。

你身上也有那种奇特的能量，我不知道对你会不会有影响，你要多保重了。按照我的计算，这种力量也许会在你身上残留好几年，但是十分微弱，你几乎感觉不到。

老痒

我看完整封信，长出了一口气，不知道说什么好。信封里面，还有一张照片，是他和他妈妈坐在船上照的，后面是大海，应该是到国外去了。他妈妈很漂亮，很年轻，和他站在一起，反倒更像是情侣。我仔细看了看，却总觉得，他妈妈的脸上，有一股妖气，一种说不出的狰狞，也许是心理作用吧。

图书在版编目（CIP）数据

盗墓笔记. 秦岭神树 / 南派三叔著. -- 北京 : 北京联合出版公司, 2021.4（2025.9重印）
ISBN 978-7-5596-5102-0

Ⅰ. ①盗… Ⅱ. ①南… Ⅲ. ①长篇小说—中国—当代 Ⅳ. ①I247.5

中国版本图书馆CIP数据核字(2021)第030926号

盗墓笔记. 秦岭神树

作　　者：南派三叔
出 品 人：赵红仕
选题策划：北京磨铁图书有限公司
责任编辑：高霁月
封面设计：Topic Design

北京联合出版公司出版
（北京市西城区德外大街83号楼9层　100088）
河北鹏润印刷有限公司印刷　新华书店经销
字数239千字　880毫米 × 1230毫米　1/32　9.75印张
2021年4月第1版　2025年9月第15次印刷
ISBN 978-7-5596-5102-0
定价：49.80元

版权所有，侵权必究
未经书面许可，不得以任何方式转载、复制、翻印本书部分或全部内容。
如发现图书质量问题，可联系调换。质量投诉电话：010-82069336